KB047302

기억과 흔적

김동식 비평집

기억과 흔적—글쓰기의 무의식

펴 낸 날 2012년 9월 17일
지 은 이 김동식
펴 낸 이 홍정선
펴 낸 곳 ㈜문학과지성사
등록번호 제10-918호(1993. 12. 16)
주   소 121-840 서울 마포구 서교동 395-2
전   화 02)338-7224
팩   스 02)323-4180(편집) 02)338-7221(영업)
전자우편 moonji@moonji.com
홈페이지 www.moonji.com

ⓒ 김동식, 2012. Printed in Seoul, Korea

ISBN 978-89-320-2344-1

＊ 이 책의 판권은 지은이와 ㈜문학과지성사에 있습니다.
   양측의 서면 동의 없는 무단 전재 및 복제를 금합니다.

:: 김동식 비평집

기억과 흔적

— 글쓰기의 무의식

문학과지성사
2012

 삼사 년 전쯤에 있었던 일이다. 함께 방문한 지인이 Y선생의 책을 내밀며 서명을 부탁한 적이 있다. 되돌아온 책에는 '人不知而不慍'이라고 씌어져 있었다. 『논어(論語)』「학이(學而)」편에 등장하는 구절이 아니던가. 그다음 구절인 '不亦君子乎'가 자연스럽게 입에서 흘러나온다. 풀이도 명료하다. 사람들이 나를 알아주지 않더라도 화내지 않는다면 이 또한 군자가 아니겠는가. 학부 시절 교양한문 시험을 준비할 때, 마음에 열을 받아 뚜껑이 열리는 이미지를 연상하며 성낼 온(慍) 자를 외웠던 일이 잠시 스쳐 지나간다.

 그나저나 선생은 왜 뜬금없이 자신의 책에다 『논어』의 문장을 옮겨놓은 것일까. 선생이 평생 지켜온 좌우명일까. 자신의 책에 대한 미묘한 심리를 고전의 명구에 잠시 의탁한 것일까. '人不知而不慍' 그다음을 여백으로 제시함으로써, 나머지 구절을 독자들이 자발적으로 채

워 넣어 의미를 완성해주기를 바라고 있었던 것일까. 또는 전체 문장을 다 쓰게 되면 자신이 대중의 무지로부터 초연한 군자라는 사실을 확언하게 되는 상황이 연출되기 때문에 그로 인한 화행(話行)적 곤란을 애초에 모면하기 위한 전략이었던 것일까. 선생의 학문하시는 태도를 생각하면 모두 충분히 타당한 해석이라 할 만하다. 하지만 다른 해석의 가능성이 없는 것은 아니다. 처음에는 열한 자를 모두 쓰려고 했는데 여섯 자를 쓰고 보니 나머지 다섯 자를 마저 쓰기가 귀찮아져서 거기까지만 썼을 가능성이 그것. 선생의 습관을 고려할 때 이 또한 그럴듯한 해석이 아닐 수 없다. 선생의 의도를 가설적으로 추론하는 게임은 그즈음에서 대충 길을 잃은 것 같았다.

　길이 끝나는 곳에서 길은 다시 시작된다고 했던가. 단순히 『논어』에서 한 구절을 옮겨 놓은 것이라고만 생각했는데, 가만히 들여다보니 '人不知而不慍'은 『논어』와의 인용 맥락을 고려하지 않더라도 그 자체로 하나의 문장으로 자리를 잡고 있지 않은가. 특정한 메시지의 우회적인 표현이든 간에, 스스로도 알 수 없는 무의식이 작동했든 간에, 또는 갑자기 글자 쓰기가 귀찮아져서이든 간에, '人不知而不慍'은 이미 글쓰기écriture이다. 『논어』에서는 양보와 가정의 성격을 내포하고 있는 조건절이지만, 책 속지에 씌어진 양태에만 주목하자면 그 자체로 하나의 완성된 문장인 것이다. 사람들이 알아주지 않아도 화내지 않는다. 주어를 Y선생으로 상정하면 나는 사람들이 알아주지 않아도 화내지 않는다(않아왔다)라는 우회적인 표현이 될 것이고, 독자에게 들려주는 말이라면 여러분은 사람들이 알아주지 않더라도 화내지 마시오라는 부드러운 명령문이 된다. 이 지점에서 '人不知而不慍'의 의미는 어느 정도는 안정된 것처럼 보였다.

하지만 책 속지의 '人不知而不慍'와 『논어』의 온전한 문장 사이에서 그 어떤 의미의 잉여들이 조금씩 얼굴을 내밀지 않겠는가. '人不知而不慍'은 그 자체로 완결된 문장이지만, 그다음에는 □□□□와 같은 여백이 들러붙어 있다. 여백은 '人不知而不慍'을 완결된 문장으로 만드는 비가시적인 종결부호이며, 『논어』와의 인용 맥락을 기억하고 있는 흔적이며, '不亦君子乎'를 생략하였다는 사실을 명시적으로 드러내고 있는 삭제 부호이다. 눈길이 여백에 미치게 되자 '人不知而不慍'이라는 문장이 군자가 될 수 있다는 기대를 불확정성의 영역으로 옮겨 놓았음을 깨닫게 된다. 사람들이 알아주지 않더라도 화내지 말라, 그렇게 하면 무엇이 될 수 있는가. 물론 군자가 될 수도 있을 것이다. 하지만 사람들의 무관심에 초연하다고 해서 모두 군자가 되는 것은 아니다. 오히려 화내지 않은 다음에 뭐가 될지 알 수 없거나 뭐가 되든 못 되든 상관없다는 태도가 암묵적으로 구성되지 않겠는가.

이 지점에서 『논어』의 문장에는 대중의 무관심에도 화내지 않는 현실의 주체와 그러한 사람을 군자라고 인정하는 초월적 시선이 공존하고 있었음을 알게 된다. 그리고 '人不知而不慍'이라는 완결된 문장이 군자를 승인하는 초월적 시선을 소거하거나 차단하고 있음을 깨닫게 된다. 사람들이 알아주지 않아도 화내지 말라. 그러면 군자가 될 수도 있겠지만 아예 아무것도 되지 못할 수도 있다. 다만 인간이 할 수 있는 것은 사람들이 알아주지 않더라도 화내지 않는 바로 거기까지라는 사실이다. 그렇다면, 그냥 처음부터 '人不知而不慍'이면 충분했던 것일까. 아마도 그렇지는 않을 것이다. '人不知而不慍'라는 짧은 문장을 둘러싸고 있는 잉여의 의미와 무의식을 잠시나마 훔쳐볼 수 있었기 때문이다. 어쩌면 나에게 비평이란 '人不知而不慍' 여섯 글자에 불과하거나 그 글자들을 둘러싼 의미론적 여행과 비슷한 그 무엇일지도 모르겠다.

지난 시절 간간이 발표했던 글들 가운데 그나마 생각이 정돈된 글들을 모아서 책으로 묶었다. 글을 다듬으며 전체적으로 살펴보니 후기구조주의와 정신분석학 담론들을 바탕으로 한국문학의 현장을 읽어보려는 열망을 가지고 있었던 것 같다. 이론을 작품에 적용한다는 생각을 적절한 수준에서 제어하고자 했고, 작품과 이론과 나의 무의식 사이에 대화를 주선한다는 입장을 유지하고자 했다. 그리고 인연이 닿은 작품들을 충실하게 읽어가는 일이 내가 즐겁게 담당해야 할 역할이라고 생각했고, 지금도 같은 생각을 가지고 있다. 나에게 글쓰기 또는 비평이란 여러 번을 읽고 수없이 고쳐 쓰는 일, 바로 거기까지일 것이다. 이 책은 반복되지 않을 글쓰기의 시간들에 대한 기억이자 흔적들이 아닐까 한다.

책을 낼 때마다 느끼는 것이지만 고마운 분들이 너무 많다. 이 책에 수록된 글들의 대상이 되어준 저자들에게 고맙게 생각한다. 그들의 작품이 무지개처럼 펼쳐져 있었기에 글쓰기의 즐거움과 괴로움이 공존하는 시간들을 누릴 수 있었다. 학교에서 또는 사석에서 수많은 가르침을 주셨던 선생님들과 선후배들 그리고 동료들에게도, 비록 일일이 거론하지는 못하지만, 두루 감사하다는 말씀을 전하고 싶다. 팔리지도 않을 책을 선뜻 맡아주신 문학과지성사에게는 어떻게 고마움과 미안함을 표현해야 할지 모르겠다. 또한 교정과 편집에 세심한 배려를 아끼지 않은 이근혜 편집장과 편집부에도 감사하는 마음을 전하고자 한다. 문득, 이 책을 승진·우진·지후라는 이름을 가진 세 명

의 어린 조카 놈들에게 보여주고 싶다는 생각이 든다. 훗날 그들이
성장해서 이 책을 보게 된다면 매번 부스스한 모습으로 「무한도전」을
보고 있던 삼촌이 그래도 뭔가를 하고 있었다는 사실을 알게 되지 않
을까 하는 마음에서이다.

　어느덧 가을이다. 한동안은 '밤드리 노닐'어도 좋을 것 같은 기분
이 든다.

2012년 가을
김동식

차례

삶과 죽음을 가로지르며,
소설과 영화를 넘나드는 축제의 발생학
─이청준의 『축제』 읽기[1]

1. 소설과 영화의 만남

1996년 봄, 소설과 영화가 어우러지는 한바탕 '축제'가 있었다. 우리 시대의 거장 이청준과 임권택이 소설과 영화의 공동작업으로 만들어낸 『축제』를 말함이다. 원작 소설을 시나리오로 각색해서 영화로 만드는 기존의 관행을 답습한 것이 아니라, 이청준의 소설 창작과 임권택의 영화 촬영을 동시에 진행시켜 소설과 영화를 같은 시기에 나란히 내놓았던 것이다. 소설 『축제』에 의하면, '축제'를 화두로 삼아서 이청준의 노모의 장례식(1994)에 대한 소설과 영화의 공동작업을 제안한 것은 임권택이었다고 한다. 그 이후로 이청준은 장례 과정과 관련된 내용들을 담은 초고를 임권택에게 보냈고, 초고를 바탕으로 시나리오가 만들어졌으며, 1995년 10월부터 1996년 2월까지 영화

---

1) 이청준, 『축제』, 열림원, 2003.

촬영이 이루어졌다. 이청준은 영화 촬영 과정을 지켜보며 시나리오의 기초가 되었던 초고를 다시 가다듬는 작업을 반복했다. 그리고 소설의 영화 작업과 관련해서 작가가 감독에게 보냈던 편지를 작품의 곳곳에 적절하게 배치함으로써 소설 『축제』를 완성했다. 그림자와 뒷모습의 대화라고나 할까. 소설 『축제』에 삽입된 이청준의 편지는 초고를 읽어준 최초의 독자이자 소설을 영화화한 감독 임권택의 그림자를 기록하고 있다. 또한 영화 『축제』에서는, 일종의 카메오 출연이라고 하겠는데, 특유의 백발과 함께 작가 이청준의 뒷모습을 담아내고 있다. 어머니를 여읜 이청준으로서는 돌아가신 노인을 위한 "한바탕 굿판"을 벌인 셈이고, 「서편제」를 통해서 한국적 정한(情恨)을 연출한 후의 임권택으로서는 풀이의 한 마당이 필요했었던 것인지도 모른다. 『축제』는 소설과 영화가 주고받은 대화의 기록이며, 소설과 영화가 서로 겹치면서 함께 이루어낸 심포니이다.

2. 다양한 양식들의 축제

『축제』는 어머니의 장례식을 소설화한 작품이다. 주인공은 서울에서 작품 활동을 하고 있는 소설가 이준섭, 그의 소설에서 가족은 가장 중요한 소재이며, 작가의 분신인 소설의 주인공들은 지극한 효자로 묘사되곤 한다. 치매에 걸린 어머니에 관한 글(수필)을 쓰고 있던 중에 고향에서 걸려온 전화를 통해 어머니의 부음을 접한다. 놀랍게도 어머니는 준섭이 귀향하는 도중에 극적으로 회생하지만, 하루 만에 준섭이 임종한 자리에서 영원히 눈을 감는다. 장례를 위해 자녀들과 친척들 그리고 문상객들이 몰려든다. 사람이 많이 모이면 말이 많은 법이고 큰일을 치르다 보면 크고 작은 실수와 착오가 생기게 마련이다. 애도의 분위기와 소란스러움이 엇갈리며 가족 사이에 휴화산처럼 숨어 있던 갈등들이 조금씩 얼굴을 내밀기 시작한다. 준섭의 서질녀(庶姪女) 용순이 출현하면서부터 가족 사이의 갈등이 점증적으로 증폭되고, 조용하던 상갓집 분위기는 각지에서 몰려든 문상객들로 소란스러워진다. 용순이가 누구인가. 준섭의 형과 술집 여자 사이에서 태어난 준섭의 조카. 어머니가 가출하고 아버지마저 숨을 거두자, 용순은 집안의 천덕꾸러기로 자라났다. 할머니만이 그를 핏줄로 거두고 보살필 따름이었고, 다른 가족들의 냉대 속에 열두 살에 가출을 했던 터였다. 가족에 대한 앙심 때문인지 용순은 장례식장에 어울리지 않는 요란한 차림으로 사람들 사이를 겉돌면서 사사건건 시비를 건다. 그 와중에도 상주들은 예법에 따라 장례 절차를 밟아나가고, 가족 사이에서는 보이지 않는 신경전들이 끊임없이 벌어지며, 문상객들은 웃고 마시고 떠들고 하는 시끌벅적한 장례 풍경이 이어진다. 돌아간 어르신의 넉넉한 마음이 유족들에게 나누어진 것일까. '할머니의 죽음까지 소설로 팔아먹을 거냐'며 대들던 용순도 준섭의 작품을 읽고 나서 조금씩 유순해지고, 하관을 마치고 집으로 돌아온 유족들은 문학잡지 기자 장혜림의 제안에 따라 가족사진을 찍게 된다. 그 사진 속에 용순이의 자리가 마련되었음을 달리 말할 필요도 없을 것이다.

크게 보자면 『축제』는 어머니의 장례식을 배경으로 가족 간의 갈등과 화합을 그린 작품이다. 하지만 『축제』의 양식genre적 성격과 의미의 구조화 방식은 그다지 단순하지 않다. 영화 작업을 지켜보며 초고를 손질했다고는 하지만, 『축제』에는 초고(시나리오의 기초 자료)

를 쓰면서 글에 대한 작가의 생각이 조금씩 바뀌어가는 과정이 고스란히 제시되어 있다. 작품의 여러 곳에서 "저의 이야기는 사실이든 허구든 어차피 다 감독님의 영화를 위한 밑거름 자료일 뿐"(p. 103)이라며, 작가는 영화를 위한 기초 자료를 제공하는 것으로 자신의 역할을 스스로 제한하고 있다. 글의 목적이 영화 시나리오 작업을 위한 초고의 제공이라는 점을 분명하게 밝히고 있는 것이다. 하지만 장례 과정에서 있었던 일들을 사실대로 기록하는 과정에서 약간의 허구들이 끼어들게 되고, 그러면서 "한 편의 소설을 꿈꾸어볼 수도 있을 것 같다"(p. 103)는 생각을 가지게 된다. 그리고 시나리오 작업과 관련해서 감독에게 보냈던 편지들이 소설에서는 독특한 역할을 하게 될 것 같으니 편지를 잘 보관해달라고 부탁을 한다.

곁들여 한 가지 부탁 말씀 드릴 점은, 감독님께 대한 저의 이 뒷글이 소설에선 좀 별스런 구실을 할 수 있을 듯싶어 함께 끼워넣고 싶으니, 그냥 버리지 마시고 모아 두셨으면 합니다. (p. 251)

『축제』의 성격을 가늠하는 데 있어서 놓치지 말아야 할 대목은 가장 나중에 씌어졌을 「작가노트」이다. 「작가노트」에서 작가는 이미 여러 작품들을 통해서 어머니의 삶을 문학적으로 형상화해왔지만, 『축제』야말로 "내 어머니 이야기"(p. 257)라는 점을 분명하게 밝히고 있다.

소설의 발생학이라는 측면에 주목하자면, 『축제』는 소설 이전의 상태(시나리오 작업을 위한 사실적인 기록의 제공)에서 시작해서, 한 편의 소설을 욕망하는 단계를 거쳐서, 어머니 이야기의 결산편이라는 확신의 지점에 이르는 과정 전체를 담아내고 있다. 『축제』가 복합적이면서 다층적인 성격을 갖는 이유가 바로 여기에 있다. 달리 말하면 『축제』는 영화의 시나리오 작업을 위한 기초 자료이고, 소설에 대한 욕망이 생겨나는 글쓰기의 과정이며, 어머니와 관련된 문학적 글쓰기들을 되새김질하는 자기성찰의 장(場)이면서, 영화와 함께 나란히 쓰어진 소설이자 영화를 거쳐온 소설이기도 하다. 『축제』가 이처럼 복합적·다층적인 성격을 갖는 것은 어머니의 삶에 대한 회고, 어머니와 관련된 실존적 기억과 문학적 기록, 장례식이 진행되는 과정과 풍경들, 소설과 영화가 만들어지는 대화의 과정들 모두를 진행형의 현재로 감싸 안고자 했던 작가의 의도 때문이 아니었을까 한다.

『축제』는 하나의 문장이나 개념으로는 도저히 표현할 수 없는 이질성과 다양성을 끌어안고 있다. 소설 『축제』에 잠재적으로 내포되어 있는 다층적인 성격은 영화 「축제」의 구조를 통해서 보다 명확하게 드러난다. 영화 「축제」는 네 종류의 하위양식들이 교차 편집되는 양상을 보인다: 동화·소설가 소설·인터뷰·다큐멘터리.

(1) 동화: 이청준의 『할미새는 봄을 세는 술래란다』(이하 『할미새』)는 영화 「축제」 속에 '영화 속의 영화'의 형식으로 자리를 잡고 있으며, 원근법을 최소한으로 적용한 파스텔 톤의 화면이 김수철의 영화 음악과 함께 제시된다. 동화 『할미새』는 딸 은지에게 할머니의 죽음을 설명하는 형식을 취하고 있는데, 은지에게 나이와 지혜를 나누어주신 할머니가 점점 어린아이가 되어 결국에는 가족의 곁을 떠난다는 내용이다. 동화 『할미새』는 영화의 전체 내용과 관련해서 중요한 알레고리로 사용되고 있다.

(2) 소설가 소설[2]: 소설 『축제』는 작가 이준섭을 주인공으로 하는 3인칭 시점을 채택하고 있다. 영화에서도 소설가 소설이라 할 수 있는 층위들이 중심 서사를 이끌어 가는데, 자식이면서 작가인 이준섭의 모습과 그 주변 상황들이 제시된다. 이준섭에게 있어 자식의 역할과 작가의 역할이 행복하게 만났던 것은 아니다. 작가이기 때문에 어머니를 직접 모시지 못했던 준섭은, 어머니를 생각하는 마음보다 늘 행동이 모자랄 수밖에 없는 현실을 어떻게 설명할 수 있을지 고민에 빠진다. 생전에 못다 한 자식의 도리를 하기 위해 어머니의 장례식에서 상주 역할을 수행하는 동시에, 어머니의 죽음 앞에서 끊임없이 자신의 삶과 문학을 되돌아본다.

(3) 인터뷰: 『문학시대』의 기자 장혜림은 이준섭의 모든 작품을 외우다시피 알고 있는 열성적인 독자이다. 작가에게는 한없이 귀찮은 일이겠지만, 장혜림의 관심은 어머니의 죽음을 통해서 이준섭의 작품 세계를 보다 깊이 이해하는 것이다. "장혜림은 대뜸 그 동화 속의 할머니의 실제 이야기, 동화가 아닌 그의 실제 어머니의 노년 살이 모습을 써 달라고 보채기 시작했다"(p. 14). 장례식장에서도 장혜림은 소설적 진실과 실제적 진실 사이를 가늠하려는, 인터뷰어이자 탐정형 인물로 활동한다. 동네 사람들과 가족들을 상대로 이준섭과 관련된

---

2) 소설가 소설은 영화학이나 영화 비평에서 사용되는 개념은 아니다. 하지만 소설가를 주인공으로 설정하고 그의 삶과 사유의 궤적들을 좇아간다는 의미에서 소설이 소설이라는 문학적인 범주를 적용해보았다. 소설과 공동작업이라는, 『축제』의 독특한 성격에 근거해서 사용된 개념이다.

이야기들을 인터뷰하게 되고, 이준섭의 소설에 용순이만 등장하지 않는다는 것을 알게 된다.

(4) 다큐멘터리: 소설에는 대부분 생략되어 있지만 영화 「축제」에서는 전통 장례 절차를 사실적으로 제시하고 있다. 다큐멘터리적인 요소를 영화에 끌어들임으로써 사실성을 극대화시키고 있다. 속굉(屬紘), 임종(臨終), 수시(收屍), 고복(皐復), 초혼(招魂), 발상(發喪), 입관(入棺), 영좌(靈座), 천구(遷柩), 발인(發靷), 노제(路祭), 하관(下官), 반혼(返魂), 초우제(初虞祭) 등과 같은 전통 장례 절차가 자막(字幕)과 함께 제시된다.

소설 『축제』에 잠재되어 있었던 다양한 양식들의 공존과 변주가 영화 「축제」를 통해서 명증한 시각적 언어로 표현된 것이리라. 가히 동화·소설가 소설·인터뷰·다큐멘터리가 뛰어노는 양식들의 축제라 할 만하다. 눈여겨봐두어야 할 점은, 동화·소설가 소설·인터뷰·다큐멘터리의 배치가, 허구성에서 사실성에 이르는 스펙트럼과 겹쳐져 있다는 사실이다. 동화가 온전한 허구라면, 소설가 소설은 작가 이청준의 허구적 자서전에 해당하는 것이어서 허구와 경험(실재)의 경계를 넘나들고 있다. 장혜림의 인터뷰가 이준섭이 그동안 써온 소설(허구)과 실제 사실의 경계를 탐색하는 움직임이라면, 다큐멘터리는 장례 절차에 대한 사실성의 재현이다. 달리 말하자면, 『축제』는 허구와 경험과 사실이라는 매듭을 사이에 두고 네 가지의 양식들이 중층적으로 배치되어 있는 것이다. 그런 의미에서 『축제』는 영화와 소설의 축제이고, 다양한 양식들이 공존하면서 변주되는 축제이며, 허구와 경험과 사실이 서로 감싸며 어우러지는 축제이다.

3. 자식이자 작가의 자리

『축제』의 「작가노트」에서 이청준은 다음과 같이 밝힌 바 있다.

> 내 어릴 적 일찍 돌아가신 아버지는 당시 사후에도 계속 어머니 안
> 에 계셨다. 나는 어머니에게 늘 아버지를 함께 느꼈다. 온화한 모정과
> 함께 대범함과 냉엄스러움을 느꼈다. 그 어머니는 내게 어머니이면서
> 아버지였다.
> 글쟁이가 되고 나서 나는 그런 아버지 같은 어머니. 당차고 비정스
> 럽고 모진 어머니의 이야기를 여러 번 글로 썼다. 〔……〕 내가 그 '어
> 머니'의 사연을 다시 취해 쓴 것은 이것으로 내 '어머니 이야기'의 결산
> 편을 삼고 싶어서였다. (p. 257. 밑줄 강조는 인용자)

작가는 그동안 「눈길」 「기억여행」 「빗새 이야기」 등을 통해서 어머
니를 그려왔다. 스스로 밝히고 있듯이, 아버지 같은 어머니이고 비정
스러우면서도 모진 어머니의 모습이다. 『축제』의 「작가노트」에서 눈
에 띄는 것은 작은따옴표 속에 들어가 있는 '어머니'라는 말이다. 무
슨 의미일까. 아버지가 부재하는 가족 내부로부터 자신에게 주어진
것 이상의 역할을 떠맡아야 했던 어머니는 아닐 것이다. 아마도 여성
으로서의 어머니, 모성으로서의 어머니, 더 나아가서는 한 인간으로
서의 어머니를 염두에 두고 있음을 알리는 표지가 아닐까. 어쩌면

'어머니'라는 표현 속에는 어머니의 삶과 죽음을 문학으로 다룬다는 것에 대한 작가 자신의 고민이 배어 있을지도 모른다.

다시 묻도록 하자. 어머니의 삶과 죽음을 문학 작품으로 다룬다는 것은 무엇을 말하는 것인가. 살아온 역정들의 사실적인 재현인가. 아니면 어머니에 대한 기억의 복원인가. 그도 아니면, 절절한 사모곡일 것인가. 이청준의 『축제』는 이 모든 것들을 감싸 안으면서 넘어선다. 어머니의 삶을 사실과 기억의 차원에서 재현하는 일일 뿐만 아니라, 어머니의 삶을 지탱해온 원천적인 근거들을 밝히는 작업이 되어야 한다는 것. 어머니의 일생을 관류하는 삶의 원리 또는 원형을 소설로써 형상화해낼 수 있는가가 핵심인 것이다. 그렇다면 어떻게 해야 할 것인가. 어머니의 삶에 내재된 원리와 원형적 상징들이 어머니에 대한 소설의 진정한 작가이자 주인공이 되어야 하지 않겠는가. 어머니의 일생을 관통하는 삶의 원리들을 글쓰기의 내밀한 원리로 옮겨놓을 수 있는가 하는 물음은, 이준섭이 자식인 동시에 작가이기에 스스로 감당해야 하는 물음에 해당한다. 따라서 어머니의 삶과 죽음을 문학 작품으로 다룬다는 것은 어머니의 일생을 관류하는 원리야말로 이준섭 글쓰기의 내밀한 원천이라는 사실을 문학적으로나 실존적으로 입증하는 일이 될 것이다. 어머니가 유지해왔던 삶의 원리들을 문학적 글쓰기의 원천으로 옮겨놓는 일은, 자식으로서 어머니의 무덤을 만드는 마지막 효도의 방식이면서, 동시에 작가로서 자신의 실존적·문학적 원천과 만나는 일이기도 하다.

어머니의 죽음이란, 이청준 스스로가 밝혀놓고 있듯이, 고아 되기에 다름 아니다. 존재의 근거를 상실한다는 것. 나의 존재를 증명해줄 존재가 사라졌다는 것. 내가 기억하지 못하고 있는 나의 모습마저도 알고 있는 존재의 사라짐. 이 앞에서 한 어머니의 자식이자 소설가라면 어떻게 할 것인가. 솔직할 수밖에 없지 않을까. 소설『축제』의 감동은 여기에서 나온다. 그 도저한 진솔함. 소설이기조차 포기한 듯한 진솔함이 그것. 소설이면 어떻고 아니면 어떻겠는가. 어머니의 삶을, 그리고 그 삶에 겹쳐져 있는 자신의 삶을, 마지막 단 한 번으로 다 털어놓을 수 있는 기회이기 때문이다.『축제』를 두고 '어머니 이야기의 결산편'이라고 할 수 있었던 것은, 「단 한 번 마지막을 씻겨드리다」로 대변되는 형언할 수 없는 심정이 투사되어 있었기 때문일 것이다.

어머니의 죽음은 존재의 근원에 놓인 뿌리 뽑힘의 경험이다. 그와 동시에 어머니의 삶과 나의 삶이 겹쳐져 있던 시간에 대한 실존적인 투사이기도 하다. 뿌리 뽑힘과 실존적 투사 사이에서 매개적인 영역이 없다면 어떻게 그 순간들을 견뎌낼 수 있을까. 어머니의 죽음 너머로 어떻게 '나비'의 환각을 보지 않을 수 있으며, 어떻게 동화『할미새』와 소설『축제』쓰기로 나아가지 않을 수가 있을까. 이청준은 자식이면서 작가이기 때문이다.

4. 어머니의 자리: 비녀·손사래짓·치매

작품에 의하면,『축제』의 어머니는 부잣집에서 태어나 곱게 자랐지만 드센 사주팔자를 누르기 위해 가난한 집으로 시집을 왔다고 한다. 신혼 때부터 남편은 새색시의 속을 무던히도 썩였고, 그나마 남편마저 일찌감치 여읜 뒤에 홀몸으로 어린 자식들을 키우느라 온갖 고초를 겪었다. 가계를 책임지기 위해 노동을 해야 했으며, 아비 없는 자식들을 기르기 위해 아버지의 역할까지 떠맡아야 했다. 그렇다면 작가이자 자식의 자리에서 파악해낸 어머니의 삶이란 과연 어떠한 모습일 것인가. 어머니의 삶을 대변할 수 있는 대표적인 상징이 다름이 아닌 비녀, 손사래짓, 치매이다.

비녀는 여성으로서의 자존심, 더 나아가 한 인간으로서의 자존의식을 상징한다. 잠시 회생(回生)했던 노인이 마지막으로 남긴 말도 비녀에 관한 것이었다. "내 비녀…… 내 비녀 어디……"(p. 102). 비녀는 "당신의 삶을 큰 흔들림 없이 지탱해온 숨은 자존심의 상징"(p. 192)이었기 때문이다.

> 노인에겐 이를테면 그 비녀가 당신의 흐트러진 모습을 추슬러 그 부끄러움을 다시 안으로 잠그려는, 하여 그 마지막 여자로서의 품위와 자존심을 지키려는 마음의 빗장인 셈이었다. (p. 189)

남편 없이 여러 자식들을 건사해야 하는 자신의 처지로부터 왜 어머니 당신이라고 해서 도망치고 싶지 않았을까. 비녀는 한 사람의 인간으로서 겪어야 했던 삶의 고통과 부끄러움을 자신의 내부로 가두어 두는 빗장이었으며, 여성으로서의 품위를 지키고자 하는 자존의식의 상징이다. 한 사람의 인간이자 여성으로서 자신의 가혹한 운명을 긍정하고자 하는 의지가 비녀에 응결되어 있다. 자신을 스스로 단속하는 자존(自尊)의 의지, 자신의 존재론적 운명의 자리를 지켜나가는 자존의 의지. 비녀를 빼앗기고 머리를 단발한 뒤에 어머니의 삶이 허물어질 수밖에 없었던 것은 더 말할 필요도 없을 터.

반면에 손사래짓은 모성(母性)의 안타까운 몸짓이자 운명이다. "당신의 숙명 같은 기약 없는 손사래짓"(p. 61)이자 "절절한 당부와 호소의 몸짓의 몸짓말"(p. 69) "그것이 어쩌면 당신의 남은 생애를 짊어져 갈 아픈 운명의 모습이 아니었을까"(p. 37). 영화 「축제」에서 두드러지는 장면인데, 출가한 딸이 남편의 난봉을 못 견디고 친정을 찾아왔을 때 어머니는 되돌려 보내며 커다란 나무 아래에서 손사래짓을 한다. 오래 살아온 집마저 남의 손에 넘어가 오갈 데 없게 된 어머니를 남겨두고 광주행 버스를 올라야 했던 일을 다룬 「눈길」에서도 어머니는 손사래짓을 했다. 가라는 건지 오라는 건지 알 수 없는 손사래짓은, 어쩌면 자신을 비워내면서 자신의 염원을 자식에게 부여하는 손짓이었을 것이다. 아무리 많은 단어와 복잡한 문장을 동원하더라도 결코 표현할 수 없는 손짓. 백지(白紙)와도 같은 하얀 눈길 위에 어머니의 모습과 함께 각인된 손사래짓이란 그 자체로 근원적인 글쓰기이기도 하다.

나이 먹은 시골 부모가 차에 오르고 나서는 배웅 나와 서 있는 창밖의 자식들에게 거푸거푸 손을 내쳐 보이는 것, 그것들이 어찌 단순한 내쫓음이요 떠나감에 대한 재촉의 뜻일 뿐일 것이랴. [······] 그 헤어짐과 떠나보냄의 아픔이 그만큼 괴롭고 견딜 수 없어 오히려 불러 붙잡고 싶은 마음에, 그것은 짐짓 가슴속에 우겨 누르기 위해 그런 참음과 역설의 쓰라린 손짓말이 더욱 절급했을 수도 있으리라. 그리고 그래서, 그 손사래짓엔 어차피 내침이 곧 끌어안음이요, 내침과 끌어안음의 마음이 안팎으로 함께 하고 있어, ······ (pp. 68~69)

치매는 어머니의 죽음을 이해하는 중요한 상징이다. 정진규의 시를 우회해서 제시된 이청준의 해석이 참으로 명료하다. 그만큼 어머니의 삶에 대해서 자각적이었다는 증거일 것이다. 이청준에 의하면, 치매란 죽음의 징후(徵候)로서 육신과 언어의 근원적인 분리가 진행되는 과정이다. 치매에 걸린 어머니는 사물과 언어 사이의 지시관계를 놓쳐버리게 된다. "사물들의 이름에서 그만 한없이 자유로워져 있으셨다"(p. 232). 그런데도 몸과 관련된 표현, 달리 말하면 "배가 고프다든지 춥다든지 졸립다든지 목이 마르다든지 가렵다든지 뜨겁다든지 쓰다든지"(p. 232) 하는 몸과 관련된 말들은 여전히 정확하게 사용하는 것이었다. 치매에 걸렸어도 언어는 여전히 몸의 그릇이었다. 우리의 몸이 몸이라는 말에 담겨 있으니 어쩔 수 없는 일이 아니겠는가.

그렇다면 죽음이란 무엇인가. "죽음이란 걸 그 말과 육신의 힘든 자기 속박으로부터의 해방 같은 것으로 생각해본 때문인지도 모릅니다. 아니면 보다 깊은 무엇, 삶의 궁극이나 그 완성 같은 것……"(p. 233) 죽음이란 몸과 언어의 근원적인 분리이며, 몸이 언어를 빠져나오는 해탈(解脫) 또는 해체(解體)의 과정이다. 죽음은 언어가 육신과 함께 할 수 없는 경계를 넘어서는 일이다. 이를 두고 이청준은 "그 격절스런 침묵의 완성"이라고 한다. 언어와 분리된 어머니의 몸은 자연으로 되돌아가고, 유족들은 자신들의 몸과 언어가 도달할 수 있는 곳까지 따라갔다가, 언어를 가지고 되돌아오게 될 것이다.

이청준의 설명은 어머니의 장례식이 왜 축제가 될 수밖에 없으며, 축제는 왜 언어의 축제일 수밖에 없는가를 보여준다. 앞에서도 지적한 바와 같이 『축제』에서 어머니의 모습은 비녀와 손사래짓과 치매를 통해서 제시된다. 각각 여성적 자존심, 모성의 운명, 몸과 언어의 분

삶과 죽음을 가로지르며, 소설과 영화를 넘나드는 축제의 발생학 23

리과정을 상징하며, 비녀의 구심성과 손사래짓의 원심성 그리고 치매의 해탈적인 운동성이 상응한다. 어머니의 삶을 대변하는 원리들에 입각해서 어머니의 죽음을 이해하려고 했던 작품이 다름 아닌 동화 『할미새』이다. 『할미새』에서 어머니는 베풂과 나눔 그리고 감싸 안음의 과정을 통해서 점진적으로 소멸하는 존재이다. 불교적 윤회와 도교적인 상징(나비)과 유교적 가치(효)가 작품 곳곳에 배어 있지만, 어쩌면 그것은 사후적인 해석에 불과할지도 모른다. 어머니의 삶을 관류하고 있는 상징과 원리로서 어머니의 죽음을 설명하는 것, 모든 것을 나눠주다가 다 비어버린 모습이야말로 어머니의 삶이자 죽음이 아니겠는가.

소설 『축제』는 어머니의 죽음을 다룬 작품이다. 하지만 단순한 애도도 아니고, 장례 풍경의 재현도 아니고, 죽음과 관련된 사변으로도 치닫지 않는다. 그럴 수 있었던 것은 어머니의 삶이란 여성적 자존과 모성의 운명의 자리였으며, 베풂과 나눔과 감싸 안음의 과정이며, 침묵을 완성해가는 과정이라는 사실을 긍정하고 있기 때문이다. 장례식장의 중심에 놓인 어머니의 시신은 인간의 자리(비녀)이며, 모성의 운명적인 표정(손사래짓)이며, 몸과 언어의 근원적인 해탈(치매)이며, 비어 있는 중심(침묵의 완성)이다. 어머니는 침묵으로 완성되는 텅 빈 중심이었다. 스스로를 비우면서 완성되어가는 침묵은 여러 다양한 언어들을 불러들일 것이고, 침묵이 완성되는 과정의 주변에는 이질적이고 다양한 언어들이 소란스럽게 자리를 잡을 것이다.

5. 다성(多聲)적인 언어들의 축제

술 마시며 화투패 돌리고 고함 소리와 시비 소리가 오가며 밤을 밝히는 상갓집의 질펀한 분위기를 두고 축제라고 했던 것일까. 결코 그렇지는 않을 것이다. 축제를 상갓집의 왁자지껄한 분위기와 등치시키는 해석이야말로 작가가 가장 염려하는 대목이었다. 작가가 소설 전편을 통해서 축제의 의미를 스스로 찾아내어야 했던 이유도 거기에 있다. 일상적으로 상갓집에서 보이는 질펀하고 요란한 풍경들이 축제가 아니라면 축제란 무엇인가. 장례와 관련된 풍경이라면 잔치라고 불러야 경험적으로나 개념적으로 더 적절할 것도 같다. 그렇다면 왜 잔치가 아니고 축제일까. 축제와 잔치의 차이점은 무엇인가.[3]

잔치는, 어르신들의 고희연이나 친구 아들의 돌잔치에서 알 수 있듯이 중심과 주변이 엄격하게 분리된 시공간이다. 극장에 비유를 하자면, 호스트는 중심에 위치한 주인공이고, 손님은 주변에 자리를 잡은 관객이라고 할 수 있다. 따라서 어떤 경우에도 손님이 주인의 역할을 대신하거나 관객이 주인공의 역할을 떠맡는 일은 있을 수 없다. 잔치에서 주인(중심)과 손님(주변)의 역할은 엄격하게 구분되어 있기 때문이다. 잔치에서 중심과 주변의 관계를 잘 보여주는 것은 시선의 방향성이다. 잔치에서 손님(주변)의 시선은 주인(중심)을 향해서 구조화되어야 한다. 중심을 향한 주변의 시선이야말로 중심을 중심으

---

3) 아래의 진술은 잔치와 축제에 대한 유형학적 설명이다. 잔치와 축제 사이에 서열적인 또는 우열적인 판단을 개입시킬 필요는 없다. 잔치가 필요한 경우가 있고, 축제가 필요한 경우가 있을 따름이다.

로 만드는 힘이기 때문이다. 친구 아버지의 고희연에 가서 가족들 노래하는 장면에 주목하며 박수 칠 준비를 하고 있어야 하는 이유도 거기에 있다. 잔치는 중심과 주변의 서열화된 구분을 전제하며, 중심을 향해서 주변을 종속적으로 배치한다.

반면에 축제는, 장 뒤비뇨가 적절하게 지적한 바 있듯이, 일상의 일시적인 정지이며 일상으로부터의 이탈이다. 따라서 축제에는 일상에서 경험할 수 없는 혼돈과 무질서가 개입하게 마련이다. 규범적인 일상에서 용인되지 않던 온갖 외설스러운 말들과 무례한 행동들이 축제의 과정에서는 자연스럽게 용납되기 때문이다. 사람들은 괴상한 가면을 뒤집어쓰고 거리를 돌아다니고, 과격한 행위와 거친 행동을 거침없이 하며, 비밀스러운 것으로 남아 있어야 할 사실들을 공공연하게 드러내고, 사물들이 형상화하고 있는 관습적인 질서를 바꾸어놓기까지 한다. 축제는 혼돈과 무질서 속에서 인간과 인간 그리고 인간과 세계가 맺을 수 있는 새로운 관계의 가능성을 최대한으로 펼쳐 보인다. 그리고 그 끝에서 인간으로 하여금 탈(脫)문화의 세계, 달리 말하면 규범과 질서가 부재하는 공포의 시공간을 예감하게 한다. 이 지점에서 축제의 참가자들은 축제 속에서 경험했던 새로운 가능성을 가슴에 품고 아무 일 없었다는 듯이 일상으로 되돌아가게 된다.

잔치와 비교를 하자면, 축제는 중심과 주변이 유연한 또는 느슨한 관계를 맺고 있는 시공간이다. 중심이 존재하기는 하지만 결코 억압적이지 않으며, 주변은 다양성과 자율성을 간직한 채로 중심의 주변에 배치된다. 따라서 축제의 과정에는 용인되는 무질서와 소란스러움은 중심의 권위를 통해서 통제할 수 있는 것이 아니다. 잔치의 경우 중심에서 말을 하고 주변은 단지 듣는 역할을 수행할 따름이지만, 축제에서는 중심에서도 말을 하고 주변에서도 말을 한다. 축제는 근본적으로 다성성(多聲性)의 시공이다. 소설가 이준섭이 자신의 의도대로 조용한 장례를 치를 수 없었던 이유도 여기에 있다. "이제는 준섭의 당초 예정이나 요량의 틀을 벗어나 모든 일이 제멋대로 흘러가기 시작한 것이다. 노인의 조용하고 편안한 저승길만을 한사코 고집할 수가 없는 형편이 되어 간 것이다"(p. 210). 축제의 다성성과 무질서는 신성함에 대한 훼손이나 불경(不敬)과는 무관한 것이다. 축제의 시공간이 갖는 근원적인 구조의 문제이기 때문이다.

소설과 영화 모두에서 『축제』는 다성성의 시공간을 보여준다. 어머니의 시신, 달리 말하면 침묵하고 있는 중심의 주변에 수많은 목소리들이 배치되어 있는 시공간이기 때문이다. 앞에서 살핀 대로 어머니의 죽음은 침묵의 완성이다. 장례식이란 침묵이 완성되는 과정에 다름 아닐 것이다. 하지만 가족들이나 문상객들은 침묵의 완성을 예감하기 때문에 오히려 언어의 축제를 벌여야 한다.

그 격절스런 침묵의 완성과 함께 주위에서들은 이제 그 당신 생전의 노인이나 자신들의 허물을 모두 당신의 무덤 속으로 함께 묻어 보내려는 것이었다. 〔……〕 이제 노인의 침묵이 마지막 절정을 맞아 명부의 땅으로 떠나가려는 마당에 남은 사람들은 서로 그간의 허물을 털어 함께 묻어 보내고 그 갈등 속에 잃어버린 생자의 말을 다시 찾아 끊어진 관계를 회복하려 하고 있는 것이었다. (pp. 223~24)

먼저 가족들이 노인과 관련된 허물을 말하기 시작한다. 치매에 걸린 노인을 찾으러 다니느라 애를 태웠던 이야기, 빨래하는 시늉을 하던 어머니 때문에 밤새 잠을 이룰 수 없었다는 이야기, 목욕을 시켜 드렸더니 두엄을 끌어내느라 쇠똥 칠갑을 해가지고 나오던 이야기, 담배 피우다가 집 태울 뻔했던 이야기, 익지도 않은 풋감을 다 따버린 이야기, 온전치 않은 정신으로 갯벌에 일 나갔다가 물귀신 될 뻔했던 이야기 등이 쏟아져 나온다. 어른에 대한 허물 말하기란 평소 같았으면 금기시될 만한 일이다. 하지만 장례 과정 중에는 가능하다. 죽음과 함께 침묵을 완성하고 있는 존재가 중심에 놓여 있는, 언어의 축제이기 때문이다.

문상객들은 축제적인 다성성의 주인공들이다. 이러한 양상은 영화 「축제」에서 보다 확연하게 드러난다. 준섭의 친구들은 바다로 나가 낚시를 즐기고, 산일을 맡은 우록 선생은 어른들과 묘한 신경전을 벌인다. 점잖게 아카데믹한 어투로 장례의 종교적 의미를 짚어보는가 하면, 가족들 사이에서는 그동안 숨어 있던 갈등들이 비집고 올라온다. 여기저기 노름판이 벌어지고, 조의금을 슬쩍해서 노름을 계속하는 사람이 있는가 하면, 윷을 놀다 끝내 멱살을 잡고 싸우는 사람들도 나타난다. 상여소리를 이끌어 갈 길아재비는 초경(初更)도 되기 전에 만취해서 실려 나가고, 삼경(三更)으로 넘어가면서 사람들은 점점 더 술에 취하며, 장례 풍경은 점차 놀자판으로 변해간다.

(가) 우리 전통의 유교적 세계관에서는 제사를 지낼 때 보듯이 우리 조상들이 신으로 숭앙받고 대접을 받는다. 우리 조상들은 죽어서 가족 신이 되는 것이다. 〔……〕 제사라는 것은 그러니까 죽어 신이 되어 간 조상들에 대한 종교적 효의 형식인 셈이고, 장례식은 그 현세적 공경 의 대상이었던 조상을 종교적 신앙의 대상으로 섬기는 유교적 방식의

이전의식, 즉 등신의식인 셈이다. (p. 234)

(나) "자네(준섭의 아내—인용자)가 대신 매를 들어주니 나(외동댁—인용자)는 입을 두고도 할 말이 없네만, 자네도 그렇게 큰소리를 칠 만큼 괴롬이 많았던 줄은 몰랐네이!" (p. 229)

(다) "왜 내가 못 올 데를 왔냐? 내가 잘나빠진 이 집 사람들 보러 온 줄 아냔 말야. 내가 내 불쌍한 할머니 마지막 저승길 보내 드리러 왔는데, 왜 니가 나서 까불어!" (p. 124)

(라) "형님, 인자 그만둡시다. 초상집서 그냥 날새기 겸해 놀자는 것 이제 형님네 살림까지 털자는 것이 아니니께." "씨팔, 내가 살림 밑천을 털든 말든 좆 같은 소리 그만하고 어서 윷이나 놀란 말여! 오늘 밤 내 돈 따묵고 그냥 온전히 대문을 나갈 수 없을 것인께." (pp. 216~17)

(마) "아, 거 거기 서울서 오신 양반들. 여기 지금 노래방 아니여. 마이크 잡고 콧구멍만 벌름거리는 것이 아니란 말이시. 자, 입을 좀 쫙쫙 벌리고 다시…… 예에 예에 예에으이 아아—" (p. 215)

(바) "거 야단은 무슨 야단! 아무 걱정 말라고. 그렇다고 이 김가 원님께서 친구 상사에 왔다가 술도 취하지 않고 대문을 나가시겄어? 그러다 백성들한테 상투를 붙들리게 되면, 기왕지사 자리를 바꿔 가는 길에 제일 큰 일거리 가져온 놈 얼굴에다 김 원님 도장을 하나 꽝 찍어 주고 가면 되는 거지. 자 그런 뜻에서 상주 자네도 한잔!" (p. 205)

영원한 침묵으로 봉인되기 직전에 벌어지는 한바탕 언어의 축제라고나 할까. 언어들이 춤을 춘다. 텅 빈 중심 속에서 침묵이 완성되어가고, 다양하고 이질적인 언어들이 침묵의 주변에 배치된다. 축제의 과정 동안 언어들이 침묵을 감싸고 있었다면, 축제의 끝에 수많은 언어들을 감싸 안은 침묵이 완성될 것이다. 언어와 해탈한 몸은 자연으로 돌아가고, 축제의 언어는 침묵에 의해 봉인될 것이며, 언어는 이제 살아남은 자들의 몫이 될 터이다.

6. 독자의 자리 또는 축제의 윤리학

축제에는 무질서가 개입한다. 준섭의 조카 용순이가 축제에 끼어든 무질서의 표상이다. 그녀의 예사롭지 않은 출생과 성장과정, 그리고 상갓집에 어울리지 않는 화장과 옷차림은 무질서를 상징한다. 친족이라는 고정된 관계 속에 미끄러져 들어가 질서를 문란하게 하는 어정쩡한 존재. 용순에게 주어질 가족의 자리는 어디일까. 과연 있기나 한 것일까. 용순의 존재를 소설에서 부각시키는 인물이 다름 아닌 문학기자 장혜림이다. 장혜림이 용순을 알아볼 수 있었던 것은 그녀가 작가 이준섭의 독자였기 때문이다. "일찍부터 준섭의 작품들에 대해선 안 읽은 것이 없을 만큼, 어쩌면 당사자인 준섭 자신보다 더 상세한 작품 목록을 꿰고 있을 만큼 유별난 관심과 호의를 보여온 여자" (p. 115). 준섭의 작품에서 받은 인상만으로 유족들의 면면을 알아차릴 정도의 열혈독자이다. 장혜림은 준섭의 소설(허구)와 가족의 삶 (실재) 사이의 관계를 탐색하는 탐정형 인물인데, 그 과정에서 준섭의 작품에 용순이 등장한 적이 없음을 의문스러워한다. 그리고 용순 역시 준섭의 독자였다는 사실을 보여준다.

"……그보다 언니를 접해보니, 용순 언니도 그동안 삼촌의 글을 모두 읽고, 삼촌의 글 속에 자기가 한번도 등장하지 않은 걸 다 알고 있더라구요. 그리고 그걸 삼촌이 자신을 한 식구로 여기지 않은 증거가 아니겠느냐고 분개하면서 삼촌네가 한번도 할머니를 모시지 않은 일까지 참을 수 없어 했어요……"(pp. 179~80)

장혜림과 용순은 소설 『축제』 속에 내포되어 있는 독자이다. 『축제』에서 이준섭의 작품을 다 읽었거나 직접 읽는 인물은 용순과 장혜림밖에 없다. 용순과 장혜림은 이준섭의 자리, 달리 말하면 작가이자 자식으로서의 자리를 검증하는 인물이기도 하다. 물론 같은 독자라고 하더라도 용순과 장혜림 사이에는 차이가 있다. 용순은 소설에 대한 실용적인 관점과 적대적인 태도를 대변한다. 소설이란 가족이나 다른 사람의 이야기를 써서 팔아먹는 일이라고 규정한다. "생전의 할머닌 소설로 다 팔아먹었으니 이제는 할머니의 죽음까지 써서 팔 궁리를 하고 계신 건가요!"(pp. 152~53). 문학상을 받은 준섭이 상금을 빌려주지 않는다고 해서 자신의 이야기를 소설로 쓰지 말라고 못을 박아놓기까지 했다. "그래요. 조카래야 제대로 된 조카도 아니고, 어디서 누구 탯줄을 받아 났는지도 모르는 저한테 삼촌이 무슨 돈을 꿔주시겠어요…… 하지만 막말로 그 돈이 어디 삼촌 혼자서 번 돈이에요? 할머니 팔아먹고 식구들 팔아먹고…… 앞으론 삼촌도 할머니나 집안 식구들 이야기 그만 좀 써 팔아먹어요. 다른 사람은 몰라도 제

이야기는 절대로 써 팔아먹을 생각 말아요"(p. 100). 반면에 장혜림은 긍정적인 반응을 대변하는 독자이다. 그녀는 소설에 제시된 허구와 실제의 사실들이 얼마나 부합하는지를 살핌으로써 이준섭의 문학세계를 보다 더 잘 이해할 수 있다고 믿는다. 작가에 대한 낭만적인 믿음의 소유자라고도 할 수 있지만, 장혜림이 던지는 질문은 『축제』의 전편에 긴장감을 부여하기 충분한 것이다. 소설에 다른 가족들은 모두 등장하는데 왜 유독 용순의 존재는 아예 거론된 적조차 없는가.

왜 등장하지 못했던가. 용순이 가족의 범위에 들지 않는 존재이기 때문이 아닐까. 준섭의 형과 술집 작부 사이에서 태어나 천덕꾸러기로 살다가 사촌의 학사금을 훔쳐 서울로 달아나 여러 술집을 전전했을 것으로 보이는 용순. 가족으로 인정하고 싶지 않았을지도 모른다. 이준섭의 도덕적 인격뿐만 아니라 작가적 태도가 문제되지 않을 수 없는 지점이다. 어머니의 삶에 내재된 원리는 이준섭 소설의 원천적인 근거이며 장례가 축제가 될 수밖에 없는 내밀한 원리이다. 따라서 작품에서 용순을 다루지 않았다는 것은 이준섭의 배타성과 표리부동함을 증명한 것이거나, 어머니의 삶에 내재된 원리와 원형을 문학적인 차원에서 형상화하지 않았거나 못했음을 반증하는 사례가 된다. 어머니는 당신의 삶에서 끝까지 용순이를 끌어안았는데 준섭이 소설속에서 용순을 내쳤다면, 그것은 모친의 삶을 문학적으로 형상화할 능력이 없었거나 모친의 삶을 문학 작품 속에서 고의로 왜곡한 것이기 때문이다. 준섭으로서는 참으로 쓰라린 추궁이 아닐 수 없다. 준섭의 대답은 무엇이었을까. 단편 「빗새 이야기」와 동화 『할미새』가 그것.

「빗새 이야기」에는 비 오는 저녁이면 둥지도 없이 어둠 속을 울고

다니는 빗새의 처지를 안타까워하는 노인네가 등장한다. 어렸을 적에
집을 나가 객지를 떠돌고 있을 아들을 생각해서 집 옆 텃밭에 감나무
한 그루 심어놓고 아침저녁으로 새들에게 모이를 뿌려준다는 이야기.
동화『할미새』는 앞에서 살핀 대로 자신의 나이와 지혜를 손녀에게
나누어주고 죽음을 맞은 할머니가 나비가 되어 나타난다는 이야기이
다. 어머니가 보여주었던 나눔과 베풂 그리고 감싸 안음을 감동적으
로 그려낸 동화이다.

　　"장 기자도 물론 짐작하고 있겠지만, 그 이야기를 쓴 사람, 그에게
　　그런 기다림이 없었다면 노인네의 기다림을 알 수가 있었겠어요? 그리
　　고 그것을 대신해 쓸 수가 있었겠어요?" (p. 196)

이준섭은 「빗새 이야기」에서 집 나간 아들이 용순이였다는 것, 그
리고『할미새』의 손녀딸 은지가 용순이일 수 있음을 말하고 있는 것
이다. 용순의 자리를 마련해놓고 있었던 어머니의 심정을 헤아리고
있었으며, 비유와 상징의 방식으로나마 용순의 자리를 작품 속에 마
련해두고 있었다는 것. 어머니의 삶을 문학적 차원으로 옮겨놓아야
한다는, 자식이자 작가로서의 의무에 충실했음을 보여주는 대목인 것
이다. 소설과 동화는 어머니의 원리를 반영하는 것이어야 했고, 그
과정에서 용순의 자리는 비유적인 차원에서 이미 언제나 마련되어 있
었다. 용순 역시 그 자리를 알아보았다. 그리고 할머니의 지혜가 자
신에게 나누어졌다는 사실도 이해하게 된다. 무엇보다도 용순이가
'독자'였기 때문에 가능한 일이었다.
　　용순이가 동화『할미새』와 「빗새 이야기」를 통해서 자신의 자리를

발견하는 장면과 장례를 마친 후 함께 가족사진을 찍게 되는 장면은 내밀한 상관관계를 갖는다. 용순이가 가족사진에 동참할 수 있었던 것은, 집안 대소사를 치르면서 표출된 갈등이 시간이 흐르면서 해소되고 결국 가족이 다시 하나가 된다는 일반적인 드라마와 전혀 관계가 없는 것이다. 용순이가 가족사진을 함께 찍을 수 있었던 것은, 할머니가 마련해놓았던 자신의 자리를 삼촌의 작품 속에서도 발견할 수 있었기 때문이다. 용순이가 발견한 것은 다름 아닌 독자의 자리였다. 용순이가 그 자리를 채움으로써 정작 용순이가 원래 서 있던 자리에 우리가 남겨진다. 독자인 우리의 모습 말이다.

할머니가 나이가 들면서 자신의 지혜를 후손들에게 나누어주듯이, 축제의 의미가 모든 사람에게 공유될 때, 축제는 축제로서 성립된다. 참여한 모든 사람에게 어떠한 방식으로든 의미의 배분이 이루어져야 축제로서 종결될 수 있다는 것. 적어도 분배의 절차에서 소외당하는 사람이 있다면 그것은 축제일 수 없다는 것. 이를 두고 축제의 윤리학이라고 할 수 있을 것이다. 그렇다면 이 지점에서 나눔과 베풂과 감싸 안음으로 평생을 살아온 어머니의 모습이 자연스럽게 떠오르지 않겠는가. 장혜림이 할머니의 마지막 모습이란 유족들에게 남겨져 있는 것이라며, 사진을 찍겠다고 제안을 하고 준섭이 이 제안을 받아들이는 이유도 여기에 있을 것이다.

『축제』에 의하면 어머니는 삶과 죽음의 경계를 넘어서 나비로 환생했다고 한다. 파란 하늘을 날아가는 나비의 날개와, 펼쳐 놓은 소설의 책날개가 무척 닮았다고 느끼는 것이 우연이기만 할까. 어쩌면 작품의 감동이 불러온 아름다운 환각일지도 모를 일이다.

[2003]

생의 도약과 영원회귀의 잠재적 공존
── 김애란의 『달려라, 아비』 읽기[1]

1. 비스듬한 가족 로망스,
또는 아버지를 유목(遊牧)시키는 상상력

　살아간다는 것은 생물학적인 출생을 전제로 한다. 죽음이 반성적 경험의 영역일 수 없듯이, 출생 역시 주체의 의식이나 자유의지 이전의 영역에 해당한다. 하지만 '나'에 관한 소설적 탐색을 수행하는 자리에서라면, '나'의 기원은 도저히 그냥 지나쳐버릴 수 없는 문제이다. "나는 어떻게 태어났나요?"(「누가 해변에서 함부로 불꽃놀이를 하는가」, p. 170) 어떻게 태어나서 어떻게 자랐느냐 하는 문제, 달리 말하면 출생과 성장의 과정과 관련된 모티프들이 김애란의 작품에는 자주 등장한다. 출생과 성장의 과정에서 가장 중요한 역할을 하는 사람은 다름 아닌 아버지이다. 불면증에 시달리는 딸의 수면을 방해하

---

1) 김애란, 『달려라, 아비』, 창비, 2005.

는 텔레비전 중독자이기도 하고, 딸아이가 태어나자마자 냅다 도망을 가서 죽을 때까지 돌아오지 않는 무책임한 인간이기도 하고, 놀이공원에서 아이를 내버려두고 혼자 사라져버린 몰염치한 사람이기도 하다.

「사랑의 인사」는 공원에 자신을 버린 아버지를 몇 십 년이 지난 뒤 수족관의 유리벽을 사이에 두고 만나게 된다는 이야기이다. 돌아올 때까지 기다리라던 아버지가 끝끝내 모습을 드러내지 않았을 때 어린 주인공의 내면은 어떠했을까. 이 장면에는 아버지와 관련된, 김애란 소설 특유의 발상법이 숨어 있다.

> 순간 나는 한 가지 중요한 사실을 깨달았다. 그것은 '나는 버림받았다'는 사실이 아니었다. 그것은 단순하고 모호한 문장, 먼 곳에서 수백 년 전 출발해 이제 막 내 고막 안에 도착하는 휘파람 소리, '아빠가 사라졌다'는 말이었다. 정말이지 아버지는 실종된 것이 틀림없었다. 그렇지 않고서야 이렇게, 이런 곳에, 이런 식으로 나를 버릴 리 없었다. (「사랑의 인사」, pp. 145~46)

내가 버림받은 것이 아니라 아버지가 실종되었다는 것. 그래서 미아보호소에서 그가 한 말도 "아버지가 길을 잃은 것 같습니다"였다. 이 장면에는 아버지와 관련된 정신적 상처trauma를 만들지 않으려는 의지, 더 나아가서는 자신의 삶이 원한ressentiment에 의해 지배당하게 내버려두지 않으려는 의지가 배어난다. 원한이란 현실에서 삶의 고통을 해소할 수 없기 때문에 상상 속에서 복수를 감행하고, 그 과정에서 위로와 위안을 얻으려는 마음의 움직임을 말한다. 정신적 상처를 복수의 드라마로 바꿈으로써, 상처 입은 약자의 도덕적 정당성을 스스로 확인하는 방법인 셈이다. 하지만 김애란의 소설에 등장하는 주인공들은 아버지와 관련된 상처나 원한 감정이 구성되도록 스스로를 방기하지 않는다. 김애란의 소설이 외견상 가족 로망스의 모습을 취하면서도 그것에 함몰되지 않는 이유가 여기에 있다. 다른 작품을 좀더 살펴보도록 하자.

시골에서 상경하여 달동네에다 거처를 마련해서 살고 있는 한 남자가 있었다. 그리고 고향 집에서 아버지와 싸우고 아무 계획 없이 서울에 올라와 남자의 집에 머물고 있는 한 여자가 있었다. 며칠 동안의 실랑이 끝에 드디어 여자가 몸을 허락하겠다는 신호를 보내왔다. 하지만 조건이 있다. 지금 당장 피임약을 구해 와야 한다는 것. 그래서 남자는 피임약 구하러 정신없이 달렸다. 그리고 여자가 임신했음을 알게 되자 그는 얼굴이 새파래져서 또다시 달렸다. 그러고는 돌아오지 않았다. 하지만 남겨진 딸은 언제나 달리고 있는 아버지를 상상한다.

「달려라, 아비」는 한 번도 본 적이 없는 아버지를 상상하는 딸의 이야기이다. 비평가 김윤식의 지적처럼, 가족 로망스적인 구도가 투영되어 있는 작품이다. 가족 로망스란 무엇인가. 아이들은 성장하면서 실제의 부모를 부정하고 진짜 부모는 왕이나 귀족이라고 상상하게 된다. 부모에 대한 상상적 보상(복수의 환상)이라고 보아도 좋고, 스스로 미운 오리 새끼 되기(자기연민)라고 이해할 수도 있다. 가족 로망스는 가족이 정신적 상처의 기원이라는 점을 전제한다. 가족과 관련된 정신적 상처의 기원을 상상 속에서 변형시켜 스스로를 보호하고 위로하는 방식이 가족 로망스인 것이다.

「달려라, 아비」의 독특함은 가족 로망스의 틀을 절반 정도만 원용하고 있다는 점이다. 생물학적 기원인 아버지에 대한 딸의 상상은 전형적인 가족 로망스의 방식을 취한다. 하지만 가족 로망스의 일반적인 특징인 자기연민에 근거한 복수의 환상이 발견되지 않는다. 출생 자체가 트라우마일 수밖에 없는 사생아 이야기이지만, 작가는 도망간 아버지가 정신적 상처의 기원이 되도록 내버려두지 않는다. 아버지란 생물학적 기원의 반쪽일 따름이며, 처음부터 부재하는 기원이며, 생각하지 않는 곳에 존재하는 무의식의 이름이다. 아버지는 나를 가능하게 한 생물학적인 기원이 아니라, 나의 억압된 무의식으로부터 연유하는 일종의 징후이다.

생물학적 기원으로서의 아버지가 아니라, 나의 무의식과 관련된 징후로서의 아버지. 이를 두고 아버지와 관련된 새로운 발상법의 출현이라고 보아도 좋을 것이다. 줄곧 부정하던 아버지를 임종과 함께 긍정하게 되는 플롯도 아니고, 아버지에 대한 저항의 포즈로 윤리적 거점을 마련하는 서사전략도 아니다. 「달려라, 아비」에서 아버지는 처음부터 끝까지 긍정된다. 그리고 아버지를 긍정하는 자신을 긍정한다. 아버지에 대한 이중의 긍정. 아버지와 관련된 두 번의 긍정이 정신적 상처를 만들지 않으려는 즐거운 의지로 나타나며 더 나아가서는 자신의 무의식에 대한 자기배려로 나타났던 것이 아닐까. 정신적 상처의 기원(아버지)을 유목시키는 독특한 상상력은, 김애란이 보여준 한국문학의 새로운 풍경이기도 하다.

그렇다면 아버지를 유목시키는 상상력을 이끌어낸 방법은 무엇일까. 주인공 또는 작가의 의지에 의해 견인된 것일까. 그렇지는 않다. 김애란의 소설에서 아버지에 대한 태도는 나를 버렸느냐 아니면 제대로 키웠느냐 하는 문제와는 무관하다. 오히려 아버지가 수동적인가 역동적

인가에 따라서 부정적이거나 긍정적인 태도가 제시된다. 「그녀가 잠
못 드는 이유가 있다」의 주인공은 종일 단칸방에 틀어박혀 텔레비전만
보는 아버지를 긍정하지 못한다. 아버지에게서 "이불 속에 숨어 있는
저 하반신"(「그녀가 잠 못 드는 이유가 있다」, p. 104)만이 연상되었기
때문이다. 반면에 어린 시절 삽 위에 아이를 올려놓고 빙글빙글 돌던
아버지의 모습은 주인공으로 하여금 무의식적인 환상에 이르게 한다.
아마도 아버지에게서 생명의 고양감을 느꼈기 때문일 것이다.

> 아버지는 누운 채 불빛을 세례받는다. 펑! 펑! 활짝 피는 불꽃들이
> 아름답다. 그리하여 아버지의 거대한 성기에서 나온 불꽃들이 민들레
> 씨처럼 밤하늘로 퍼져나갔을 때, 아버지의 반짝이는 씨앗들이 고독한
> 우주로 멀리멀리 방사(放射)되었을 때,
> "바로 그때 네가 태어난 거란다."
> 면도를 마친 아버지가 말했다. 나는 꼼짝 않고 앉아 있다가 아버지
> 를 향해 말했다.
> "거짓말."(「누가 해변에서 함부로 불꽃놀이를 하는가」, p. 177)

아버지라는 이름에 내재된 것, 아버지라는 언어에 기대하는 것, 아
버지를 긍정할 수 있는 이유가 집약되어 있는 장면이다. 김애란의 소
설에서 아버지는, 긍정적인 양상으로 제시될 경우 생명의 도약과 밀
접하게 관련된다(먼 우주를 향해 방사되는 불꽃의 이미지는 베르그송의
『창조적 진화』에 등장하는 불꽃의 이미지와 무척이나 닮았다. 태양에서
다양한 방향으로 퍼져 나오는 불꽃). 아버지를 달리게 만드는 상상력은
아버지에게 잠재된 의미(힘의 고양)를 긍정하기 때문에 가능한 일이

었다. 그렇다면 왜 나를 버린 아버지를 생명의 도약이라는 이미지와 결부시키는 것일까. 아버지가 예뻐서일 리가 없다. 아버지와 관련된 정신분석학적 드라마의 재현은 더더욱 아닐 것이다. 그것은 삶의 고통을 긍정하지 않겠다는 숨은 의지이며, 생명의 고양을 꿈꾸는 자기 자신을 위한 배려이다.

2. 타자로서의 '나'와 세계의 오해 가능성

불면에 시달리는 젊은 여자가 있다. 그녀가 불면에 시달리는 이유는 참으로 여러 가지이다. 오늘과 내일의 일들, 각종 세금과 공과금, 누군가의 부고(訃告), 냉장고 속 식품의 유통기한, 제목이 생각나지 않는 영화들, 한밤의 광고문자, 스펠링을 잘못 적은 신청곡 쪽지 등등. 생활을 유지하기 위해서 해야 할 일들 때문에, 생활하면서 생기게 마련인 이런저런 일들 때문에, 그녀는 잠을 이루지 못한다. 어디 그뿐인가. 잠을 자기 위해서는 더 이상 생각을 하면 안 된다는 생각에 사로잡혀서, 또는 아침에 우연히 들은 노래를 흥얼거리고 있는 이유를 생각하느라, 잠을 이루지 못한다. 그녀는 잠을 자기 위한 방법을 찾는 일에도 열심이다. 인터넷에서 찾은 '불면' 퇴치법에 따라 따뜻한 우유를 마시기도 하고 명상으로 마음을 다스리려고 노력한다. 또는 자신의 뼈와 관절이 만들 수 있는 자세들을 하나하나 점검하며 어떻게든 잠들 수 있는 자세를 찾아보려고 한다. 하지만 불면에 대한 이유나 치유책을 찾는 일은 그다지 쉽지 않다. 소득이 있다면 '자신이 잠 못 드는 이유'를 좀더 면밀하게 살피겠다는 다짐을 스스로 하게 되었다는 정도일 것이다.

김애란의 단편 「그녀가 잠 못 드는 이유가 있다」에 등장하는 에피소드들이다. 이 지점에서 사소하지만 그냥 넘길 수 없는 물음이 생겨난다. 잠들지 못하는 나와 잠들려고 노력하는 나 사이에는 어떤 관계가 있을까. 잠을 자기 위해서는 생각을 하지 말아야 한다고 다짐하는 나와 그럼에도 불구하고 끊임없이 생각의 연쇄를 이어나가는 나 사이에는 어떤 차이가 있는 것일까. 나는 잠들지 못하는 나가 낯설며, 나를 잠들게 하는 방법을 모르는 나가 낯설다. 달리 말하면 나는 미지의 신체-정신 공간인 셈이다. 잠들려고 노력하는 나의 관점에서 보자면 잠들지 못하는 나란 하나의 타자에 해당한다. 생각을 하지 말아야 한다고 다짐하는 나의 입장에서 볼 때, 생각의 고리를 한없이 이어가는 나는 자신의 내면에 펼쳐진 낯선 풍경이라고 할 수 있다. 따라서 김애란의 소설에 등장하는 나는 온전하고 충만한 실존의 이미지를 갖지 않는다. 또한 유토피아적 실존의 행복한 과거를 직관적으로 상기하고 그것을 되찾으려고 노력하는 주체와도 무관하다.

내면의 타자로서의 나, 또는 타자화된 내면성으로서의 나, 김애란 소설의 핵심을 이루는 기본항이다. 상징주의 시인 랭보가 어느 편지에 썼고, 철학자 들뢰즈가 칸트 철학의 해석에 원용했던, '나는 타자이다'라는 말은 김애란의 소설에도 적용된다. 따라서 불면이란 타자로서의 나와 관련된 징후이며, 내면의 타자로서의 나를 입증하는 비유이다. 나는 내면에도 있고 외부에도 있다. 나는 안과 밖에 동시에 존재하며, 타인의 상상력을 매개해서 형상화된다.

나는 내가 어떤 인간인가에 대해 자주 상상한다. 나는 나에게서 당

신만큼 멀리 떨어져 있으니 내가 아무리 나라고 해도 나를 상상해야만
하는 사람이다. 나는 내가 상상하는 사람, 그러나 그것이 내 모습인
것이 이상하여 자꾸만 당신의 상상을 빌려오는 사람이다. (「영원한 화
자」, p. 136)

'나는 어떤 인간인가.' 김애란 소설의 독특한 질문방식이다. 그는
'나는 누구인가'라고 정체성을 전제한 물음을 던지지 않는다. 따라서
조화로운 통일성으로서의 나에 대한 그리움에 시달리거나 잃어버린
나를 낭만적으로 과장할 필요가 없다. 다만 그는 묻는다. '나는 어떤
인간인가.' 나의 타자성을 전제한 물음이다. 따라서 인용문에서 보듯
이 나는 "나에게서 당신만큼 멀리 떨어져 있으며 내가 아무리 나라고
해도 나를 상상"할 수밖에 없다. 그리고 나에 대한 상상은 타자인 당
신의 상상을 차용하거나 매개하여 이루어진다.

타자화된 나는 어떠한 모습으로 세상과 만나게 될까. 그녀가 경험
하는 세상이란 어떠한 방식으로 드러나게 되는 것일까. 작품에 제시
된 용어를 사용하자면 나는 '번역'하듯이 세상과 만난다. 모국어를 사
용하듯이 세상과 만나는 것이 아니라 외국인과 대화하는 것처럼 세상
과 만난다. "번역. 그것은 그녀가 세상을 불신하기 시작했을 때 처음
으로 배운 옹알이와도 같은 것이었다"(「그녀가 잠 못 드는 이유가 있
다」, p. 104). 외국어 단어나 문장을 두고 여러 가지의 가능한 번역을
고려해야 하듯이 그녀는 상황의 여러가지 가능성을 동시적으로 고려
한다. 따라서 김애란의 소설은 세계와의 소통 부재나 소통 단절과는
무관하다. 감당하기 어려울 정도의 애매성(다의성)으로 가득한 세상
과 마주하고 있을 따름이다. 의미로 추정될 수 있는 가능성이 늘어나

는 만큼, 오해 가능성도 증대하고 아이러니가 형성될 가능성도 높다. 예를 들어 누군가와 통화를 한다고 해보자. 그럴 때마다 소설의 주인공은 대단히 많은 가능성을 동시에 고려하게 된다.

그녀는 '이 사람이 지금 정말 나를 만나고 싶어하는 것인지, 미안해서인지, 내가 만나고 싶어할 것이라고 생각하고 말하는 것인지, 진짜로 그렇게 하자고는 못하겠지 하는 마음에 물어보는 것인지, 예의상 그렇게 하는 것인지' 고민한다. (「그녀가 잠 못 드는 이유가 있다」, p. 91)

굳이 불면이 아니라고 하더라도, 김애란 소설의 주인공들은 삶을 번역하며 살아간다. 달리 말하면 사회적인 것이 내면화될 때 생겨나는 갈등과 주관적인 의도가 사회적으로 표현될 때의 장애를 그들은 고스란히 경험한다. 따라서 그들의 언어는 사회화되지 않은 언어에 가까우며, 거의 매 순간 사회화 또는 내면화라는 문턱을 힘겹게 넘어서야 하는 내면심리가 반영된다. 머리를 싸매고 공부하듯이 살아가는 삶이라고 할까. 생물학적인 생명을 사회적인 생존으로 전환하는 과정에서 그/그녀는 항상 애를 먹는다. 처음부터 사회화가 이루어지지 않는 삶이란 존재하지 않겠지만 그/그녀의 사회화 학습과정 또는 사회적 코드의 내면화 과정은 더디고 힘겹다. 그/그녀는 거의 매순간 사회와 처음 마주하는 듯한 자신의 내면을 응시하게 된다. "그리하여 '나는 내가 어떤 사람인지 자주 생각하는 사람이다'라고 처음부터 다시 말하는 사람이다"(「영원한 화자」, p. 138).

그렇다면 '나는 어떤 사람인가'를 탐색하고 제시하는 방법이 문제일 것이다. 이 지점이 김애란 소설에서 가장 흥미로운 대목이다. 그는 은유의 축으로 통합되는 실존적인 자아가 아니라, 환유의 축으로 인접되는 취향의 체계를 제시한다. "나는 '도에 관심있는 사람'에게 잡혔을 때 대꾸 않고 지나가는 사람인가 웃으면서 사양하는 사람인가, 나는 지구에 외계인이 살고 있다고 생각하는 사람인가 그렇지 않은 사람인가, 나는 콩이 들어간 밥을 좋아하는 사람인가 그렇지 않은 사람인가에 대한 대답의 목록들을 이미 가지고 있"(「영원한 화자」, p. 119)다. 나는 하나의 목록이다. 지속적으로 코드화되고 탈(脫)코드화되며 재(再)코드화되는 자아이다. 따라서 "나는 아직 잔뜩 남겨진 자"(「영원한 화자」, p. 116)이며, 자기 자신에게도 알려져 있지 않은 타자의 영역이다. 그리고 '타자로서의 나'에 의해 세상의 오해 가능성과 아이러니는 문학적 의미의 생산 가능성으로 탈바꿈하게 될 것이다.

3. 어디에나 있지만 그 어느 곳에도 없는 '나'를 찾아서

나는 어떤 사람일까. 가족 로망스와 관련된 상상의 영역도 타자화된 나를 둘러싼 내면의 드라마도 아니라면, 21세기의 한국사회를 살아가는 '나'는 어떠한 사람일 것인가. 대도시의 일상적인 삶이 나타난 작품들인 「나는 편의점에 간다」와 「노크하지 않는 집」에 주목하도록 하자. 이들 작품에서 등장인물들은 서울 변두리에서 자취를 하는 20대 중후반의 여자이며 일찌감치 가족으로부터 독립해서 살아간다. 혼자 살아가는 이들에게는 "먹고사는 데 필요한 것들과 알아야 될 것들"이 너무 많다. "언제 화장지가 떨어질지, 물먹는 하마에는 물이 얼마만큼

찼는지, 은행잔고는 얼마인지 신경써야 한다"(「그녀가 잠 못 드는 이유가 있다」, p. 93). 김애란의 소설에서 '생활'은 그냥 주어지지 않는다. 생활은 엄청난 에너지를 투여해서 세심하게 관리해야 하는 대상이다. 외견상으로는 대도시적 일상성에 대한 섬세한 소묘처럼 보일수도 있겠지만, 그 저변에 깔려 있는 생활감각은 근원적인 차이를 드러낸다. 그가 제시하는 대도시의 일상은 관찰자의 눈에 포착된 풍경이 아니라, 삶을 살아내는 자의 감각 바로 그것이다. 달리 말하면 관찰이 아니라 연루의 기록인 것이다.

"2003년 서울. 빈손을 물끄러미 쳐다보고 있는 우리에게, 편의점은 기원을 알 수 없는 전설처럼 그렇게 왔다"(「나는 편의점에 간다」, p. 32). 백화점의 투명한 쇼윈도와 화려한 조명이 근대 초기의 소비문화를 대변하는 상징이라면, 편의점과 대형할인점은 후기산업사회에 진입한 한국의 소비문화를 보여주는 공간이다. 후기산업사회에서 소비는 그 자체로 사회문화적 의미를 구성하는 행위이며, 일상생활의 패턴을 구성하는 사회적 실천이다. 그런 의미에서 편의점은 소비의 현대적 의미를 극대화하고 있는 공간이다. 단편 「나는 편의점에 간다」의 주인공은 동네의 편의점을 중심으로 일상적인 소비생활을 영위한다. "나처럼 혼자 자취를 하는 사람에겐 일정한 동선, 일정한 습관이 필요하기 때문이었다"(「나는 편의점에 간다」, p. 39). 왠지, 소속 계급에 근거하여 형성되는 취향의 체계인 아비투스habitus와 만나게 될 것 같다는 느낌이 든다.

큐마트의 두번째 특징은 음악이다. 큐마트는 언제나 매장 내에 음악을 틀어놓는다. 음악은 대개 잔잔한 클래식이다. 큐마트의 음악은 손님들로 하여금 물건 앞에 오래 머물도록 해준다. 산책로에서 천천히 허리를 구부려 낙엽을 줍듯, 큐마트에서 양반김이나 제주삼다수를 드는 나의 몸짓은 갑자기 우아해진다. 내가 편의점에 갈 때마다 어떤 안심이 드는 건, 편의점에 감으로써 물건이 아니라 일상을 구매하게 된다는 생각 때문인지도 모르겠다. 비닐봉지를 흔들며 귀가할 때 나는 궁핍한 자취생도, 적적한 독거녀도 무엇도 아닌 평범한 소비자이자 서울시민이 된다. 그곳에서 나는 깨끗한나라 화장지를, 이오요구르트를, 동대문구청에서 발매한 10리터용 쓰레기봉투를, 좋은느낌 생리대를, 도브 비누를 산다. (「나는 편의점에 간다」, p. 41. 강조는 인용자)

편의점에 감으로써 물건이 아니라 일상을 구매한다. 그리고 평범한 소비자이자 서울시민이라는 지위를 부여받는다. 그렇다면 편의점은 소비주체로서의 고유성까지도 부여해줄 수 있을까. 두 가지의 에피소드가 눈에 띈다. 하나는 편의점에서 일시적인 외상이 되는가 하는 문제. 어느날 여자 주인공은 간만에 세븐일레븐에 들른다. 사장은 상냥한 표정으로 알은척을 한다. 하지만 지갑을 놓고 물건을 사러 왔다는 것을 알게 되자 여전히 상냥한 목소리로 말한다. "다녀오세요." 편의점에서는 얼굴을 알더라도 외상은 되지 않는다. 편의점에서의 인간관계는 화폐와 상품의 투명하면서도 즉각적인 교환 위에서만 정상적으로 기능하기 때문이다. 다른 하나는 편의점에 개인적인 부탁을 할 수 있는가 하는 문제. 동생에게 전해줄 집 열쇠를 잠시 맡아달라는 부탁을 하기 위해서, 평소에 자주 가던 큐마트에 들렀다. 이 근처에 살며 항상 제주삼다수와 디스플러스를 산다고 자신을 소개한다. 하지만 난처한 표정의 판매원은 말한다. "손님⋯⋯죄송하지만 삼다수나 디스는 어느 분이나 사가시는데요." 소비에는 얼굴이 없다. 제주삼다수, 디스 한 갑, 깨끗한나라 화장지, 10리터짜리 쓰레기봉투, 햇반 흑미밥 등으로는 나를 설명할 수 없다. 일상적으로 구입하는 물품의 목록들은 나를 드러내는 소비의 코드들이다. 그것은 대도시의 일반화된 소비패턴에 지나지 않는다. 나는 편의점에 간다. 하지만 편의점에는 너무나도 많은 나가 있다. 한편에는 편의점에서 물건을 구입하며 소비주체로서의 정체성을 확인하려는 '나'가 있고, 다른 한편에는 물품의 구입 목록으로 환원되는 아비투스로서의 '나'가 있다. 나는 안과 밖에 동시에 존재한다.

　서울 주변부의 거주공간에 비슷한 주제를 펼쳐놓은 「노크하지 않는 집」을 보자. 주인공 여자는 대학가 주변 건물 1.5층에 산다. 세면, 목욕, 용변, 빨래 등 주로 물과 관련된 일은 공동의 장소에서 해결을 하고 각자의 공간으로는 단칸방을 갖는다. 5개의 방에 5명의 여자들이 살고 있지만, 그들은 얼굴을 마주치는 일이 없다. 물론 가끔 속옷이나 구두 같은 물건들이 없어지는 일이 벌어지기도 한다. 여자 주인공이 어느 날 돌아와보니 얼마 전에 잃어버린 구두가 방 한가운데에 놓여 있다. 누구의 짓일까. 다른 사람들의 방에 들어가보기로 결심한다. 그리고 두 가지의 놀라운 사실을 발견한다. 첫번째는 5개 방의 열쇠가 모두 같다는 점이고, 두번째는 각 방에 비치된 물품과 양태가 동일하다는 것이다.

　방안에는 세 칸짜리 분홍색 서랍장 하나, 오른쪽 모서리귀가 닳은 한 칸짜리 금성냉장고 하나, 그리고 생리 중에 흘린 피가 까맣게 말라 있는 아이보리 요 한 채와 장미가 무더기로 그려진 이불이 있다. 세 칸짜리 서랍장 중 언제나 한 칸은 양말이나 티셔츠가 기어나와 완전히 닫히지 않은 채 이가 물려 있고, 냉장고 옆의 책장에는 몇개 안되는 씨디와 책들이 있다. 대개 서태지, 김현철, 이승환, 너바나, 비틀즈 등의 씨디다. 방문 쪽 콘센트에는 항상 휴대폰 충전기가 노란불을 켠 채 충전돼 있고 방바닥엔 군데군데 담배빵 자국이 나 있다. (「노크하지 않는 집」, p. 241)

나는 없다. 아니, 많은 나들이 동시에 존재하고 있다. 똑같은 생활용품들이 동일한 방식으로 배치되어 있는 5개의 방에서, 그녀가 본 것은 무엇일까. 1.5층 단칸방에서 혼자 살아가는 여성들이 속하게 될 계층과 거기에 상응하는 문화적 취향이 있을 따름이다. 달리 말하면 나는 실존이 아니다. 자신의 내부에 또는 과거의 시간 속에 자리를 잡고 있는 근원적인 실존은 없다. 김애란의 소설에 의하면, 나는 아비투스의 구성물이다. 나는 관찰하는 섬세한 시선으로도 존재하지만, 그와 동시에 특정한 계층의 아비투스로서 공간적으로 발현된다. 나는 안과 밖에 동시에 존재한다. 일반적으로 소설에서 관찰의 시선이 갖는 지위는 대단히 압도적이다. 하지만 김애란의 작품들은 관찰자의 시선이 갖는 계급성을 전복적으로 탈은폐한다.

4. 영원회귀와 생의 도약을 즐겁게 욕망하는 글쓰기

그렇다면 김애란 소설에 나타나는 글쓰기의 자기 이미지는 어떠할까. 또한 글쓰기와 관련된 상상력은 어떠한 방식으로 나타나는 것일까. 글쓰기와 관련된 우화적인 이야기가 제시된, 그렇기 때문에 글쓰기에 대한 무의식이 집중적으로 나타나 있는 「종이 물고기」를 살펴보도록 하자.

「종이 물고기」의 주인공은 20대 중반의 청년이다. 가난한 집에서 태어나 벽면에 도배지로 사용된 신문을 읽으며 자랐다. 그렇다고 해서 공부를 잘한 것도 아니었고, 그야말로 평범하게 자랐다. 군대를 다녀와서 집을 나와 서울로 거처를 옮겼는데, "가방 안에는 포스트잇 한 뭉치가 위조지폐처럼 수상하게 들어 있었다"(「종이 물고기」, p. 205). 허름한 방을 얻은 그는 벽면을 포스트잇으로 채우기 시작했다. 첫번째 벽면은 그가 읽은 책에서 좋아하는 부분을 적은 것이고, 두번째 벽면은 자기 자신에 관한 이야기들이었다. 세번째 벽면에는 스쳐가는 생각이나 단어들을 기록해두었고, 네번째 벽면에는 공사장 인부들의 걸쭉한 대화를 옮겨 적었다. 그리고 다섯번째 벽면부터는 소설을 써내려가기 시작했다. 네 개의 벽면에서 포스트잇을 한 장씩 떼서 나란히 놓은 후, 우연한 배열에 잠재되어 있던 이야기를 현실화시키는 방법이었다. 그는 왜 소설을 쓰려고 하는 것일까. 소설 쓰기에 투영된 무의식적 욕망은 무엇이었을까. 소설의 완성을 앞두고 그가 꾸었던 꿈이 인상적이다.

바람이 들고 날 때마다 모든 벽면은 바깥을 향해 천천히 부풀어오르다 다시 원상태로 천천히 가라앉았다. 그럴 때면 다섯 개의 벽면에 붙은 포스트잇들은 일제히 파르르 몸을 떨었다. 그러자 그것은 더욱 살아있는 것처럼 보였다. 그는 그 방 전체가 하나의 종이 비늘이 달린 물고기가 되어 부드럽게 세상을 헤엄쳐다니는 상상을 했다. 그는 물고기의 지느러미 옆에 붙어 있는 듯한 기분도 느꼈고, 반대로 자신이 물고기의 뱃속에 들어가 있는 것 같은 기분도 느꼈다. 그는 어디가 안이고 밖인지 알 수 없었다. 〔……〕 마지막 포스트잇을 붙이고 나면 물고기가 싱싱한 등허리를 파닥거리며 자신을 데리고 어디론가 헤엄쳐갈 것이라고 그는 생각했다. 얼마 후 그는 자기도 모르게 그 자리에 쓰러졌다. 그는 그날 밤 두 팔을 머리맡에 둔 채 잠을 잤고, 어쩌면 꿈속에서 거대한 눈을 끔뻑이는 종이 물고기를 봤는지도 몰랐다. (「종이 물고기」, pp. 216~17)

김애란에게 글쓰기는 포스트잇의 우연하면서도 혼종적인 배치로부터 연유한다. 눈여겨봐두어야 할 것은 리좀의 잔뿌리와 같은 글쓰기의 원천들이 종이 물고기로 변신하고 있다는 점이다. 포스트잇에서 종이 물고기에 이르는 상상력. 벽에 붙어 있던 종잇조각들이 생명을 가진 물고기가 되는 장면. 여기에는 김애란의 글쓰기에 내재되어 있는 그 어떤 욕망이 얼굴을 내밀고 있다. 생명의 새로운 생성을 꿈꾸는 글쓰기. 생명의 억압이 아니라 생명의 분출을, 그는 말하고 싶어한다. 더 나아가서 포스트잇이 종이 물고기가 되는 '창조적 진화'를 꿈꾼다. 베르그송이 생명체에 미분화된 상태로 잠재되어 있던 가능성들이 마치 불꽃이 폭발하듯 완전한 생명을 향해 도약한다고 말한 바 있듯이, 포스트잇의 점성과 바람의 운동성이 긴장을 일으키면서 종잇조각들은 종이 물고기를 향해 도약한다. 앞에서도 말한 바 있는 생명의 도약이 상상력의 원천으로 가로놓여 있는 셈이다.
  글쓰기의 상상력을 보여주는 또 다른 이미지로는 우주 또는 지구를 거론할 수 있다. 그는 지하철에서 고산지대 사람들의 휘파람을 연상하고, 지구의 원주에서 가로등 높이만큼의 대기권을 상상하고, 스칸디나비아반도에서 살고 있을 배다른 형제를 머릿속에 그린다. "지하철 안─매일 아침 목숨을 걸고 한강을 건너는 사람들 틈에 앉아, 덜컹이는 이 세계의 박자를 느끼고 있다보면, 어느새 나는 눈을 감고 고산지대 사람들의 휘파람 소리를 상상하게 된다"(「사랑의 인사」, p. 140). "나는 창자에 턱을 괴고 앉아, 지구보다 더 큰 둘레를 그리며 돌고 있는 가로등의 운동을 상상했다. 지구의 원주와 가로등이 손끝으로 그려내는 원의 너비. 그리고 그 두 원의 너비 차가 만드는 사이 안에서 살아가고 있는 많은 사람들……"(「스카이 콩콩」, p. 61). "나는 하늘 높이 떠 우리 집을 내려다본다. 저 스칸디나비아반도의 내 형제가 보인다. 그는 산 위에 올라 한쪽 손을 높이 흔들고 있다"(「누가 해변에서 함부로 불꽃놀이를 하는가」, p. 190).

그렇다면 지구 또는 우주를 배경으로 하는 상상력에 내포된 함의는 무엇일까. 허망한 꿈을 가지고 진지하게 살아가는 어느 세 부자의 이야기인 「스카이 콩콩」을 보자. 주인공의 형은 초등학교 과학경시대회에서 일등을 한 적이 있다. 고무동력기를 장착한 비행기가 얼마나 오래 나는가를 따지는 대회였는데, 형의 고장 난 비행기는 추락하는 시간이 길어서 일등을 차지했다. 이를 두고 아이러니라고 불러도 좋을 것이다. 그로부터 일 년 후에는 더욱 놀라운 일이 벌어진다. 경시대회에 참가한 모든 비행기가 형의 비행기처럼 날개에 이상을 만들어 느리게 추락하는 진풍경을 연출한 것이다. 이를 두고 이중의 아이러니 또는 아이러니의 즐거운 회귀라고 불러도 좋을 것이다.

주인공은 형의 어이없는 우승과 일 년 후에 재현된 어처구니없는 상황을 떠올리며 스카이 콩콩을 탄다. 왜 스카이 콩콩인가. 스카이 콩콩의 운동성에는 우주로의 도약이라는 가능성이 잠재되어 있기 때문이다. 무한한 시간과 공간을 가진 우주에서 벌어지는 일이란 결국 언젠가 일어난 적이 있었던 일들의 반복에 불과하다. 인간적인 삶의 차원에서 아이러니는 희극과 비극이 혼융된 운명의 서사로 이어진다. 달리 말하면 허무주의를 강화하는 것이다. 하지만 아이러니가 우주적인 차원과 관련될 때 허무주의는 즐거움을 생산하는 상상적 차원으로 탈바꿈하게 된다. 그런 의미에서 "사라지는 것들은 이유가 있다. 그리고 사라졌다 다시 나타나는 것들은 반드시 할 말이 있는 것이다"(「사랑의 인사」, p. 144). 김애란의 소설은 우주로부터 (영원)회귀하는 가능성들에 대한 즐거운 기다림이다. 또한 "처음부터 나에게로 오게끔 약속돼 있던 언어"(「사랑의 인사」, p. 141)에 대한 기록이다. 스카이 콩콩의 빈약한 탄력성에 기대어 우주로의 도약을 꿈꾸는 일은, 김애란 글쓰기의 원형적인 이미지 가운데 하나이다. 반복해서 말하지만 스카이 콩콩의 운동성은 생명의 도약과 관련된 무의식적 욕망을 반영한다. 그리고 삶의 고양감이 가져다주는 기쁨은, 현실의 고통이 죄의식이나 정신적 상처로 고착되는 것을 결코 용인하지 않는다. "스프링의 탄력과 함께 나의 수치심은 우주 멀리 날아가버렸다"(「스카이 콩콩」, p. 65). "세계의 소란스러움을 등지고 가로등 아래서 홀로 스카이 콩콩을 타는 나의 모습은 고독하고, 또 우아했다. 스카이 콩콩을 타는 나의 운동 안에는 뭐랄까, 어떤 '정신'이 들어 있었다"(「스카이 콩콩」, p. 65).

김애란의 우주적 상상력에는 니체적인 영원회귀와 베르그송적인 생명의 도약이 겹쳐져 있다. 아버지의 성기로부터 퍼져나가던 불꽃들의 이미지, 십수 년 만에 아버지를 알아보고 수족관 안에서 유리벽을 두드리던 손바닥, 한 번도 본 적 없는 아버지에게 선글라스를 씌워주며 계속해서 달리게 만드는 상상력, 자신을 버린 아버지를 두고 아버지가 길을 잃었다고 말할 수 있는 엉뚱함 등등은 모두 우주적 상상력과 관련된다. 인생에서 상처가 될 수 있었던 지점들을 상처로 만들지 않을 수 있었던 힘 역시 거기서 찾을 수 있다. 김애란의 소설에서 '나'는 영원회귀와 생명의 도약이 잠재적으로 공존하는 장소의 이름인 것이다.

지금까지 우리는 타자화된 '나'가 낭만화된 실존을 대체하는 장면을 보았고, 문화적 취향의 목록으로 환원되는 현대의 주체들을 만났다. 또한 정신적 상처의 기원이었던 아버지를 즐겁게 유목시키는 상상력과 조우했으며, 영원회귀와 생명의 도약이 공존하는 '나'와 이야기를 나누었다. 이 모든 소설적 표정들이 참으로 친숙하다. 하지만 한국문학의 문법들은 그 친숙한 표정 아래에서 심하게 요동치고 있다. 아마도 김애란은 전통적인 소설의 표정을 지은 채로 소설의 전통적인 문법을 그 내부로부터 허물어뜨리고 있는 작가일 것이다. 그의 소설로 회귀했던 한국문학의 문법들은, 이제 새로운 생명의 도약을 꿈꾸고 있는지도 모른다.

〔2005〕

글쓰기·목소리·여백

──신경숙의 『바이올렛』[1]

1. 부재의 형이상학과 상징적 자궁

신경숙은 소설을 낳는다. 겨우 존재하지 않는 것들 또는 이제 막 사라지려는 것들을 통칭해서 부재(不在)라고 할 수 있다면, 부재는 작가의 상상적인 욕망이 마련해놓은 상징적 자궁의 내벽(內壁)에 흔적처럼 착상(着床/着想)되었다가 언어의 모습으로 다시 태어난다. 사라지려고 하는 것들을 다시 불러일으켜 세우고자 하는 작가의 (글쓰기에 투영된) 욕망은 지독하리만큼 순수하며 놀라울 정도로 치열하다. 글쓰기는 부재를 재현하고자 하는 욕망을 위해 상징적인 자궁의 자리를 마련해준다. 하지만 글쓰기écriture는 작가의 욕망과는 달리, 다분히 불순하다. 글쓰기는 부재의 재현에 대한 꿈을 가지게 할 뿐이지, 결코 부재를 현전의 문턱 너머로 데려오지 않는다. 상징적 자궁

---

1) 신경숙, 『바이올렛』, 문학동네, 2001.

을 통과하더라도, 부재는 현전의 문턱을 넘지 못하고 안타깝게 서성일 뿐이다. 글쓰기를 통해서 부재는 기억되거나 기록될 수는 있지만, 결코 (재)현전하지는 않는다. 소설의 언어는 부재를 또 다른 부재(의 현전으)로 기록하고 기억할 따름이다. 글쓰기란 자기 현전의 지워짐이기 때문이다.

글쓰기는 부재의 현전과 현전의 지워짐을 이중화하면서 반복한다. 따라서 신경숙의 글쓰기에서 보이는 우울은, 재-현전의 욕망을 현재화하면서 영원한 부재를 구조화하는 글쓰기와 대면하고 있는 사람의 표정에 다름 아니다. 여성 작가에게 편견처럼 들러붙는 섬세한 감수성의 일종이 아니라, 글쓰기의 운명과 대면하고 있는 자의 우울인 것이다. 자기 탐닉적인 고독을 감응력 있는 문체로 서사화하기 때문이 아니라, 글쓰기 속에서 글쓰는 자의 운명을 지독하게 추구하고 있기 때문에 생겨날 수밖에 없는 우울. 글쓰기는 욕망을 한없이 비켜 가지만, 그래도 글쓰기를 자신의 운명으로 욕망하지 않으면 안 되는 운명에 대해 쓰고 있는 소설들. 신경숙의 소설은 부재의 형이상학을 잉태하고 있는, 그래서 슬픈 표정을 짓고 있는 상징적 자궁이다. 어쩌면 그 슬픈 표정이 보랏빛으로 나타났을는지도 모르는 일.

2. 읽기-쓰기의 경계 없음과 목소리의 지워짐

「배드민턴 치는 여자」에서 이름도 없이 욕망으로만 존재했던 그녀, 거대한 포클레인과 처절한 몸싸움을 벌였던 '그녀'를 기억하는지. 장편 『바이올렛』은 「배드민턴 치는 여자」의 '그녀'에게 고향과 이름 그리고 몇 가지 추억들을 쥐여주면서 시작한다. 그녀에게 주어진 이름은 '오산이', 무척 생경한 이름이다. 고향은 J시에서 한 시간 정도 떨어진 시골 마을이다. 신경숙의 소설에서 고향은 사회의 전(前)사회적 기원이거나, 이농(離農)과 같은 사회적인 대이동 이후에 구성된 낭만적인 시공간이거나, 원환(圓環)적이며 자기 충족적인 공동체의 이미지로 제시되곤 했다. 고향이 자연이고 공동체이며 기억의 대상이라면, 문명화된 도시는 익명의 개인들이 군거하는 곳이며 기억을 훼손하는 폭력이 잠재되어 있는 공간으로 나타난다. 인류학자 레비스트로스의 분류법을 차용하자면, 영원한 현재 속에 놓여 있는 시공간으로 기억되는 '차가운' 고향과 사회적·문화적 변화를 끊임없이 추구해야 하는 '뜨거운' 도시라는 대립항을 내밀하게 설정하고 있었던 셈이다.

하지만 『바이올렛』에서 고향과 오산이의 관계는 조금 착잡하다. 오산이의 고향은 자족적인 공동체가 아니라 차별과 배제의 논리가 구조화되어 있는 공간이다. 이씨 집성촌에서 오씨 성을 가진 아이는 처음부터 이질적인 존재였고, 오산이라는 이름은 고유함의 표지가 아니라 상징적 차별을 불러들이는 기호이자 생물학적 기원의 외재성(아버지)을 드러내는 표지였을 따름이었다. 아버지조차 그녀의 이름을 제대로 불러준 적이 없는 장소가, 바로 『바이올렛』에서의 고향 이미지이다. 낭만화된 이미지가 삭제되어버린 고향이란 생물학적 출생지로서의 고향에 지나지 않는다. 하지만 돌아가야 한다는 운명의 표정으로 다가오지 않는 고향은 오산이의 삶에 드리워진 운명의 표정이다. 이후에 살펴보겠지만 돌아감이 아니라 사라짐이 그것.

오산이가 고향에서 보았던 것은 무엇인가. 하나는 미나리 군락지에서 보았던 푸른 반점이고, 다른 하나는 살아 있는 닭의 목을 내리치는 장면이다. 미나리 군락지의 동성애적인 분위기가 푸른색의 이미지라면, 닭의 목을 내리치는 장면은 핏빛의 붉은 이미지가 압도적이다. 바이올렛은 두 장면 사이 그 어딘가에 숨어 있을 것이다.

먼저 푸른 반점과 관련된 장면을 살펴보자. 미나리 군락지에서 보았던 푸른 반점은 고유함의 기호였다. 고유함의 기호인 푸른 반점 앞에서 그녀가 했던 일은 무엇이었던가. 푸른 반점의 모양을 따라서 손가락으로 그려보는 것이었다.

(가) 조그만 흰 등 위에 푸른 반점이 시원하게 구부러져 있다. 그녀는 아픈 복사뼈를 어루만지던 손을 뻗어 남애의 등에서 부드럽게 곡선을 이루고 있는 푸른 반점의 선을 따라가본다. (p. 21)

(나) 너의 흰 셔츠 속에 숨겨져 있을 흰 등, 그 등에 펼쳐진 싱그러운 푸른 반점. 너의 부드러웠던 입술, 따뜻했던 몸. 손가락으로 남애의 흰 등에 펼쳐진 푸른 반점을 따라가고 있었을 때 〔……〕 (p. 25)

고유성을 나타내는 글쓰기가 이미 남애의 몸에 있었고, 오산이의 손가락은 푸른 반점의 선을 따라간다. 오산이의 손가락은 누구의 몸을 만진다거나 애무한다는 차원이 아니다. 오산이는 남애의 몸에 씌어져 있는 글쓰기(푸른 반점)를 베끼듯이 다시 쓰고 있는 것이다. 동성애적인 충동이 글쓰기를 이끌어낸 것이 아니라, 몸이라는 텍스트에서 고유성의 기호를 보았고 그 텍스트(몸) 위에다가 다시 베끼듯이 글쓰기를 하는 과정에서 동성애적인 분위기로 이어진 것일 따름이다. 글쓰기로부터 환기되는 관능, 달리 말하면 글쓰기의 관능성과 관련된 장면인 것이다. 푸른 반점에 대한 오산이의 글쓰기는 자아와 타자의 절대적인 근접성에 입각한 몸의 글쓰기이다. 몸의 글쓰기는 몸과 몸의 경계를 삭제하고 몸과 몸의 겹쳐짐을 욕망한다. 서로의 입술을 더듬고 등을 쓰다듬는 행위는 단순히 만진다는 의미를 넘어선다. 그것은 경계선을 겹치는 일 내지 경계선을 공유하는 일이며, 경계가 더이상 경계이지 않게끔 하는 삭제의 글쓰기이다. 차이를 삭제하는 동일성의 글쓰기. 몸이 이미 글쓰기이기에 몸을 베끼는 글쓰기는 이미몸이다. 따라서 몸의 글쓰기에서 읽기와 쓰기는 구별되지 않는다. 남애의 등을 따라가던 손은 남애의 몸을 읽으면서 쓰고/베끼고 있다. 허물어진 것은 읽기와 쓰기의 경계이다. 오산이는 남애를 쓰면서 읽었고 동시에 읽히면서 쓰여지고 있었다. 그것이 사랑이다. 읽기와 쓰기의 근원적인 미분화 상태, 그 무차별적인 얽힘들 속에서 피어오르는 것.

그렇다면 살아 있는 닭의 목을 칼로 내리치는 장면의 그 느닷없음이란 무엇이겠는가. 사랑의 상실에 불과한 것인가. 아니면 낭만적인 추억을 위해서 요청된 단절의 상징성에 불과한 것인가. 사랑이 읽기와 쓰기와 베끼기의 공존이며 몸과 몸의 경계선을 허무는 것이라면, 닭의 목을 내리친다는 것은 되돌릴 수 없는 경계의 설정이자 동시에 목소리의 근원적인 상실을 의미한다. 사랑을 입증하기 위해 닭의 목을 내리치자, 미나리 군락지에서 둘이면서 하나였던 그들의 욕망은 둘로 나누어진다.

이대로 돌아갈 순 없어. 그녀는 쳐든 칼을 닭의 목을 향해 내리친다.
[……]

두 여자애의 시야가 뿌옇다. 잘라진 채 나뒹구는 닭의 목. 우물가로 튄 핏방울들. 아직도 살아 꿈틀거리는 닭 몸통을 끌어안고 나자빠져 있는 남애의 혼비백산한 눈. [……] 그녀는 쥐고 있던 칼을 떨어뜨리고 남애는 목이 잘린 닭을 내팽개친다. 항아리와 담벼락과 우물 벽과 두 여자애에게 튀는 붉은 핏방울. 주춤주춤 뒤로 물러서던 남애는 그녀를 향해 비명을 질러대며 신발을 신은 채로 마루로 뛰어올라 방으로 들어간 뒤 문을 걸어잠근다. (p. 26)

둘로 나뉜 닭의 목과 몸통처럼 그들은 읽기와 쓰기가 공존하던 지점으로 되돌아가지 못한다. 사랑을 위한 열정은 괴물스러움과 등치되고, 그 열정은 읽히는 것이 아니라 비명을 불러올 따름이다. 이제 쓰기는 쓰기일 따름이고 읽기와 공존하지 못한다. 떨어져 나간 닭의 목처럼, 글쓰기를 읽어줄 목소리는 존재하지 않는다. 몸이라는 텍스트를 베끼듯이 읽고 쓰는 일은 더 이상 가능하지 않다. 베끼듯이 글 쓰는 일은 가능하겠지만, 그것을 읽어줄 목소리는 경계선 저 너머에 있다. 이 지점에서 글쓰기는 목소리의 부재인 동시에 목소리를 향한 욕망으로 규정된다.

3. 목소리를 찾아서 떠나는 여행: 목청·음경·음성

고향을 떠난 오산이는 미용실의 보조원을 잠시 거쳤고, 오퍼레이터가 되기 위해 컴퓨터 학원에 다녔지만 뜻을 이루지는 못했다. 오산이의 삶에 의미를 부여해주는 중심적인 행위는 베끼기로서의 글쓰기였다. 시간이 날 때마다 어느 소설가의 「낡은 셔츠에 대한 기억」이라는 글을 베끼는 일이 그것. 그녀는 쓰거나 읽지 않고 베낄 따름이지만, 베끼기를 통해서 읽기와 쓰기의 근접성을 되살려낸다. 베끼기는 읽기와 쓰기를 통합하고 기호와 존재의 동일성을 재생산하는 일종의 상징적 제의이기 때문이다. 데리다에 기대서 말하자면, 베끼기는 음성적 글쓰기에 가장 근접한 것이다. 내가 읽고 있는 것을 쓰고 있으며 그 과정 전체를 내가 보고 있다는 것. 목소리의 기본적인 특징이 '내가 말하는 것을 스스로 듣기'라는 점을 생각한다면 쉽게 이해할 수 있는 장면일 터. 베끼기는 남자 소설가의 목소리를 자신의 몸-텍스트 속에 현전하게 하는 일종의 제의이며, 오산이가 꿈꾸는 사랑에 대한 상징이기도 하다.

그녀는 그를/글을 베끼지만, 그녀 자신은 여전히 읽히거나 쒸어지지 않는다. 생일날 광화문에서 대학로까지 걷는 오산이. 지나가는 공간들을 읽으며 걷는다. 그녀의 궤적은 그 자체가 공간을 점유하고 있는 기호들에 대한 읽기이고 쓰기이다. 하지만 그녀는 읽고 쓰지만, 읽히거나 쒸어지지 않는다. 목소리의 부재가 목소리에 대한 욕망을 낳았고, 그녀는 1장의 구인 광고와 3장의 명함에서 목소리의 흔적들을 읽는다.

먼저 오산이가 근무하던 꽃집의 구인 광고를 보자. "꽃을 돌볼 여종업원 구함"(p. 29)이라는 구인 광고를 찾아 들어갔다. 남자는 있었지만 목소리가 없었다. 주인 남자는 듣고 읽고 쓸 줄은 알지만 말을 하지는 못했다. 그녀가 취직한 광화문의 화원은 침묵 속에서 기호로서의 글쓰기가 교환되는 공간이었을 따름이다. 그곳에는 그녀를 읽어줄 목소리는 부재했다. 함께 근무하는 수애는 "삼촌〔주인 남자〕의 목

소리가 되고 싶"(p. 146)어 했고, 오산이는 그녀를 읽어줄 목소리를
기다리고 있다.

그녀에게 주어진 첫번째 명함은 맞은편의 방에 사는 젊은 남자가
떨어뜨린 것이다. 그 남자는 대학로의 라이브 카페(클럽)에서 기타를
연주하고 노래를 하는 사람이었다. 그는 샤우팅 창법이 가능한 목소
리를 가지고 있었고, 그녀에게 푸른색 잉크병을 열어주었지만, 그녀
를 부르거나 읽어주지는 않았다. 그를 찾아 대학로에 있는 '삼 년 후
에'라는 카페로 찾아갔건만 그의 목소리는 그녀를 한없이 비껴 가기
만 했다. 목청만 큰 남자였다.

두번째는 오산이에게 껄떡대던 '최'의 명함이다. 최는 그녀를 읽고
자 하지만 그의 읽기는 그녀를 있는 그대로 읽고 베끼는 것이 아니다.
오산이의 욕망과 존재를 읽는 것이 아니라 자신의 욕망에 따라 그녀
를 읽는다. 하지만 최보다 그녀를 읽고자 하는 욕망을 가진 사람은
없다. 욕망의 최저 수준에서 최를 찾았고 어처구니없이 폭행을 당한
다. "니 얼굴에 씌어 있어. 난 죄 없어. 네가 말 못 하는 걸 내가 알
아서 해주는 것뿐이야⋯⋯"(p. 269). 최는 그녀를 읽은 사람이었다.
하지만 그는 음성이 아니라 흉물스러운 음경이었을 따름이다.

세번째는 잡지사 사진 기자의 명함. 바이올렛을 찍으러 왔다가 그
녀를 찍고 간 남자. 사진을 찾고 싶으면 찾아오라고 했고, 우연한 기
회에 맥주를 같이 마셨다. 우리의 오산이가 사랑했던 남자. 바람둥이
기질에 대한 주변의 경고가 있었음에도 불구하고 오산이는 왜 그를
사랑했을까. 바람둥이에 대한 여성의 이중적인 심리를 따지는 연애
심리학과는 거리가 먼 대목이다. 처음으로 그녀를 읽고 쓴 사람이기
때문이지 다른 이유는 없다. 그는 오산이의 얼굴에서 '눈썹'을 읽었고

그녀를 대상으로 '사진을 찍었다.' 눈썹이란 얼굴에 씌어진 글쓰기의 일종이고,[2] 사진 찍기는 이미지의 차원에서 그녀를 있는 그대로 베끼는 것에 해당한다. "당신 내 카메라 바라보느라고 눈 내리깔고 있을 때, 이 세상에서 저렇게 아름다운 눈썹도 있구나, 내내 생각했지. 내 마음 몰랐지요?"(p. 156) 그리고 오산이에게 '당신'이라고 말했다. 복수 1인칭 우리를 전제하고 있는 2인칭. 그가 남긴 명함의 저편에는 그녀를 읽고 베낀 사진과 당신이라고 불렀던 목소리가 있다. 무엇보다도 결정적인 대목은 그가 그녀의 팔을 만졌을 때이다. 그때 오산이는 소매 없는 "자주색 실크 블라우스"(p. 265)를 입고 있었다.

그 남자가 자연스럽게 손을 뻗어 그녀의 팔에 내려놓는다. 이 여름 밤 순간적으로 그녀의 팔 위에 소름이 오소소 돋는다.
"추운가 보군."
그 남자가 그녀의 팔을 쓸어내리는 통에 오소소 돋았던 소름들이 그의 손바닥에 쓸려진다.
그 짧은 순간 그녀는 울 뻔한다. 그 울 뻔한 마음이 무엇이었는지 그녀는 당장에는 알지 못한다. (p. 159)

팔을 만지는 그의 손은, 오산이를 읽으면서 쓰고 있다. 그의 손에 의해서 생겼다가 사라지는 소름이 그것이다. 그녀가 울 뻔했던 것은 그의 손에 의해서 베끼듯이 읽히면서 씌어지고 있었기 때문이다. 그는 목소리였다. 하지만 다른 대상에 초점을 맞추고 있는 카메라처럼,

---

2) 그 남자가 눈썹을 읽고 간 뒤에, 오산이는 식충식물인 '비너스의 눈썹'에 관심을 기울인다. 그리고 그 남자와의 사랑에 실패하자 눈썹을 밀고 다시 그린다.

그는 그녀를 기억하지 못한다고 말하는 목소리이기도 했다. 그녀의
사라짐만을 뒤늦게 기억하고 확인하는 목소리.

4. 바이올렛 또는 여백(餘白)의 글쓰기

  바이올렛이 보라색 또는 보랏빛의 꽃을 말하며, 보라색이 붉은색과
푸른색의 혼합색이라는 것은 코흘리개들도 다 아는 일이다. 건넌방의
로커가 스스로를 태웠던 불처럼, 붉은색은 자기 파멸적인 열정을 대
변하는 색이다. 닭의 목에서 분출하던 피, 자주색 민소매 블라우스,
그를 생각하면서 붉어진 귀 등에서 알 수 있듯이 붉은색 계열은 욕망
을 상징한다. 반면에 푸른색은 한없이 맑아지면 투명에 가까워지는
색이며, 소멸의 운명을 감지하고 있는 우울의 상징이다. 작품에서는
흰 등의 푸른 반점과 글을 쓰던 푸른 잉크 등을 통해서 이미지의 계
열을 형성하고 있는데, 이는 글쓰기와 관련을 맺고 있다. 바이올렛이
란 욕망과 글쓰기가 겹쳐지면서 빚어내는 운명의 표정과도 같은 것.
미나리 군락지에서 손가락으로 더듬어갔던 푸른 반점과 독하게 내리
쳤던 닭의 모가지에서 뿜어져 나온 붉은빛 사이에, 또는 자주색 실크
민소매 블라우스와 팔에 오소소 돋아났던 소름 사이에 바이올렛이 있
었을 것이다.

  (다) 추억이 되지 못하고 파릇파릇한 슬픔으로 전이된 욕망. 그녀는
  그 욕망을 껴안고 귓불이 붉어진 채 어둠 속의 화원 안에서 길게 울고
  있다. (p. 227)

(라) 그 남자가 근무하는 빌딩이 바라다보이는 빈터를 일구고 그녀가 심어놓은 바이올렛. 그 남자,에 대한 욕망으로 얼굴이 붉어질 때마다 한 송이씩 심어놓은 바이올렛, 꽃들이 시들었다. (p. 261)

바이올렛은 슬픔이 되어버린 욕망이고, 발현되지 못하고 사라져간 욕망들의 자기 표현이며, 오산이에게 주어진 운명의 색깔이다. 또한 글쓰기가 아니면 뿌리내릴 수 없는 욕망이기도 하다. 바이올렛은 실물보다는 기표(이름)가 아름다운 꽃이다. 바이올렛이 불러일으키는 매혹은 대상이 아니라 기표로부터 연원한다. 바이올린violin의 소리처럼 청각적 이미지만으로 초등학교 여선생들을 집단적으로 매혹시킬 수 있는 꽃이 바이올렛이다. 대상을 넘어서 청각적 이미지만으로도 매혹의 대상일 수 있다는 것. 읽히는 꽃 또는 바이올렛, 글쓰기와 관련된 욕망이란 바로 그런 바이올렛을 모방하고 있었던 것이리라.

하지만 바이올렛의 기의나 상징성은, 기표의 낭만성과는 거리가 멀다. 바이올렛의 기의는 보라색 작은 꽃이고 수줍어하는 사람이지만, 불길하게도 폭력violence과 방해자violator라는 말들과 인접해 있다. 바이올렛과 관련된 신화적 상징은 더욱 의미심장하다. "발굽으로 땅에 글씨를 써서 겨우 자신이 이오임을 아버지에게 알려"(p. 154)야 했던 가여운 여인의 운명이 그것. 바이올렛이란 글쓰기가 아니고서는 자신의 존재를 알릴 수 없는 존재, 정말 자신이 원하는 사람에 의해서 읽히지 않고서는 존재를 확인할 수 없는 운명의 표상인 것이다. 하지만 그 주변에는 폭력과 방해자와 능욕자들이 서성이고 있어서, 그 끝에 무엇이 기다리고 있는지는 알 수 없다.

그 남자가 근무하는 빌딩이 바라다보이는 빈터를 일구고 그녀가 심어놓은 바이올렛은 공사장의 포클레인에 의해서 흔적도 없이 사라져버렸다. 그리고 오산이도 그녀의 이름처럼 사라졌다(오산이라는 이름은, 조금 어색하기는 하지만, 오산이〔奧散移〕일지도 모른다는 생각을 해본다. 자신의 내부로 흩어져서 사라짐이라는 뜻으로 새기고 싶다). 어쩌면 그녀의 사라짐이란 당연하고도 자연스러운 것이다. 글쓰기에 존재를 걸 수밖에 없는 운명이라면, 글쓰기의 운명을 따르는 것은 피할 수 없는 일이기 때문이다. 바이올렛으로 대변되는 욕망의 표현이 포클레인이 상징하는 글쓰기의 부정성(글쓰기에 내재된 폭력성)에 의해 삭제될 수밖에 없다면, 글쓰기에 의해서 불러일으켜졌다가 원하는 목소리에 의해서 읽히지도 못하고 다른 글쓰기에 의해서 지워질 수밖에 없는 것이라면, 그리고 그것이 글 쓰는 자에게 둘러씌워진 운명이라면, 슬프더라도 긍정하는 길밖에 없을 듯하다. "이제 이 거리에 그녀는 없다"(p. 283). 하지만 어쩌겠는가. 사라져버린 그녀에 의해서만 '이제 이 거리에 그녀는 없다'는 글쓰기가 가능한 것을.

글쓰기는 종이의 흰색을 지우는 운동성이 만드는 여백에 의해서만, 그리고 목소리의 현전을 삭제 기호 아래에 두어야만 가능하다. 글쓰기가 부재나 지워짐의 운명으로부터 자유로울 수 없는 것처럼, 어쩌면 오산이는 흰색 바이올렛을 닮은 여백을 쓰고 있었는지도 모른다. 여백의 글쓰기, 또는 글쓰기 이전의 글쓰기로서 여백. 글쓰기의 운명 위에 자기의 운명을 쓰다가 발견하게 되는 글쓰기. 「배드민턴 치는 여자」를 고쳐 쓰면서 도달한, 신경숙 문학의 또 다른 풍경을 보았다는 생각.

〔2001〕

지금은 여기에 없는 것들을 찾아서
── 김영하 · 박민규 · 김연수 · 정이현의 소설에 관하여

1. 역사적 가능성을 사유하는 역사소설을 위하여: 『검은 꽃』[1]

　2003년 가을, 한국문학은 새로운 역사소설을 얻었다. 김영하의
『검은 꽃』은 1905년 제물포항을 떠났던 사람들의 삶과 죽음을 다룬
역사소설이다. 동시에 한국 역사소설이 형성해온 역사적인 맥락으로
부터 벗어나 있는 역사소설이다. 영웅이나 위인과 관련된 기념비적인
기억도 제시되지 않으며, 세인의 관심을 끌 만한 역사적 비화(秘話)
도 찾아볼 수 없다. 역사의 상처를 소설적 공간으로 불러들여 한바탕
씻김굿을 벌이는 것도 아니고, 고문헌과 관련된 지식을 동원해서 추
리소설의 플롯으로 재배치한 것도 아니다.
　그렇다고 해서 『검은 꽃』이 새로운 역사적인 소재를 발굴했다는 이
야기도 아니다. 멕시코 이민사와 관련된 이야기는, 책의 뒷날개에 작

---

1) 김영하, 『검은 꽃』, 문학동네, 2003.

가 황석영이 말한 것처럼 '다 늦게 웬 애니깽 타령?'이라는 반응이 나올 법한 소재이기 때문이다. 하지만 『검은 꽃』은 새롭다. 『검은 꽃』은 사건과 관련된 내부적인 기록을 참조하지 않는, 3인칭의 역사소설이다. 한반도라는 심리적 준거 공간 바깥에서 담담한 시선과 중성적인 목소리로 한국의 근대성에 드리워져 있는 역사적인 그림자들을 더듬어가고 있다. 특히 근대성의 문제, 국가와 개인의 관계라는 문제를 '발생'의 차원에서 치밀하게 사유한 것은 『검은 꽃』이 이루어낸 문학적 성취 가운데 하나이다.

러일전쟁이 한창이던 1905년 4월 제물포항을 떠난 일포드 호에는 1,033명의 조선사람들이 타고 있었다. 몰락 양반·전직 군인·농민·도시 부랑자·파계신부·박수무당·궁정악사 출신의 내시·여자와 어린아이들 등에 이르기까지 다양한 신분과 이력의 소유자들이 모였다. 그들은 멕시코에 도착하여 에네켄 농장에서 비인간적인 대우를 받으며 일을 한다. 계약기간이 끝난 후에는 경제적 자립을 이루어 멕시코에 정착할 수도 없었고 고국으로 돌아갈 수도 없는 상황이었기에 멕시코의 이곳저곳을 떠도는 삶들을 살아간다. 때마침 멕시코에 불어닥친 혁명과 내전의 바람에 휩쓸려 죽고 죽이는 싸움을 벌인다. 이웃나라인 과테말라에서도 정변이 일어나 일부 조선인들은 용병으로 참여한다. 42명의 조선인들은 과테말라의 북부 밀림에 도착해서 '신대한'을 국호로 내걸고 이름뿐인 임시정부를 설립한다. 하지만 정부군의 대대적인 소탕작전에 의해 대부분 전사한다. 그리고 그들과 관련된 기록이나 흔적은 그 어디에서도 찾을 수 없었다.

『검은 꽃』의 전반부는 근대적인 주체의 탄생, 또는 개인의 발생과 관련된 역사적 장면을 정밀하게 그려낸다. 신분제 사회의 상징적 구속들을 떨쳐내고 몸을 가진 생물학적인 존재로서 자신을 발견하는 과정이 정밀하게 제시된다. 일포드 호의 객실 내부에서는 전통적인 신분제의 상징적 표상체계가 붕괴되는데, 신분이 낮은 자들은 신체의 가치등가성을 주장하게 되고, 이연수와 같은 여성들은 타자의 시선 속에서 자신의 육체성을 새롭게 발견하게 된다. 후반부는 멕시코 농장을 거쳐서 여러 곳으로 흩어져 가는 개인들의 발자취들이다. 멕시코 정부군이나 반군에 참여하기도 하고, 에네켄 농장 주변에서 노동을 하며 생계를 도모하기도 하고, 미국 본토나 하와이로 밀입국을 계획하기도 하며, 마약과 쾌락에 찌들어 희망 없는 삶을 이어가기도 한다.

『검은 꽃』의 전반부가 근대적 개인의 발생 과정에 초점을 맞추고 있다면, 후반부는 남미의 여러 곳으로 흩어져 있는 개인들의 개별적인 운명들에 관심을 기울이고 있다. 달리 말하면『검은 꽃』은 개인의 역사적 발생을 다루고 있는 역사소설인 동시에, 분산된 개인들의 삶으로부터 역사성을 읽어내고 있는 역사소설인 것이다. 근대적인 '개인들'이 주인공인 역사소설, 집합적 단수의 역사가 아니라 '분산적인 역사들'을 지향하는 역사소설.『검은 꽃』의 의미는 바로 이 지점에 있다고 해도 과언이 아니다.

여행은 애초의 목적지에 도달하거나 출발지로 되돌아오기를 욕망한다. 하지만 일포드 호에 탑승한 조선인들이 도달했던 곳은 애초의 목적지가 아니었다. 그리고 그들 중의 대부분은 출발한 곳으로 되돌아오지 못한다. 데리다적인 어투를 빌려서 말하자면, 이들은 비(非)장소를 떠도는 비/존재들이었던 셈이다. 국가와 국가 사이의 경계지역을 유령처럼 떠돌다가 흔적이나 기록을 남기지 않고 사라져버린 사람들. 나라 없는 개인으로서 어느 누구의 역사에도 편입되지 못한 사람들. 글쓰기의 경계를 넘어가버린 사람들의 역사 또는 비(非)역사.

따라서 『검은 꽃』에는 뚜렷한 주인공이나 중심서사가 발견되지 않는다. 천민 출신의 김이정과 왕족 출신의 이연수의 삶과 사랑과 죽음이 서사의 중심축을 형성하고 있기는 하지만, 다른 인물들에게도 서사적인 중요성이 골고루 배분되어 있다. 『검은 꽃』은 재현의 통일성이 아니라 산종(散種)의 운동성을 추구하는 역사소설이다. 이름 없는 개인들의 삶에 잠재되어 있었던 역사적 가능성을 사유하고 상상했기에 가능한 것이었다. 역사소설의 주인공은, 이념도 사랑도 위대함도 아니고, 단지 개별화된 개인의 운명일 뿐이라는 것. 그리고 개인의 개별화된 운명 속에는 현재로서는 생각할 수 없는 가능성들이 고고학적인 지층을 형성하고 있다는 것. 역사에 내재되어 있었던 역사적 가능성들, 역사 속에 침전되어 있는 역사적 가능성들을 탈(脫)침전화시키는 일. 개인들의 운명과 역사의 내면이 스쳐나가는 지점에, 어쩌면 검은 꽃이 놓여 있었는지도 모를 일이다.

『검은 꽃』은 복원과 소멸의 모순된 충동이 아이러니적인 긴장감을 끊임없이 만들어내는 서사이다. 작가의 글쓰기는 소멸의 운명을 걸어야 했던 역사적 가능성들에게 존재감을 부여한다. 그리고 복원된 역사적 가능성을 소멸의 차원으로 되돌려주고자 한다. 역사적인 허무는 존재를 불러일으키고, 존재는 다시 자신의 허무 속으로 흔적 없이 흩어져간다. 그 모순된 글쓰기-욕망의 운동성 속에서 잠시 우리는 검은 꽃을 바라본다. 노발리스의 『푸른 꽃』이 상상력의 곡예와도 같은 변신을 거쳐서 허무의 구심점에 도달하는 것이라면, 『검은 꽃』은 자기 자신 안으로 함몰되는 글쓰기의 아이러니적인 운동성을 극명하게 보여준다. 역사를 다룬 소설에서 이처럼 우연성과 아이러니가 분출하는 이유는 무엇인가. 그것은 『검은 꽃』이 근대 국민국가의 역사적 상상력에 내재된 지평의 한계를 탐색하는 언어이기 때문이다. '검은 꽃'은 국가 또는 민족과 관련된 사회역사적 상상력의 극한을 유표화하는 기호이다. 따라서 검은 꽃은 그 자체로 국가와 문학의 관계에 대한 물음을 구성한다: 문학은 어떠한 방식으로 국가를 사유할 수 있는가, 문학은 어떻게 국가의 바깥을 사유하는가. 물론 작가는 답변을 제시하지 않는다. 다만 물음을 던질 따름이다. 국가는 어떻게 만들어질 수 있는가. 과연 국가가 만들어질 수 있기나 한 것인가. 지구상의 한 나라가 하루아침에 사라지고 그 반대편의 밀림에서 또다른 국가가 만들어질 수 있는 것이라면, 도대체 국가란 무엇인가. 아무것도 아닐 수 있지 않겠는가. 그런데 그 아무것도 아닌 것 때문에 사람들은 죽고 상처 입고 노예가 되고 말할 수 없는 그리움에 몸부림을 친다. 왜일까.

좋아 그렇다고 쳐. 나라가 있든 없든 그게 우리하고 무슨 상관이지?
이정은 잠시 뭔가 생각하는 듯했다. 그리고 싱긋 웃었다. 있든 없든 상관없다면 있어도 된다는 이야긴가? 그렇다면 하나쯤 만들어도 되지 않을까?
잠시 침묵이 흘렀다. 어쩌면 우리 모두 당장 내일 죽을 수도 있어. 왜놈이나 되놈으로 죽고 싶은 사람 있어? 나는 그러고 싶지 않아. 이정이 단호하게 말했다. 그럼 차라리 무국적은 어때? 돌석이 말했다. 이정은 고개를 저었다. 죽은 자는 무국적을 선택할 수 없어. 우리는 모두 어떤 국가의 국민으로 죽는 거야. 그러니 우리만의 나라가 필요해. 우리가 만든 나라의 국민으로 죽을 수는 없다 해도 적어도 일본인이나 중국인으로 죽지 않을 수 있어. 무국적이 되려고 해도 나라가 필요한 거라구.

이정의 논리는 어려웠다. 그들을 설득한 건 논리가 아니라 열정이었다. 그리고 그 열정은 기묘한 것이었다. 그것은 무엇이 되고자 하는 것이 아니라 되지 않고자 하는 것이었다. (p. 306)

국가를 둘러싼 아이러니의 점층적 구성 과정이 참으로 눈부시다. 국가와 관련된 의미와 무의미가 몸을 뒤섞고 있는 아이러닉한 열정. 그들은 앞으로 나아갈 수도 뒤로 되돌아갈 수 없는 사람들이었다. 그들에게는 운명의 우연성과 선택의 자의성에 몸을 맡기고 비(非)공간 또는 비(非)장소를 움직여나가는 산종의 움직임만이 가능했을 따름이었다. 『검은 꽃』에서 국가의 의미와 무의미는 요약된 형태로 제시되지 않는다. 의미가 만들어지는 동시에, 무의미가 구성되는 동시에, 흩어져버리기 때문이다. 말하려는 것들은 서로 뒤섞이고 엉키면서 고정될 자리를 찾지 못한다. 국가 또는 민족의 의미론을 흐트러뜨리면서dissemi-nation, 역사적 텍스트 곳곳에 개인의 운명들을 흩뿌려놓는 산종dissemination의 움직임들. 그 어딘가에 '검은 꽃'이 피어 있었을 터.

2. '프로'와 '섹시' 사이에서 1980년대를 들추어보다: 『삼미 슈퍼스타즈의 마지막 팬클럽』[2]

한국영화에서 1980년대가 개인적인 기억의 공간으로 제시된 것은 영화「친구」이후의 일이다. 기억이란 개인적인 것일 수밖에 없느냐는 반문이 없을 수 없겠지만, 해방의 이념과 정치적 탄압으로 대변되는 1980년대의 압도적인 이미지를 고려할 때, 개인적인 기억의 공간으로 1980년대를 재현한다는 것은 그 자체로 주목할 만한 변화이다. 이러한 변화는 1980년대가 정치적인 의미만으로 환원되는 균질적인 시대가 아니라, 세대와 연령에 따라 다층적인 기억이 공존하는 복합적인 시공간이었음을 확인하는 과정이기 때문이다. 당시의 대학생들이 경험했던 정치적 의미를 1980년대의 지배적인 표상으로 승인하게 되면, 1990년 이후의 사회문화적 변화를 역사적 연속성에 입각하여 사유하거나 설명하는 데 어려움이 따를 수밖에 없다. 이미 여러 문학작품과 영화를 통해서 나타난 현상이기도 하지만, 1980년대를 '대학생'의 관점이 아니라 '중고등학생'의 관점에서 기억하려는 작업은, 1980년대와 2000년대 사이의 역사적 연속성을 확인하고자 하는 상징적인 노력들이라 할 것이다.

박민규의『삼미 슈퍼스타즈의 마지막 팬클럽』(이하『삼미 슈퍼스타즈』)은 성장소설이다. 일반적으로 성장소설은 유년기에서 시작되어 성에 눈을 뜨는, 또는 대학에 입학하는 19세를 전후해서 일단락된다. 하지만『삼미 슈퍼스타즈』는 주인공이 나이 서른을 넘길 때까지 세계관과 인생관을 재조정하며 성장하는 특이한 성장소설이다. 또한 사회에 진입하는 상징적 의례인 입사(入社)의 경험과 사회의 주변부로 떠밀려나는 배제의 경험이 반복되는 성장소설이다. 성장이 매듭지어지지 않는 성장소설. 소설의 주인공은 1970년대에 유년기를 보냈고,

2) 박민규,『삼미 슈퍼스타즈의 마지막 팬클럽』, 한겨레신문사, 2003.

72

1980년대 초중반에는 중고등학생이었으며, 1980년대 후반에는 대학을 다녔다. 대학 졸업 후 1990년대 초반에는 엘리트 사원이기 위해 노력했고, IMF 구제금융 이후에는 구조조정의 회오리에 휩싸였고, 2000년 이후로는 비(非)생산의 생산성을 삶의 가치로 삼으며 살아간다. 작품에 의하면, 성장이란 세계와 조화로운 관계를 형성하여 완미한 인격에 이르는 과정이라기보다는, 세계의 억압과 자신의 욕망 사이에서 겨우겨우 라이프 스타일을 모색해가는 과정으로 새롭게 규정된다.

초등학교 졸업 이후로 주인공을 지배했던 상징은 두 가지이다. 하나는 엘리트 학생복지를 끊어서 맞춰 입었던 중학교 교복이고, 다른 하나는 인천을 연고로 하는 프로야구단 삼미 슈퍼스타즈였다. 엘리트 학생복지는 명문대에 진학해서 엘리트가 되라는 아버지의 명령인 동시에 현실원칙이었고, 삼미 슈퍼스타즈는 말 그대로 하늘의 왕별이자 낭만적인 판타지의 매개항이었다. 주인공의 청소년기는 엘리트(현실원칙)와 슈퍼스타즈(낭만적 판타지)를 왕복하는 과정이었던 셈이다. 삼미 슈퍼스타즈란 어떠한 팀인가. 1982년 후반기 40게임에서 단 5승만을 거두면서 승률 1할 2푼 5리를 기록했던 팀이다. 그런가 하면 1983년에는 재일교포 출신 투수 장명부가 60게임에 등판해서 30승을 올리며 리그 2위를 기록하기도 했다. 삼미는 도깨비 같은 야구팀이었고, 프로야구사에 불가사의한 기록을 남겼다. 아마도 그 기록들은 다시는 깨지기 힘들 것이다. 한마디로 말해서 "상식의 범주를 초월한"(p. 63) 팀이었던 것이다. 그렇다면 슈퍼스타즈가 불멸의 기록을 남기게 된 이유는 무엇일까. 야구를 지지리 못했기 때문인가. 작가에 의하면 결코 그렇지 않다. 삼미는 결코 수준 이하의 야구를 하지 않았다. 그들은 평범한 야구를 했다. 다만 "치기 힘든 공은 절대 치지 않고, 잡기 힘든 공은 절대 잡지 않"(pp. 81~82)는 야구를 했을 따름이다. 삼미를 꼴찌로 만든 장본인은 다름 아닌 프로야구였다. "세상은 이미 프로였고, 프로의 꼴찌는 확실히 평범한 삶을 사는 것이었다"(p. 126).

작가의 촌철살인과도 같은 지적에 의하면, 1980년대는 '프로'라는 영어 접두사와 '섹시'라는 영어 형용사로 대변되는 시대이다. 프로야구의 의미는 단순히 3S정책이나 신군부의 이데올로기적 시혜에 국한되는 것은 아니다. 프로야구는 미시적 일상까지 파고든 자본주의를 웅변하는 시대적인 상징이다. 작가가 제시해놓은 프로 복음(福音)들을 살펴보면 그 양상이 확연해진다. 프로라는 말은 사회진화론적인 원리와 교묘하게 결합되거나, 정체성의 새로운 원리로 거론되거나, 아마추어와 대비되면서 새로운 가치 서열을 형성하거나, 새로운 미적 기준으로 제시되는가 하면, 사생활을 새롭게 재편성하는 규율권력으로 기능하기도 한다.[3]

1980년대의 또 다른 상징인 '섹시'는 돼지발정제와 함께 그 의미가 주어진다. 친구 성훈은 말한다. "사람들이 모두 돼지발정제를 마신 것 같아"(p. 181). 물론 혐의만이 있고 확증은 없다. 하지만 누군가가 물과 밥과 책과 교육과 방송과 야구경기에 돼지발정제를 넣어왔다는 주장은, 다분히 상징적인 울림을 갖는다. 돼지발정제로 대변되는 욕망의 무한확장은 생물학적인 필요가 아니라 외부로부터 주어지며

---

3) 작가가 제시하는 프로 복음은 다음과 같다. '이제 프로만이 살아남는다. 프로의 세계는 약육강식의 세계 아닙니까? 난 프로라구요. 하루 빨리 프로가 되게. 허허, 이 친구 아마추어구먼. 그녀는 프로다. 프로는 아름답다. 프로주부 9단. 맛에도 프로가 있습니다. 프로의 정식 명칭은 '프로페셔널'이다.'

조작되는 것이다. 그 중심에 섹시라는 말의 교묘한 의미작용이 가로 놓여 있다. 섹스나 섹시 모두 입에 올리기 거북한 시절이었다. 하지만 실체를 연상시키는 섹스와 야릇한 분위기를 연상시키는 섹시의 차이가 중시되기 시작한 것이다. 접미사 '-y'에 근거해서 실체화된 섹스로부터 미끄러지는 의미의 운동성을 욕망의 흐름과 결합시킬 수 있었으니 말이다. 미끄러지는 욕망의 운동성에는 가속도만 있을 뿐 브레이크는 없다.

1980년대는 프로라는 접두사와 섹시라는 형용사의 시대이다. 프로를 통해서 자본주의적 심성mentality을 뼛속 깊이 배양한 시대이며, 섹시라는 말을 통해서 욕망의 무한궤도를 마련한 시대이다. 보다 구체적으로 말하면, 프로의 과잉시대이자 섹시의 과잉시대인 것이다. 박민규의 소설에 자주 등장하는 "그러거나 말거나"와 같은 여담(餘談)은, 일반적인 냉소를 표현하는 투덜거림에 불과한 것 같지만, 1980년대 이후로 우리의 일상 속에 자리 잡은 비가시적인 과잉억압을 심리적인 차원에서 보상받고자 하는 수사학이다. 그것은 무엇보다도 과잉을 전제로 한 냉소이다. 끊임없이 과도한 그 무엇을 요구하는 체제에 대한 연루를 미연에 방지하고, 이미 충분히 과도하다고 규정함으로써 필요 이상으로 심각한 진리 주장으로 나아가지 않기 위한 수사적 전략인 것이다. '그러거나 말거나'에 배어 있는 멘털리티는, 존재의 탈(脫)구성을 지향하는 쿨cool의 정서와 내밀하게 연관되어 있다.

그렇다면 엘리트가 되기 위해 노력했던 소년은 왜 '그러거나 말거나'를 주문처럼 되뇌며 살게 되었을까. 앞에서 살핀 대로 주인공의 10대는 엘리트 학생복과 슈퍼스타즈의 시대였다. 그리고 IMF 구제금융 이후 30대에 접어들면서 비(非)생산의 생산성(달리 말하면, 백수)을 삶의 방향성으로 삼게 된다. 이 지점에서 다시 기억하고 다시 발견하게 된 것이 삼미 슈퍼스타즈이다. 흥미롭게도 슈퍼스타즈는 예수의 형상으로 나타난다.

"〔삼미 슈퍼스타즈는─인용자〕프로의 세계에 적응하지 못한 모든 아마추어들을 대표해 그 모진 핍박과 박해를 받았던 거야. 〔……〕 그런 의미에서 만약 지금의 세상을 구원하기 위해 다시 한 번 예수가 재림한다면 그것은 분명 삼미 슈퍼스타즈와 같은 모습일 것이라고, 나는 생각해."(p. 243)

야구와 프로야구는 다른 것이 없다. 하지만 프로야구가 생기면서 야구는 놀이가 아니라 생사(生死)의 문제가 되었다. 그리고 프로야구의 출범과 함께, 우리의 삶도 영문도 모른 채 자본주의적인 일상으로 재편성되었다. 야구가 프로야구로 변했듯이 인생이 프로인생으로 변한 것이다. 그런 의미에서 슈퍼스타즈는 역사적인 전환점에 자리하고 있는 상징이다. 새롭게 재창단한 슈퍼스타즈의 팬클럽들은, 슈퍼스타즈의 야구를 재연함으로써 "어쩌면 우리는 지금과 같은 야구를 하지 않을 수도 있었다"(p. 270)는 사실을 확인하고자 한다. 그것은 지금과는 다른 삶을 살 수도 있었다는 가능성을, 그리고 삶의 다른 가능성이 여전히 유효하다는 사실을 고통스럽게 확인하는 제의(祭儀)적 몸짓이기도 하다.

삼미의 마지막 팬클럽은 프로 올스타라는 이름의 직장인 야구팀과 경기를 갖는다. 하지만 이 장면에서 삼미의 마지막 팬클럽은 애매한 모습을 보인다. 그들의 경기 모습이 "치지 않고 달리지 않는다"(p. 250)

에 가깝다고 느껴졌기 때문이다. "그 누구도 치기 힘든 공은 치지 않고 잡기 힘든 공은 잡지 않는 야구"를 재연했는지, 독자로서는 의문이다. 그렇다면 '치기 힘든 공을 치지 않는 것'과 공을 아예 '치지 않는 것'은 동일한 전략일까. 흥미롭던 소설이 조금은 갑갑해진 것은 이 대목이었다. 치기 힘든 공은 치지 않는 야구가 비(非)자본주의적인 삶과 관련이 있는 것이라면, 공을 아예 치지 않는 것은 야구(삶) 자체를 무화하는 태도일 수도 있기 때문이다. 혹시 과잉억압의 시대에 배양된 과잉-아나키즘의 역설적 표현은 아닐까. 어찌 되었건 간에, 삼미의 야구를 다시 볼 수 없었다는 아쉬움과 씁쓸함이 잔잔하게 밀려오는 순간이었다.

3. 순간의 현상학과 무의식의 나비효과: 『사랑이라니, 선영아』[4]

순간의 현상학이라고 할 수 있을 것이다. 밀란 쿤데라의 『불멸』에서 여주인공 아녜스는, 손을 들어 수영선생에게 작별인사를 하던 60대 부인의 몸짓으로부터 태어난다. 김연수의 『사랑이라니, 선영아』의 모든 이야기는, 결혼식장에서 신랑 광수가 신부 선영의 부케에서 줄기가 꺾인 팔레노프시스(호접란)를 발견하는 장면에서 비롯된다. 신부 친구들을 향해 허공을 날아가는 팔레노프시스를 바라보면서, 광수의 무의식은 나비효과처럼 구조화된다. 중국에서 한 마리 나비가 날갯짓을 하면 태평양 건너 뉴욕에 태풍이 일어날 수 있다는 나비효과. 어찌

---

4) 김연수, 『사랑이라니, 선영아』, 작가정신, 2003.

되었건 간에 『사랑이라니, 선영아』는 쿤데라적인 순간의 현상학과 무의식의 나비효과로부터 시작된다.

『사랑이라니, 선영아』의 등장인물들은 386세대의 끝자락에 해당하는 89학번 대학 동기들이다. 학과 동기였던 선영과 광수 그리고 진우의 어정쩡한 삼각관계가 제시된다. 증권맨으로 일하는 광수는 한때 진우의 애인이었던 선영과 결혼에 성공한다. 하지만 신부 부케의 팔레노프시스가 꺾인 것이 계속 마음에 걸린다. 또한 신혼여행을 다녀오는 길에 계속해서 "사랑만 남겨놓고 떠나가느냐"라는 유행가 가락이 입에 맴도는 것도 수상쩍다. 광수의 입장에서는 자신의 무의식이 스스로도 궁금할 수밖에 없는 상황인 것이다. 광수는 자신의 무의식적인 혼돈을 선영과 진우의 관계에 대한 의심과 연결시키면서, 선영과 진우가 같이 잤는지를 집요하게 추궁한다. 반면에 진우는 뒤늦게 선영의 아름다움을 발견하고 자신이 여전히 선영을 사랑하고 있음을 깨닫는다. 선영 역시 진우를 좋아하기는 하지만, 좋아하는 것과 사랑하는 것은 엄연히 다르다는 논리를 내세우면서 광수에 대한 사랑을 지켜나간다.

별다른 이야기가 있을 것 같지 않은 내용이지만, 『사랑이라니, 선영아』에는 만만치 않은 재미들이 숨어 있다. 열쇳말의 조합을 통해서 인물을 만드는 쿤데라적인 형상화 방식이 차용되고, 낭만적 사랑에 대한 문학적 여담(餘談)이 맛깔스럽게 제시된다. 선영이와 잤느냐며 강박적으로 진우를 추궁하는 광수의 모습에서는, 파트리크 쥐스킨트의 시나리오 제목(「로시니 혹은 누가 누구와 잤는가 하는 잔인한 문제」)이 저절로 연상되기도 한다. 그런가 하면 「개그콘서트」에서 사용되는 코믹한 어투, 한때 티저광고로 세인의 관심을 모았던 인터넷 사이트의 광고 카피, 영화 「봄날은 간다」와 「결혼은 미친 짓이다」의 대사와 제목 등등이 작품 곳곳에서 불쑥불쑥 얼굴을 내민다. 어디 그뿐인가. 386세대의 대미를 장식한 학번들답게 민감한 현실인식과 세대의식이 곳곳에서 표출된다.

그런 의미에서 『사랑이라니, 선영아』는 가히 우리 시대의 문화적 텍스트들을 모아놓은 브리콜라주bricolage라고 할 만하다. 일반적으로 이야기꾼이라고 하면, 토속적인 세계에 뿌리를 두거나 아니면 삶의 경험이 풍부한 경우가 대부분이다. 하지만 김연수는 언어에 대한 자의식과 문화에 대한 무의식을 충돌시키며 이야기를 만들어간다. 메타언어적인 차원에서 발생하지만, 이내 메타언어와 관련된 자신의 기원을 삭제하는 언어라고 할 수도 있을 것이다. 김연수의 이야기는 언어에 대한 자의식 너머로부터 시작된 이야기를 언어에 대한 무의식으로 옮겨놓는 과정에서 스스로를 풍요롭게 구성한다. 아마도 포스트모더니즘 또는 후기구조주의적인 문제의식을 거쳐 오는 과정에서 이야기꾼으로서의 넉살이 마련된 것이리라.

『사랑이라니, 선영아』는 망각과 기억이 교직(交織)되는 텍스트이다. 예를 들자면, 광수는 호접란의 꽃대가 부러진 것을 기억하지만, 정작 그 자리에 있었던 진우는 호접란조차 기억하지 못한다. 대학입시를 치르던 날 진우는 '또라이 새끼'라는 욕을 광수로부터 들은 적이 있다. 그때의 상황을 진우는 또렷하게 기억하지만 광수는 조금도 기억하지 못한다. 또한 진우는 선영과 영화를 보며 데이트를 했던 기억을 가지고 있지만, 선영에게는 함께 영화를 보았다는 사실마저도 기억에 남아 있질 않다. 선영은 진우가 집 앞에 와서 「얄미운 사람」을 부르며 1년 선배인 여자를 사랑한다고 고백했던 상황을 생생하게 기억한다. 하지만 진우에게는 그런 기억이 전혀 없어서 오히려 팔짝 뛸 노릇이다. 등장인물들의 입장에서 볼 때 '나의 기억'은 '타인의 망각'과 겹쳐져 있으며, 반대로 '타인의 망각'은 '나의 기억'과 맞물려 있다. 사람과 사람 사이에는 기억과 망각의 상호 비(非)실증적인 관계들이 펼쳐져 있는 것이다. 이러한 장면들은 작가가 경험과 기억의 언어적 구성에 관련된 근본적인 문제를 지속적으로 음미하고 있음을 보여준다.

진눈깨비는 눈이 되고 있는 비라고도, 비가 되고 있는 눈이라고도 말할 수 있었다. 우산을 펼친 사람들에게는 그게 비였고 우산을 접은 사람들에게는 그게 눈이었는데, 그 비율은 거의 반반이었다. 〔……〕 긴가민가하다면 그냥 진눈깨비라고 말하면 그만이다. 비인지 눈인지 구태여 확인하고 싶다면 자신이 누구인가를 먼저 알아야 한다. 〔……〕 그때, 누구나 자신이 어떤 종류의 영혼을 지녔는지 깨달을 수밖에 없다. (p. 14)

진눈깨비와 눈/빛에 대한 문학적 여담은 현실과 언어 또는 경험과 언어의 관계에 대한 성찰이 돋보이는 대목이다. 또한 모더니즘이 아니라 '포스트'모더니즘이라고 기자의 말을 고쳐주었던 김천 뉴욕제과점의 아들이, '인생은 그런 것이 아니었다'고 말한 뒤에 도달한 지점이 제시된 장면이기도 하다. 예전에는 포스트라는 접두사가 현실을 규정한다고 믿었고, 그랬기 때문에 열정적으로 글을 쓸 수 있었다. 하지만 이제는 다르다. 현실의 다양성과 기호의 분절성 사이에서 즐겁게, 하지만 진지하게 고민하고 있기 때문이다. 『사랑이라니, 선영아』에는 광수나 진우의 목소리이면서 동시에 그 두 사람의 것이라고 확정할 수 없는 목소리가 삽입되어 있다. "세상에 팔레노프시스 때문에 일어나는 일이란 없다"(p. 146)라는 말을 들려주는 목소리가 그것이다. 꽃대가 부러진 팔레노프시스 때문에 씌어지게 된 소설에서, '세상에 팔레노프시스 때문에 일어나는 일이란 없다'고 말하고 있는 셈이다. 무슨 의미일까. 실재와 상징적인 것 그리고 상상적인 것 사이의 복잡한 관계에 대해서 말하고 싶었던 것이 아니었을까. 또는 현실과 기호 사이의 지체 또는 괴리를 지적하면서, 이론이나 담화의 차원으로는 포착될 수 없는 삶을 강조하고 싶었던 것은 아닐까. 상징적인 것과 상상적인 것을 과도하게 초과하거나 현저하게 미달하는, 삶의 울렁거림을 승인하고 싶었던 것은 아닐까. 같은 현실이지만 사람마다 보고 기억하는 내용(기호)이 다를 수밖에 없다면, 문학은 어디에서 시작되어야 하는 것일까. 눈[雪]과 눈빛에 대한 여담을 조금 더 살펴보도록 하자.

"[……] 그런저런 생각을 하다 보니까 갑자기 지난 겨울이 떠오르는 거야. 선영아, 지난 겨울에는 눈 많이 내렸잖아. 그지? 골목길에 쌓이기도 하고, 그냥 녹아서 질퍽거리기도 하고. 그러다가 지금은 다 녹아버렸지. 그런 생각이 들더라. 눈이 녹으면 그 하얀빛은 어디로 가는 걸까? 선영아, 너는 아니? 눈이 녹으면 그 하얀빛은 과연 어디로 가는지?" [……]

눈이 녹으면 그 하얀빛은 과연 어디로 가는 걸까?

그제야 세상에 팔레노프시스 때문에 일어나는 일이란 없다는 사실을 광수는 깨달았다. (p. 146)

물이 온도를 받으면 증기가 되고 온도가 내려가면 얼음이나 눈이 된다. 이것은 물리학적인 차원의 이야기이다. 하지만 투명한 물을 보며 눈의 하얀빛의 행방을 문제 삼는 것은 기억의 문제이자 동시에 기록의 문제이다. 달리 말하면 문학의 문제인 것이다. 그렇다면 눈의 하얀빛이란 무엇인가. 그것은 눈과 관련된 원초적인 기호가 아니겠는가. 물리적인 차원의 삶 속에 기호가 있다는 것. 기호가 현실과 자연 속에서 출몰하고 있다는 것. 물/비/눈의 글쓰기, 또는 백색의 글쓰기. 어쩌면 김연수는 바로 그 지점에서 문학을 다시 사유하고 있는지도 모른다. 눈이 녹으면 사라지는 하얀빛이란, 작가가 현실과 기호의 경계선에서 만난 삶-글쓰기의 풍경들이 아니겠는가.

4. 비밀의 수사학, 또는 교환일 수 없는 교환: 『낭만적 사랑과 사회』[5]

정치 현안에 대해서 심각한 표정으로 논쟁을 벌이는 두 남자가 있다고 하자. 몇 시간이나 계속되는 그들의 논쟁은 지루하게 이어질 뿐 끝이 보이지 않는다. 논쟁을 끝낼 수 있는 가장 좋은 방법은 무엇일까. 둘 중 하나가 이성과 논리의 측면에서 우월함을 입증하면 될 것이다. 하지만 의사소통적 합리성에 근거한 해결은 현실에서 그다지 쉽게 볼 수 있는 장면이 아니다. 오히려 현실에서 가장 쉽게 볼 수 있는 것은 논쟁이 언쟁이 되고 언쟁이 주먹다짐으로 이어지는 물리적

---

5) 정이현, 『낭만적 사랑과 사회』, 문학과지성사, 2003.

해결이다. 물론 물리적 해결은 상당한 법적·신체적 후유증을 남긴다는 점에서 그다지 권장할 방법은 못 된다. 그렇다면 논쟁 자체를 무화시킬 수 있는 방법은 없을까. 어쩌면 아주 간단한 방법일 텐데, 맞은편 바에 앉은 세련된 분위기의 아가씨가 흥미와 무관심을 반복하며 가끔 이쪽을 바라봐주면 어떨까. 곧바로 두 남자에게, 정도의 차이는 있겠지만, 이성의 마비가 찾아오게 되지 않을까.

여성의 본질은 화장과 내숭이라고 이야기한 사람은 철학자 니체였다. 오해의 여지가 없는 것은 아니지만, 니체의 지적을 두고 여성을 비하하는 발언이라고 보는 것은 무척이나 단순한 생각이다. 남성 중심적인 논리가 지배하는 사회에서 화장과 내숭으로 대변되는 여성적 수사(修辭)는 대단히 매혹적이면서 전복적인 힘을 가지고 있기 때문이다. 데리다의 『에프롱』에 의하면, 화장과 내숭으로 무장한 여성의 정숙함은 남성 중심적인 이성의 지배를 흐트러트리는 힘을 갖는다. 정이현의 『낭만적 사랑과 사회』는 니체가 말한 바 있는 여성적 수사학과 관련된 작품들을 수록하고 있어서 주목의 대상이 된다.

비평가 이광호가 적절하게 지적하고 있듯이, 그동안 한국의 여성소설은 여성적 문법의 개발과 남성적 억압구조의 의식화라는 문학적 성취를 쌓아왔으며, 특히 1990년대 여성 문학은 여성적 내면의 탐구와 가부장적 가족제도로부터의 탈출의 욕망을 보다 적극적으로 드러냈다. 여성의 존재 탐색 내면에 근거한 고백의 화법과 가족 및 결혼으로부터의 일탈을 의식화하는 불륜의 서사가 그것이다. 정이현의 소설들이 특징적인 것은, 내면과 불륜 모두에 대해서 전략적인 거리를 두고 있다는 점이다. 그의 소설에서 내면은 맨얼굴 드러내기가 아니라 화장하기의 방식으로 제시되며, 불륜은 진정한 여성적 자아를 발견하는 위험한 여행이 아니라 비밀을 만드는 즐거운 작업으로 바뀌어 나타난다.

정이현의 소설에서 여성은 떠도는 존재이다. 여성 특유의 구심성이나 정주(定住)에 대한 갈망을 보이지 않는다. 남성이 영원한 안식과 정신적 구원을 얻을 수 있는 여성성에 대한 판타지를 가지고 있다면, 소설집 『낭만적 사랑과 사회』에 등장하는 여성들은 남성들 사이를 미끄러져 다니는 환영과도 같은 존재이다. 한국문학에 등장한 여성의 이미지 가운데 가장 세속적이라고 할 수 있는데, 돈과 권력 그리고 지위가 목적이다. 「순수」에는 3명의 남편이 죽어가는 과정에서 경제적 안정을 성취하는 여성의 이중적인 목소리가 제시되며, 「낭만적 사랑과 사회」의 여주인공은 가벼운 스킨십에서 삽입성교에 이르는 단계에 따라 남성들을 배치한다. 그런가 하면 「트렁크」에는 승진을 위해 더 높은 지위의 남자로 정부(情夫)를 갈아치우는 여성이 등장한다. 여성은 어디에도 머물지 않는다. 여성은 끊임없이 흘러 다니는 기표이거나 환상과도 같다. 일반적으로 여성의 자리가 팔루스의 상징적 질서 속에서 마련되었음을 감안할 때, 정이현 소설의 여성들은 여성적인 수사학을 통해서 남성의 상징적 자리를 팔루스가 아닌 페니스로 재조정한다. 그것도 가급적이면 건강하고 돈 많은 페니스로 말이다. 하지만 여성의 욕망과 수사학은 대단히 내밀하고 비밀스러워서 결코 자신을 쉽게 드러내지 않는다.

떠돌아다니는 여성의 이미지는 그 자체로 비밀이다. 비밀의 수사학을 가장 잘 보여주는 작품이 「소녀시대」이다. 되바라진 십대 소녀의 좌충우돌 성장기처럼 보이지만, 이 작품의 의미는 그리 만만하지 않다. 서사는 크게 두 가지로 이루어진다. 하나는 가족에 대한 이야기이다. 교수인 아버지는 젊은 여자와 위험한 사랑을 하고 있고, 어머니는 중년의 공허를 학문과 교양을 통해서 겨우겨우 메워간다. 그리고 소녀인 '나'는 좋은 성적을 유지하며 부모나 학교와 타협도 하지만, 그에 못지않게 일탈의 지점들을 만드는 일에도 열심이다. 또 다른 이야기는 소녀의 일탈과 비행이다. 아버지의 아이를 밴 여자의 임신중절 비용을 마련하기 위해 자발적으로 포르노 사진을 찍고, 이런저런 용도를 위해 남자친구와 공모해서 가족을 상대로 납치극을 벌인다. 그렇다면 결과는 어떤가. 놀랍게도 아무 변화도 생기지 않는다. 일부일처제의 위기가 몰려오는 상황 속에서도 소녀의 가정은 안녕하다. 포르노 사진도 찍고 납치극도 연출했지만 소녀에게도 아무 일도 일어나지 않는다. 다만 비밀이 생겼을 따름이다.

「소녀시대」의 주인공 소녀는 결코 가부장제 속에서 형성된 자신의 정체성을 해체하거나 집을 뛰쳐나가거나 하는 바보 같은 짓은 하지 않는다. 오히려 자신의 나이에서 가질 수 있는 섹슈얼리티를 활용해서 오히려 위기에 빠진 가족을 구원한다. 소녀의 범죄를 통해서 가족의 유대는 어느 정도 복원되었고, 소녀의 섹슈얼리티는 이복동생이 생기는 가정 비극을 막았다. 따라서 납치극 연출이라는 범죄의 차원과 가정의 유지라는 선행의 경계선은 지극히 애매해진다. 「소녀시대」의 주인공 소녀는 말라르메의 『무언극』의 배우를 닮았다. 배우는 바람피운 아내 컬럼바인의 역할과, 그녀를 침대에 묶어놓고 간지럼을 태워서 죽이는 피에로의 역할을 번갈아가면서 수행한다. 여기서 범죄와 오르가슴은 이중적으로 모방되며, 쾌락의 절정과 뒤섞인 완벽한 범죄는 결국 아무 일도 발생하지 않는 것으로 나타난다. 이와 유사하게 소녀가 보여준 범죄적인 일탈과 가족제도의 유지라는 두 가지 행위 사이에 경계는 결코 뚜렷하지 않다. 단지 비밀이 만들어졌을 따름이다. 그리고 그 비밀은 외견상 견고하게 보이는 기존의 제도들을 웃으며 바라본다. 하지만 그 웃음이 비웃는 것인지 좋아서 웃는 것인지는 아무도 모른다. 비밀이니까.

떠도는 여성의 이미지는 성-화폐라는 차원으로 이어진다. 조르주 바타유나 뤼스 이리가레의 말을 빌리지 않더라도, 여성이 교환의 대상이었다는 것은 널리 알려진 사실이다. 「낭만적 사랑과 사회」의 여주인공 또한 교환의 대상으로서의 여성적 운명에 대해서 이미 잘 알고 있다. 그렇다면 그녀의 전략은 무엇일까. 교환의 대상이기를 거부하고 존재의 고유성을 추구할 수도 있을 것이다. 하지만 그녀는 교환의 가치를 극대화하고자 한다. 교환의 직전까지 누릴 수 있는 쾌락의 흥정을 최대한으로 즐기면서, 동시에 교환의 가치를 극대화하는 것이다. 「낭만적 사랑과 사회」에서 여주인공은 남자들과의 거리를 주재한다. 사랑하니까 키스해야 하고 사랑하니까 만져야 하는 남자들의 욕망에 따라서, 남자들과 자신의 육체 사이의 거리를 분절한다. 애무만 되는 남자, 오럴을 제공하는 남자, 그리고 최초의 삽입성교를 함께할 남자 등등. 여주인공은 자신의 몸을 분절하고 차이 지우면서, 분절된 자신의 몸을 일종의 화폐로서 사용하고 있다. 당연히 성-화폐 체제의 중심에는 질 또는 처녀막이 자리를 잡고 있다. 어쩌면 처녀막의 교환은 단순한 교환이 아니라 사랑일지도 모른다. 아니면 교환과 사랑의 미분화상태일 수도 있다. 그렇다면 스스로 건곤일척이라고 칭했던, 처녀막의 교환은 과연 성공적이었을까.

내 몸에서 흘러나왔어야 할 붉은 꽃잎은 어디에서도 발견되지 않는

다. 나는 입술을 깨물고 시트 위에 천천히 커버를 덮는다. (p. 33)

순결 십계명까지 정해가면서 관리를 해왔는데, 왜 이런 일이 벌어진 것일까. 이유는 상황이 아니라 '여성'에 있을 것이다. 처녀막과의 거리 속에서 그녀 역시 자신으로부터 소외된 것이 아니겠는가. 여성은 남성 중심적인 세계와 거리를 마련하며 떠돌 뿐만 아니라, 자신의 몸 위에서도 발 없는 유령처럼 떠돌고 있기 때문이다. 데리다의 지적처럼, 여성은 간격을 만들고, 스스로에게서도 멀어지기 때문이다. 하지만 여전히 상황은 애매하다. 그렇다면 이제 그녀는 더 이상 처녀가 아닌 것일까, 아니면 여전히 처녀인 것일까. 삽입성교에 관한 경험유무를 기준으로 삼자면 그녀는 더 이상 처녀가 아니다. 하지만 처녀성의 가시적 표지인 혈흔이 없지 않은가. 만약 두번째 성교에서 혈흔이 나타난다면 어떻게 되는 것일까. 처녀도 아닌데 처녀가 되는 것이 아니겠는가. 그녀는 아예 처음부터 처녀가 아니었거나, 아니면 앞으로도 얼마든지 처녀일 수 있다. 처녀이면서 처녀가 아닌 상태. 남성적인 논리가 이 상황을 견딜 수 있을까. 어쩌면 여성적인 경제의 중심에는 교환일 수 없는 교환이 자리하고 있는 것인지도 모른다.

여전히 상황은 애매하다. 처녀막을 둘러싼 교환의 행방이 여전히 오리무중이기 때문이다. 남자는 교환이 끝난 후 면세점에서 사두었다며 루이뷔통 가방을 선물한다. "순간, 맹렬한 불안감이 솟구쳤으나 곧 가라앉았다. 집에 가자마자 보증서를 확인해보면 될 것이다. 그리고 설마 면세점에서 '진짜 짝퉁'을 취급할 리는 없을 것이다"(p. 34). 그녀의 처녀막은 명품과 교환된 것일까. 아니면 짝퉁과 교환된 것일까. 아슬아슬하면서도 애매모호한 지점이 아닐 수 없다. 확실한 것은 그녀의 여성을 대변하는 처녀막은 명품과 짝퉁, 다이아몬드와 큐빅을 가르는 경계선 위를 아슬아슬하게 떠돌고 있다는 사실이다. 처녀막이 명품과 교환되었는지 짝퉁과 교환되었는지는 그녀 자신도 알 수 없다. 비밀이기 때문이다. 처녀성은 연기(演技)의 수사학이었거나, 연기(煙氣)처럼 사라져버렸거나, 무한히 연기(延期)된 것이리라. 어쩌면 처녀성이 잠시 윙크를 하듯 눈을 깜박여 보인 것일지도 모른다. 비밀은 진리가 아니라 진리에 대한 추측만을 허용한다. '여성은 비진리의 진리'(데리다)일지도 모른다.

〔2003〕

이야기를 꿈꾸는 소설에 관한 이야기

— 이기호의 『최순덕 성령충만기』와 『갈팡질팡하다가 내 이럴 줄 알았지』 읽기

1. 소설의 자의식과 이야기의 무의식

발터 벤야민은 「이야기꾼과 소설가」에서 이야기꾼의 두 가지 유형을 농부와 선원에 비유한 바 있다. 이야기꾼은 어디에서 오는가. '누군가 여행길에 오르면 그는 무언가 이야기할 거리가 있다'는 독일 속담처럼, 사람들은 이야기꾼을 먼 곳으로부터 온 사람으로 생각한다. 반면에 고향에 눌러앉아 생업을 꾸리며 고향의 이야기와 전설을 잘 알고 있는 사람도 있다. 한 곳에 정착을 해서 땅을 경작하는 이가 농부라면 다른 대표자는 이리저리 옮겨 다니면서 장사를 하는 선원이다. 두 가지 유형은 서로 중복된다. 여행 경험이 풍부한 사람이 집으로 가지고 돌아오는 먼 곳의 이야기와 한 곳에 정착하고 있는 사람이 익히 잘 알고 있는 과거의 이야기.[1]

---

1) 발터 벤야민, 『발터 벤야민의 문예이론』, 반성완 옮김, 민음사, 1992, pp. 167~68.

그렇다면 이기호는 어떤 유형에 속할까. 첫번째 창작집『최순덕 성령충만기』의 경우 선원의 이미지가 강한 쪽이었다면, 두번째 창작집『갈팡질팡하다가 내 이럴 줄 알았지』(이후『갈팡질팡』)의 경우는 농부에 보다 근접해 있지 않을까. 그의 소설 제목을 원용해서 말하자면 농부와 선원 사이에서 즐겁게 갈팡질팡하고 있는, 달리 말하면 농부와 선원을 오가는 이야기꾼이라고 할 것이다. 첫 작품집에서 이미 충분히 암시되었던 것이지만, 두번째 작품집에서는 '이야기'에 대한 관심과 지향이 보다 명료하게 드러난다.『갈팡질팡』에는 이야기와 관련된 작가의 실존적 기원 또는 이야기와 관련된 원초적인 장면이 제시되어 있는데, 그 중심에는 평생 동안 글을 모르고 살았으면서도 작가에게 끊임없이 이야기를 들려준 할머니가 자리하고 있다. 이기호에게 이야기는 책이나 문자가 아니라 '목소리'를 통해서 전달되는 것이며, 변신에 관한 이야기면서 동시에 스스로 '변신'하는 이야기이다.

(가) 소설이라는 게 원래 그랬잖아요. 누군가의 목소리를 타고 흘러나오는 이야기, 들려주는 사람에 따라 끊임없이 변형되고 각색되는 이야기. 그게 소설의 진정 참맛이잖아요. (2:9∼10)[2]

(나) 나는 이 세상에 존재하는 많은 이야기들을 책이 아닌, 할머니를 통해서 처음 알게 되었다. 할머니를 통해서 뱀이 사람으로 변할 수 있다는 것을 알게 되었고, 죽은 사람들이 때론 다시 세상으로 돌아온

---

2) 이기호의『최순덕 성령충만기』(문학과지성사, 2004)를 1,『갈팡질팡하다가 내 이럴 줄 알았지』(문학동네, 2006)를 2로 구분하고, 본문 인용은 (작품집:페이지)의 방식으로 표기한다.

다는 것도 알게 되었다. 글을 몰랐던 나는, 할머니를 통해서만 그 사람들을 만날 수 있었다.

　할머니는 평생 글을 모르고 살아왔다. (2:263)

　보다 중요한 것은 이기호가 단순히 이야기꾼만은 아니라는 점이다. 그는 이야기꾼이면서 목소리 배우, 즉 성우이기도 하다. 그의 작품은 다양한 목소리들, 또는 다양한 발성법들, 그리고 다종다기한 언어게임으로 가득하다. 『최순덕 성령충만기』에서 욕설과 비속어가 난무하는 랩rap부터 성서(聖書)의 고아하면서도 숭엄한 목소리에 이르기까지 다양한 목소리를 선보였듯이, 『갈팡질팡』에서도 이기호는 우리 시대의 다양한 목소리들에 귀 기울이고 있다. 소설의 세계로 독자를 이끌어가는 최면술사의 목소리, 전혀 리얼하지 못하다고 평가받은 작품이 정말로 리얼한 상황의 기록이었음을 고백하는 문창과 졸업생의 목소리, 흙으로 볶음요리를 만들 수 있다며 자신의 경험과 함께 레시피를 알려주려는 어느 얼빠진 인간의 목소리 등등.
　이기호의 소설에는 다양한 서사양식이 변주되고 변형되어 나타난다. 이것은 이야기 형식에 대한 그의 탐색을 보여주는 동시에, 그가 소설의 문법, 달리 말하면 소설이라는 언어게임의 규칙을 게임 자체의 도구로 삼고 있음을 반증한다. 일반적으로 이야기꾼이라고 하면 뛰어난 재주와 기교를 바탕으로 가벼운 흥미나 재미를 추구한다는 인상을 받는 경우가 많다. 하지만 이기호에게 이야기꾼의 부정적인 이미지를 적용할 수 없는 것은, 그가 이야기를 맛깔스럽게 만드는 재주와 소설의 형식에 대한 반성적 의식을 동시에 갖춘 작가이기 때문이다. 이기호는 개별적인 목소리의 질감을 텍스트의 결texture로 옮겨 놓는다. 그렇다면 이 과정에서 당연히 문학적 자의식이 개입할 수밖에 없을 것이고, 문학적 자의식의 개입 과정을 이야기로 만들고자 하는 무의식이 저절로 생겨날 수밖에 없지 않을까. 이 글은 이기호의 작품에서 소설적 자의식과 이야기의 무의식이 상호 굴절되는 방식을 살펴보고자 한다.

2. 명령에 대한 과도한 복종, 또는 괴물성의 기원

비트겐슈타인은 『철학적 탐구』에서 언어를 말하는 것이 삶의 형태의 일부라는 사실을 강조하며, 다음과 같은 언어게임의 예들을 들고 있다.

(1) 명령하기, 그리고 명령에 따라 행위하기

(2) 대상을 그 외관에 따라서, 또는 측정한 바에 따라서 기술하기

(3) 기술(소묘)에 따라 대상을 구성하기

(4) 사건을 보고하기   (5) 사건에 관해 추측들을 하기

(6) 가설을 세우고 검사하기

(7) 실험 결과들을 일람표와 도표로 묘사하기

(8) 이야기를 짓기; 그리고 읽기   (9) 연극을 하기

(10) 윤무곡을 부르기   (11) 수수께끼 알아맞히기

(12) 농담하기; 허튼소리하기   (13) 응용 계산 문제를 풀기

(14) 한 언어로부터 다른 언어로 번역하기

(15) 부탁하기, 감사하기, 욕하기, 인사하기, 기도하기[3]

　우선 실험과학의 영역(6, 7, 13항)은 논외의 영역으로 하자. 또한 대상과 사건에 대한 묘사와 추측(2, 3, 4, 5항)은 문학적 서술의 일반적인 양상이기 때문에 구체적인 지표로 삼지 않도록 하자. 이기호의 데뷔작 「버니」는 작품 전체가 랩으로 구성되어 있는데, 그 과정에는 욕설과 비속어들이 무척 자주 등장한다(15항). 그리고 "내 별명은 바구니 물을 담으면 물이 새고/쌀을 담으면 쌀이 새는/대나무로 만든 바구니"로 시작하는 노래를 마치 윤무곡처럼 불러댄다(10항). 또한 「햄릿 포에버」에서는 본드를 불고 햄릿을 불러내어 연극을 꾸려나가는 과정이 그려져 있기도 하다(9항). 「나쁜 소설」에서는 최면술사의 목소리를 삽입해서 이야기를 만드는 동시에 읽어줄 것을 독자에게 권유하기도 하고(8항), "The way capitalism does work is~"와 같은 문장을 떠듬떠듬 번역하는 과정이 나타나 있기도 하다(14항). 「원주통신」에는 룸살롱의 이름으로 '토지'를 사용할 수 있도록 박경리 선생에게 부탁을 해달라고 요구하는 친구가 등장하고, 「최순덕 성령충만기」에서 최순덕의 삶은 감사와 기도의 언어로 충만하다(15항). 「할머니, 이젠 걱정 마세요」에서는 "아따, 우리 할머니 금세 또 웃어버리네. 울다가 웃으면 똥꼬에 털 나는데…… 응? 없다고? 똥꼬에 털이 없다고? 아이 참, 뭘 보여준다고 그래. 아, 아, 됐어"(2:245~46)와 같은 개그풍의 허튼소리를 만나기도 한다(12항). 명령과 관련된 1항,

---

3) L. 비트겐슈타인, 『철학적 탐구』, 이영철 옮김, 책세상, 2006, p. 37. 원문에는 각 항의 끝에 줄표(─)가 붙어 있지만 이 글에서는 삭제했다. 또한 괄호 속의 번호는 서술의 편의를 위해 인용자가 삽입한 것이다.

수수께끼와 관련된 11항만 찾아내지 못한 것 같다. 아마도 다시 책을 뒤져보면 어딘가에 숨어 있지 않을까(관심 있는 사람은 직접 찾아보시기 바란다).

그렇다면 위의 항목들 중에서 이기호의 소설과 가장 포괄적이면서도 심층적인 관련성을 띠는 것은 무엇일까. 그것은 명령과 관련된 1항이다: 명령하기, 그리고 명령에 따라 행위하기. 이기호 소설의 인물들은 뭔가를 주장하거나 뭔가를 묻기보다는 명령을 받고 명령에 따라 하는 양상을 보인다. 명령의 기원은 작품에 따라 명시적이기도 하고 불명료하기도 하지만, 그 어떤 명령이 주인공 또는 등장인물을 사로잡고 있는 것만큼은 누가 보더라도 분명하다.

「버니」에서 순이의 꿈은 가수다. 랩으로만 대화할 수 있는 그녀는 앵무새처럼 말한다. "순이는 그 짓을 합니다! 가수가 됩니다!"(1:20). 「발밑으로 사라진 사람」에서 순녀는 오로지 감자를 재배하고 다양한 방식으로 요리해 먹는 일 외에는 어떠한 관심도 없다. 「최순덕 성령충만기」의 순덕은 시험 전날에도 과목과 상관없이 성경을 외우고, 같은 학급의 아이들이 따돌려도 기도에만 전념하고, "술래잡기를 할 때에도 이곳저곳 숨은 아이들을 기도의 힘으로 찾"(1:236)고자 한다. 왜 이런 일이 일어나는가. "늘 하나님 안에서 살아가거라"(1:235)라고 한 어머니의 말씀 때문이었다. 단편 「갈팡질팡하다가 내 이럴 줄 알았지」에는 소설이란 자고로 리얼리즘에 입각해야 하며 우연성은 소설의 영역에서 추방해야 한다는 선생님의 명령이 나타난다. 어디 그뿐인가. 「수인」에서는 소설가라는 사실을 증명하라는 명령이 주어지고 주인공은 자신의 소설이 보관되어 있을 교보문고를 향해 땅을 파헤쳐간다. 그 과정에서 그는 소설가보다는 노동자로서 적합하다는 판정을 받게 된다.

단편 「옆에서 본 저 고백은」에서는 앵벌이들의 자기소개서 쓰기와 관련된 이야기들이 펼쳐진다. 아무리 조폭이 운영하는 신용회사지만 자기소개서의 품격은 갖추어야 하는 법. 앵벌이들은 PC방의 아르바이트생 팔대이에게 부탁을 한다. 자기소개서의 핵심은 무엇인가. 팔대이의 주장은 이렇다. 자기가 살아온 이야기를 자기의 입으로 하는 것이니 자기 고백에 근거해야 하지 않겠는가. 그렇다면 잘한 일과 못한 일 모두 솔직하게 이야기해야 한다는 것. 이 지점에서 자기소개서는 형사 앞에서 취조당하는 상황과 유사하고, 신부님 앞에서 고해성사를 하는 일과 크게 다르지 않다. 완력을 써서 위협을 하며 아르바이트생을 다그쳤는데 정작 고백을 강요당하는 것은 이시봉과 그의 똘마니들이다. 왜 자기소개서가 이런 식으로 흘러오게 되었을까. PC방 아르바이트생이 자기소개서라는 언어게임의 룰에 대한 진정성을 가지고 있었다는 것, 그것도 아주 심하게. "팔대이는 만날 적마다 시봉에게 고백할 것을 강요했고, 틈틈이 자신의 과거를 고백했다. 그는 정말이지 고백에는 타고난 재주를 가진 사람처럼 보였다"(1:100). 그는 거짓 고백을 한 이시봉의 머리에 스테이플러를 박으며 말한다. "시, 시시, 씨발놈…… 고, 고, 고백을 했으면 되되, 될 거 아니야……" (1:104). 앵벌이들은 자기소개서를 가지고 취직에 성공할 수 있었을까. 그렇지는 않다. 자기소개서는 버스나 지하철에서 나눠주는 전단지가 되어, 많은 사람들의 심금을 울리게 되고, 덕분에 앵벌이 영업은 새로운 활력을 찾는다. 자기소개서는 진짜 솔직해야 하고 진짜 고백을 해야 한다는 것. 그 이상도 그 이하도 없다.

이기호 소설의 인물들은 명령에 의해서 움직인다. 달리 말하면 마치 '명령대로만 하라'고 프로그램된 자동인형을 연상하게 한다. 명령은 그들의 무의식에 아주 깊게 자리를 잡고 있거나, 그렇지 않으면 초자아의 초월적인 목소리로 나타난다. 명령은 타인의 의지가 아니라 자유의지의 기원으로 대치되며, 국가·부모·학교 등과 같은 이데올로기적 기구와 심층적으로 연결되어 있다. 타인의 명령 또는 이데올로기의 호명은, 이기호의 인물들에게 있어 양심이자 내면의 목소리이며 외부적 기원을 망각한 자발성이자 자유의지이다. 그들은 메시지의 함의나 수준 차이를 무시하고 글자 그대로 명령을 받아들인다. 그 도저한 일관성과 맹목성은 매우 희극적이면서 동시에 매우 비극적이다. 명령에 대한 과도한 복종 또는 순종, 그것은 또한 괴물성의 기원이기도 하다. 철두철미하게 명령을 수행해나가려고 하지만 그렇게 되지를 않는다. 그 지점에서 명령에 순종하는 주체는 그 어떤 어긋남과 삐딱함을 끊임없이 만들어낸다.

그렇다면 명령은 어디에서 주어지는가. 문학과 국가가 명령의 발원지이다. 명령과 수행의 구체적인 양상을 살피기 위해 「나쁜 소설」 「누구나 손쉽게 만들어 먹을 수 있는 가정식 야채볶음흙」 「갈팡질팡하다가 내 이럴 줄 알았지」에 주목하고자 한다. 이 작품들은 누군가에게 소설을 읽어주라는 명령, 지하 벙커에서 절대로 나오지 말라는 명령, 소설의 영역에서 우연성을 추방하라는 명령에 의해서 촉발되었기 때문이다. 아마도 그 과정에서 우리는 명령에 순종하는 주체가 생산할 수밖에 없는 그 어떤 어긋남들을 즐겁게 만나게 될 것이다.

3. 되먹임과 어긋남: 소설 같은 현실과 현실 같은 소설의 벽

"이 소설은 〔……〕 누군가에게 직접 소리내어 읽어주도록 씌어진 소설입니다"(2:9). 「나쁜 소설」에서 명령은 최면술사의 목소리로부터 주어진다. 누군가에게 소설을 읽어주라는 것. 이 작품에서 최면은 명령의 다른 이름이다. 소설을 읽어줄 사람을 찾아나서는 최면 여행. 최면 속에서 주인공을 만난다. 그는 현재 9급 공무원 시험을 준비 중이다. 하지만 도서관에서 그는 소설 한 편을 읽는다. 놀랍게도 그가 읽은 소설은 방금 우리(독자)가 읽은 소설, 달리 말하면 누군가에게 소설을 읽어주라는 바로 그 소설이다.

주인공은 왜 소설을 읽고 있었을까. 그에게는 소설이 꿈이었던 시절이 있었던 것. 그리고 그 중심에 윤대녕의 『은어낚시통신』(1994)이 있었다. 주인공은 과거에 윤대녕 소설을 자신의 삶 속에서 재현해 보려 했던 적이 있다. "'윤대녕' 소설의 주인공처럼, 그 주인공이 간 길을 따라 여행을 떠난 적도 있었습니다. 춘천행 기차를 타고 청평사를 둘러보고 돌아온 1박 2일의 여행이었죠. 소설에서처럼 어떤 막연한 인연을 기대하며 떠난, 당신 생애의 첫 여행"(2:26). 하지만 "청평사에 도착한 뒤에도 '윤대녕' 소설에 나오는 일들은 일어나지 않았"(2:27)다. 이제 그는 다시 한 번 그 길을 좇아 여행을 떠난다. 이번 여행의 목적은 옛 애인을 만나 소설을 읽어주는 것. 하지만 윤대녕의 소설에서 홈쇼핑 텔레마케터였던 옛 애인이 그곳에 있을 까닭이 없다. 결국 여관방에서 직업여성을 부른다. 그리고 그녀에게 소설을 읽어주겠다는 제안을 한다. "소, 뭐요? 소설……? 와, 이 오빠 진짜

센 변태네"(2:37). 관계는 갖지 않고 소설만 읽겠다는 약속을 하고, 드디어 소설을 읽어주기 시작한다. 그렇다면 그가 읽었던 소설은 무엇인가. 우리(독자)가 앞부분에서 읽었던 최면술사의 목소리이자, 9급 공무원 시험을 준비하던 주인공이 도서관에서 읽었던, 바로 그 작품이다. 그런데 소설에 씌어진 대로 소설을 듣고 읽기 위한 편안한 자세를 찾다가 그만 소설을 '다른' 방식으로 읽어주게 된다. 소설을 읽다가 성욕이 치닫게 했다면, 그건 아마도 나쁜 소설이 아닐까. 빨간 소설?

「나쁜 소설」은 전도(顚倒)된 『천일야화』이다. 『천일야화』란 무엇인가. 아내인 왕비의 불륜을 목격한 왕이 여성에 대한 혐오감과 복수심 때문에 밤마다 한 처녀와 동침한 뒤 그 다음 날 아침에 처형한다는 이야기. 하지만 대신의 딸로서 왕의 신부가 된 세헤라자데는 재미있는 이야기를 들려줌으로써 죽음을 지연시켜간다. 『천일야화』의 상황은 참으로 상징적이다. 젊은 왕과 어여쁜 여인이 야심한 밤에 한 침대에서 이야기를 하고 이야기를 듣는 상황이 아닌가. 젊은 남자, 어여쁜 여인, 고요한 밤, 그리고 침대라는 정황만을 놓고 보자면 에로틱한 사건이 자리를 잡아야 마땅하다. 하지만 그런 일은 일어나지 않는다. 그 대신 스스로를 연기하고 변신하며 각색되는 이야기가 그 자리에 놓인다. 『천일야화』에서 세헤라자데의 이야기는 죽음의 공포와 성적인 기대를 우회한다. 이야기의 무의식에는 죽음을 지연시키고 성적인 쾌락을 대체하는 운동성이 가로놓여 있었던 것이다. 그렇다면 우리 시대의 소설은 어떠한가. 『천일야화』의 '이야기'가 성적인 쾌락을 대체하고 있다면, 「나쁜 소설」에서 소설은 섹스의 입문적인 절차에 불과하다. 달리 말하면 섹스의 구실 내지는 핑계인 셈이다. 성적

쾌락을 대체하는『천일야화』의 이야기와, 성적 쾌락에 의해 대체되는
소설 읽기의 대비가 제시되어 있다.

> 소설을 읽는 방법은 간단합니다. 우선 두 사람만 있을 수 있는 장소
> 로 들어갑니다. 〔……〕 장소가 마련되었다면 이제 각자 기본자세를
> 취합니다. 여기서 중요한 것은 소설을 듣는 사람의 자세입니다. 소설
> 을 듣는 사람은 우선 최대한 편안하게 자리를 잡고 눕습니다. 다리는
> 아래로 쭉 펴고 양손도 편안하게 늘어뜨립니다. 허리띠를 풀고 바지
> 단추를 끄르고, 지퍼도 내립니다. 〔……〕 그 상태에서 이제 제 이야
> 기에 집중하면 당신은 당신의 몸이 묵직해지는 경험을 하게 될 것입니
> 다. 〔……〕 좋습니다. 그 상태에서 이제 저 멀리 희미하게 반짝이는
> 빛을 상상해보십시오. 빛은 아주 긴 터널 끝에서 밝게 빛나고 있습니
> 다. (2:10~13)

눈여겨봐두어야 할 것은 이 작품이 되먹임feedback과 어긋남의 복
합적인 구조를 형성하고 있다는 사실이다. 인용문에서 부분적으로 제
시된 최면술의 수사는, 작품 속에서 세 번이나 반복적으로 되먹임된
다. 또한 최면술에 의해 유도된 소설 공간 속에서 윤대녕의 소설 역
시 몇 차례에 걸쳐서 현실에 되먹임된다. 하지만 현실에 피드백된 소
설들은 하나같이 현실에서는 재현되지 못하고 어긋나기만 한다. 그리
고 되먹임과 어긋남이라는 운동성에 의해서, 누군가에게 소설을 읽어
준다는 갸륵한 의도에서 시작된 작품은 결국은 남녀상열지사로 귀결
되고 만다. 이러한 일은 왜 생기는 것인가. 별다른 이유가 없다. "이
소설은 〔……〕 누군가에게 직접 소리내어 읽어주도록 씌어진 소설입

니다"라는 명령에 지독할 정도로 충실했기 때문이다. 소설을 읽어주라고 해서 다만 소설에 씌어 있는 대로 했을 따름인데, 정작 소설은 읽어주지도 못하고 남녀상열지사를 리얼하게 재현했을 뿐이라는 것. 이 지점에서 보이는 어긋남이 이기호 소설의 핵심이다.

이기호 소설의 주인공들은 주어진 명령에서 어긋나려고 하는 의도나 의지를 갖지 않는다. 그들은 명령이 주어지면 완벽한 수행을 향해 맹진한다. 그런데 문제는 그 과정에서 어긋남이 발생한다는 점이다. 보다 정확하게 말하면 명령에 대한 과잉된 순응 또는 맹종이 예상하지 못한 어긋남을 끊임없이 만들어낸다. 눈여겨봐두어야 할 것은, 명령 수행 과정에서 생겨나는 어긋남이 그 자체로 생산의 운동성이라는 점이다.[4] 되먹임이 극한(또는 완벽함)에 이르도록 명령을 수행하려는 의지라고 한다면, 그로부터 발생하는 어긋남의 운동성은 극한 또는 경계와 부딪히면서 생겨나는 운동성일 것이다.

전체적으로 보자면「나쁜 소설」은 작품을 현실에 되먹임하여 소설 안으로 끌어들이는 방식을 취하고 있다. 윤대녕의『은어낚시통신』이 현실 속에서 어떠한 방식으로 충돌하고 표류하는지를 살피는 일이 그것. 창작 과정에서 반영된/될 현실이 아니라, 이미 발표된 작품이 세상 속에 던져졌을 때 생겨나는 현실을 문제 삼는 것. 이 지점에서 문학적 환경에 대한 자의식은 이야기의 무의식으로 치환된다. 또한 이야기는 '소설의 바깥과 세상의 안쪽'이 형성하는 경계 또는 탈경계의 지점들을 따라서 흘러간다. 소설에서는 다음과 같이 표현되어 있다.

---

4) 사전에 의하면 어긋남은 크게 세 가지의 뜻을 가지고 있다: 1) 잘 맞물려 있는 물체가 틀어져서 맞지 아니하다. 2) 식물의 잎이 마디마디 방향을 달리하여 하나씩 어긋나게 나다. 3) 기대에 맞지 아니하거나 일정한 기준에서 벗어나다.

따지고 보면 당신이 '윤대녕' 소설에서 멀어지게 된 것 역시 어쩔 수 없는 현실세계의 벽 때문이었죠. 시간이 흐르고 흐르다보니, 당신이 살아가고 있는 이 현실이, '윤대녕' 소설에서 그려지는 세계보다 더 소설 같고, 더 사막 같다는 생각을 하게 된 것이죠. [……] 당신이 살고 있는 소설 같은 현실과, '윤대녕' 소설 속에 그려지는 현실 같은 소설 사이에 세워진 벽. (2:33)

4. 이데올로기적 주체의 비선형적 운동성

"여긴 내가 태어날 때부터 지금까지 아무도 살지 않은 땅이에요! 여긴 국가가 한 번도 살지 않은 땅이란 말이에욧!"(1:279). 단편 「발밑으로 사라진 사람들」의 여주인공 순녀가 국가를 향해 외치는 말이다. 산골에서 화전으로 감자를 기르던 모자(母子)인 순녀와 우석이 사라져버린 것은 "전국민을 대상으로 막 주민등록번호가 부여되던 시절"(1:266)이었다. 「백미러 사나이」는 뒤통수에 박정희 대통령의 눈을 달고 사는 사나이의 이야기이다. 1979년 김재규가 대통령 시해 사건의 현장을 재현하는 장면을 보던 아버지가 재떨이를 던졌고, 그 파편이 뒤통수에 두 개의 구멍을 만들었고, 진료소의 최씨가 실이 부족하다는 이유로 박통의 눈처럼 상처를 봉합해주었던 것. 「누구나 손쉽게 만들어 먹을 수 있는 가정식 야채볶음흙」은 1983년 전국을 훈련이 아닌 전시상황의 공포로 몰아넣었던 이웅평의 미그기 귀순 사건 때 일어난 일들을 다루고 있다.

이기호의 소설들에서 국가는 명령의 한 형태이다. 평생을 감자 농사를 지어온 땅에서 살아라 말아라 명령하는 존재이며, 국산 담배는 피워도 되지만 양담배는 피울 수 없다고 명령하는 존재이며, 북한의 침공에 대한 어마어마한 공포를 무의식에 새겨놓은 존재이며, 월요일 아침 조회시간이면 국기게양대를 배경으로 교장선생이 주재하는 조회를 통해서 나타나는 존재이기도 하다. 국가는 억압적인 명령 또는 이데올로기의 모습으로 등장하며, 부모 특히 아버지는 국가 이데올로기의 충실한 중개자로 나타난다. 그 과정에서 주인공들은 국가 이데올로기의 구성물로서 그 모습을 드러낸다. "박통이 어린 네 머릿속에도 숨어 살고 있었나 보구나"(1:150).

그렇다면 이기호 소설의 인물들은 국가 이데올로기에 완전히 포획된 상태에 있는 것일까. 그렇기도 하고 아니기도 하다. 「국기게양대 로망스」에는 국기게양대에 매달려 받들어 봉 자세를 하고 있는 세 남자가 등장한다. 이들은 각각 목적은 다르지만 온몸으로 국기게양대를 받들고 있다. 문제는 이 자세가 받드는 것 같기도 하고 욕 먹이는 것 같기도 하다는 것. 사타구니 사이에 국기봉을 끼고 친밀성을 도모하다 보니, 명령과 감시를 위한 거리가 삭제되고 국기게양대의 이데올로기적 상징성은 갈 길을 잃는다. 이데올로기에 포획되었으면서도 완전히 포획당한 것도 아닌 주체. 이러한 양상은 「백미러 사나이」에서도 발견된다. 앞에서 살펴보았듯이, 주인공은 심각한 시각적 혼란에 처해 있다. 얼굴에 있는 자신의 눈으로 사물을 볼 수도 있고, 뒤통수에 달린 박정희 대통령의 눈으로도 세상을 볼 수 있기 때문이다. 시각에 대한 헤게모니를 두고 주인공의 의지와 박통의 의지가 충돌한다. 그 과정에서 그가 보여준 아이러니적 양태는 뒤로 달리기였다.

시위 현장에서 뒤로 달리며 백골단을 따돌리는 묘기를 보여주었던 것. 그는 이데올로기에 포획된 사나이였으며, 동시에 이데올로기로부터 도주하는 사나이였던 셈이다.

이데올로기적 주체의 비선형적 운동성이 가장 극명하게 나타나는 작품은 「누구나 손쉽게 만들어 먹을 수 있는 가정식 야채볶음흙」이다. 중국 베이징에 있는 나비의 날갯짓이, 다음 달 미국 뉴욕에서 폭풍을 발생시킬 수도 있다. 1961년 미국의 기상학자 에드워드 로렌츠가 고안한 이론인 나비효과에 대한 설명이다. 서해안에 등장한 미그19기의 심상치 않은 비행이, 6개월 후 서울의 한 소년을 흙 먹는 인간으로 바꾸어놓을 수도 있다. 참으로 황당한 설정이 아닐 수 없다. 도대체 어쩌다가 흙을 먹게 되었을까. 이유는 간단하다. 다름 아닌 반공 이데올로기가 그것이다. 소설의 시간적 배경은 1983년. 국가는 전쟁이 발발할지도 모른다며 전 국민을 상대로 으름장을 놓았고, 소년의 아버지는 전쟁 공포증에 휩싸여 자기 집 마당에 지하 벙커를 팠다. 그리고 '명령'을 남겼다.

우리가 훈련한 대로만 하면 되는 거야. 아무도 눈치채지 못하게 벙커에 들어가 있어. 아빠가 문 열어줄 때까지, 그때까지 절대 나와선 안 돼! 알았지? 절대 아빠가 아닌 다른 사람한테 들켜선 안 된다! (2:54)

그해 2월에 북한 공군의 이웅평 대령이 비행기를 몰고 남하를 했고, 전국의 스피커는 훈련이 아닌 실제상황이라는 방송을 내보냈다. 사람들은 피난 준비를 하느라 정신이 없었고 동네 슈퍼마켓의 그 많던 라면이 순식간에 동이 났다. 소년이 평소에 연습한 대로 지하 벙커에 몸을 숨겼을 때, 야유회에 갔던 부모는 교통사고로 목숨을 잃었고, 벙커에서 6개월을 머문 소년은 배고픔에 못 이겨 흙을 먹기 시작했다. 그 이후로 흙 맛에 푹 빠져서는 벙커를 나온 후에도 흙만 먹게 되었다.

돌이켜 보면 이웅평 대령 귀순사건이란 일종의 해프닝에 지나지 않는다. 하지만 그 당시에는 공포스러울 정도로 지독한 현실이었다. 많은 학자들이 지적하듯이 이데올로기는 허구적인 성격을 갖는다. 하지만 현실이 아니었던 지배 이데올로기란 존재하지 않는다. 이데올로기의 현실성과 허구성. 이기호의 소설-게임은 반공 이데올로기를 작중 현실의 근거로 전치시켜놓음으로써 시작된다. 어떻게 사람이 흙을 먹을 수 있는가라고 따져 묻는 독자들에게, 반공 이데올로기의 현실성과 허구성이야말로 작중 현실의 근거라고 능청스럽게 대답한다.

반공 이데올로기는 거짓으로 전쟁을 공포(公布)함으로써 전 국민들을 공포(恐怖)의 주체로 호명했다. 흙 먹는 사내 역시 반공 이데올로기에 의해서 구성된 공포의 주체였다. 하지만 그와 동시에 이데올로기가 장악할 수 없는 새로운 영토를 발견한 주체이기도 했다. 그는 흙은 먹을 수 없다는 상식의 한계를 넘어선 탈(脫)경계의 존재였고, 지상의 영역 구분이 적용되지 않는 땅 밑의 가능성을 발견한 탈(脫)영토의 주체였다. 이데올로기에 완벽하게 포획되어 있었던 주체인 동시에 이데올로기로부터 끊임없이 도망가는 주체였던 것이다. 「발밑으로 사라진 사람들」에서 순녀가 "아가야, 걱정할 것 하나 없단다. 엄마가 심은 감자 줄기가 땅 밑으로 쭉쭉 뻗어나갈 거야. 국가란 놈이 암만 땅 위에서 설친다고 해도 땅 밑은 여전히 우리 감자밭이란

다……"(1:282)라고 말했던 것처럼, 흙 먹는 사나이는 땅 밑에서 국가권력이 미치지 못하는 공간을 발견했다. 그리고 땅 밑으로 뻗어나가는 감자 줄기처럼, 들뢰즈가 말한 바 있는 리좀rhizome처럼, 움직였던 것이리라.

비무장지대라는 경계에 의해 재(再)영토화될 때까지 그는 지하의 탈영토적 가능성을 밀고 나간다. 그리고 이제는 광인 또는 정신이상자라는 이름으로 호명되고 분류된다. 그가 잘못한 것이 있었던가. 그는 누구에게도 해를 끼친 적이 없다. 다만 스스로 즐겨 흙을 먹었고, 배고픈 소녀에게 흙을 나누어주었을 따름이다. 그렇다면 또다시 그를 가두어놓은 경계는 반공 이데올로기였을까. 그렇기도 하고 아니기도 하다. 그것은 여전히 이데올로기이다. 하지만 그와 동시에 정상/비정상의 서열적 구분에 근거한 배제의 메커니즘이기도 하다. 반공 이데올로기에 찌들어 있던 소년이 흙 먹는 사내로 변신했듯이, 사내가 비무장지대 근처까지 흙을 파먹는 동안 반공 이데올로기는 정상성의 배타적 논리로 진화한 셈이다. 힘없는 개인과 국가 이데올로기가 벌이는 숨 막히는 숨바꼭질, 또는 탈영토화와 재영토화의 희비극적인 운동성이, 한 마리 나비의 날갯짓을 닮았다.

5. 필연적으로 우연적일 수밖에 없는 것들

이기호의 작품들은 소설이 전제하고 있는 몇 가지 규약들에 대해서 반성적인 인식을 내보인다. 첫번째는 소설은 창조적 개인의 산물이라는 규약에 대한 것이다. 여기에 대해 그는 이야기가 두 사람 또는 그 이상이 협업을 하는 과정의 산물임을 보여주고자 한다. 「할머니, 이젠 걱정 마세요」를 보자. 한국전쟁 때 뒤쫓아온 민보단원의 위협에 못 이겨서 조카가 숨은 아궁이에 불을 놓아야 했던 할머니. 할머니는 자신의 정신적 외상에 대한 방어기제로서 이야기를 손자에게 들려주었던 것이고(한 가지의 이야기에만 사로잡혀 한 이야기 또 하고 한 이야기 또 하는 상황), 반면에 소설가인 손자는 어려서부터 같은 사람들이 나오는 이상한 꿈을 계속 꾸어온 터였다.

　응? 형부? 간난이 언니? 그게 누군데? 말? 그거야…… 늘 백마였지. 백목련처럼 하얀 말…… 응? 응? 맞다고? 그러니까 그분들이 할머니 언니랑 형부네 가족이란 말이지? 거 왜 육이오 때 돌아가신 분들? 하아, 거참, 난 그것도 모르고 인사도 안 하고 계속 도망만 다녔는데…… 그러니까 그분들이 내 이모할아버지, 이모할머니라는 거지? 하아, 거참 신기하네, 신기해. (2:244)

정신 나간 할머니와 함께 이야기를 만들어가는 소설가 손자의 모습. 소설가인 손자는 할머니를 위로하기 위해 함께 이야기의 여백을 메워나간다. 그리고 아궁이에서 죽은 덕용과 아궁이에 불을 놓을 수밖에 없었던 할머니를 위한 위로의 이야기를 만든다. 눈여겨봐두어야 할 대목은 위로의 내용이 아니라 방법에 있다. 소설가가 된 손자와 정신이 나간 할머니가 함께 이야기를 만든다. 그 과정에서 이야기는 삶과 분리된 것이 아니라 삶으로부터 연원해서 삶으로 돌아가는 것이라는 생각이 저변에 깔려 있다.
　두번째는 소설을 읽는 방식에 대한 것이다. 인쇄술이 널리 보급되고 학교 교육이 일반화되면서 지배적인 독서 관행이 낭독에서 묵독으로 바뀌었다는 것은 널리 알려진 일이다. 물론 낭독이 사라진 것은 아니다. 하지만 경전을 목청 높여 읽던 낭독 또는 낭송의 전통은, 도서관에서 조용하게 눈으로 책을 읽는 묵독에 지배적인 위치를 넘겨준 것은 분명한 사실이다. 소설 역시 인쇄 복제 기술과 학교 교육의 일반화와 함께 시각적 독서의 대상으로 자리를 잡았다. 「나쁜 소설」은, 소설 독서의 지배적인 관행인 묵독을 비켜나가면서, 이야기란 근본적으로 낭독 또는 대화적 상황에 근거할 수밖에 없음을 이야기하고 있다.

자, 좋습니다. 이 소설은 저 위 부제처럼 누군가 누군가에게 직접 소리내어 읽어주도록 썩어진 소설입니다. 친구나 형제자매, 선후배 사이도 좋고요, 부부나 연인 사이라면 더욱더 좋습니다. 인간관계가 좋지 않아 곁에 아무도 소설을 읽어줄 사람이 없는 경우라면, 흠, 그러면 어쩔 수 없지요. 카세트테이프나 MP3에 자신의 목소리를 직접 녹음해 듣는 방법을 이용하십시오. 다만, 그 효과는 미지수네요(그러니까 친구를 사귀세요). 이 소설은 눈으로 읽는 소설이 아니라, 듣는 소설, 즉, 오디오용 소설입니다. (2:9)

세번째는 작품과 현실의 관계에 대한 질문 방식의 변화이다. 우리는 그동안 소설은 현실을 어떻게 (변형을 하든 반영을 하든 간에) 담아내는가에 대해서 물었다. 하지만 이기호는 다른 방식으로 물음을 던진다. 현실에서 소설은 어떠한 방식으로 존재하는가. 「나쁜 소설」에서는 윤대녕의 『은어낚시통신』이, 「원주통신」에서는 박경리의 『토지』와 토지문학관이 우리 시대의 문학을 대변하는 메타포로서 기능하고 있다. 그렇다면 현실에서 소설은 어떠한 위상과 기능을 담당하고 있는 것일까. 단적으로 말하면 구실거리였다. 『토지』는 담배를 피우기 위한 낭만적 핑계거나 룸살롱을 지역사회에 연착륙시키기 위한 구실거리였고, 『은어낚시통신』은 무미건조한 연애를 지속시키기 위해 엉뚱하게 뿌려진 향신료 같은 것이었다. 콘크리트 더미를 뚫고 교보문고에서 자신의 소설책을 찾아야 하는 사람의 이야기인 「수인」의 경우도 마찬가지이다. 거기서 소설이란 무엇이었을까. 종이만 구겨대는 소설가가 아니라 땅 파는 재주를 가진 노동자로서 갱신하게 만드는 구실거리가 아니었을까. 작품과 현실의 경계를 넘나들며 우리 시대의 문학이 보여주는 쓸쓸한 자화상을 그려내고 있었던 것.

네번째는, 한국 근대문학의 전제 또는 편향성 앞에서 머뭇거리기라고 할 수 있는 대목이다. 단편 「갈팡질팡하다가 내 이럴 줄 알았지」는 16세 이후로 7번이나 억울하게 폭행을 당하는 어느 재수 없는 남자의 이야기이다. 참으로 황당한 이야기지만 작가가 대결하는 대상은 결코 만만치 않다. 이 작품에서 문제 삼고 있는 것은 근대소설의 역사에서 추방당한 우연성이다.

나는 늘 우연이란. 지배해야 마땅한 어떤 영토 같은 것으로 배워왔다. 그것이 근대소설이 갖춰야 할 가장 필수적인 기본기라는 가르침도 받았다. 이전 소설들이 우연으로 사건이 해결되는 반면, 근대소설은 우연으로 시작해 필연으로 끝나는 장르라고, 그게 바로 논리라고. 그래서 우리는 소설을 쓰기 전 철저하게 설계도 먼저 그려야 한다는 말도 들었다. (2:267~68)

우연을 소설의 영역에서 추방하는 것, 또는 우연을 소설의 영원한 타자로 만드는 일, 그래서 사건의 필연적 구조를 만들어내는 일. 우리 시대에 상식처럼 알려져 있는 소설공학이다. 그런데 우연한 폭행의 반복과 변주로 요약되는 이 남자의 이야기를 보면 생각이 조금 달라진다. 이 남자가 겪었던 우연한 폭행들은 아무리 반복된다고 하더라도 인과율에 포획되지 않고 여전히 우연성의 범주로 남기 때문이다. 반복되고 변주되더라도 여전히 우연인 것, 필연적으로 우연성일 수밖에 없는 것에 대한 탐색. 작가는 '갈팡질팡'이라고 말하고 있지만, 동시에 그 말은 근대문학의 경계 안팎을 즐겁게 넘나들고 있음을 고백하는 방식이기도 하다.

이기호의 작품은 소설의 바깥과 세상의 안쪽이 형성하는 경계를, 근대 문학이 역사적으로 구성해놓은 경계의 안팎을, 이데올로기적 주체의 비(非)이데올로기적 가능성을 탐색하고 있다. 그렇다면 작가의 소설에 대한 생각은 어떨까. 단편 「수인」의 제사가 눈에 들어온다. "소설이 여기 존재하는 것은, 이 세계가 소설이라는 것을 감추기 위해, 그것을 위해, 지금 여기, 존재하는 것이다." 소설은 세계의 가면이자 위장술인 셈이다. 소설이 세계의 비소설적 위장술이라는 작가의 인식에는 우리가 주목해야 할 그 무엇인가가 도사리고 있지 않을까. 경계선 위를 걷거나 경계를 넘나드는 자의 걸음걸이는, 필연적이든 우연적이든 간에, 갈팡질팡할 수밖에 없을 거라는 생각.

〔2007〕

폭력의 언표들과 죽음의 위상학

──이제하의 『독충』과 김훈의 『칼의 노래』[1]

1. 언표(言表)를 지향하는 소설

　『지식의 고고학』에 등장하는 푸코의 용어를 비유적으로 사용하는 것이 허용된다면, 이제하의 소설은 명제가 아니라 '언표(言表)'의 층위를 지향한다고 말할 수 있다. 이제하의 소설이 시비(是非)나 진위(眞僞)를 논의할 수 없는 상황을 언어화하고 있기 때문만은 아닐 것이다. 그렇다면 언표를 지향하는 소설이란 무엇인가. 언표는 세계의 진실을 포착하고 있다고 주장하는 명제도 아니고 사회적으로 관용화된 문법적인 문장도 아니며 언어적 수행으로 대변되는 담화행위도 아니다. 명제·문장·담화행위의 전제는 재출현의 가능성과 환원 가능성이다. 어떠한 내용이나 의미들도 명제나 문장으로 담화행위로 환원될 수 있으며 언어적 표현을 달리해서 본질적인 내용들을 반복할 수

---

1) 이제하, 『독충』, 세계사, 2001; 김훈, 『칼의 노래』, 생각의나무, 2001.

있다는 것이다. 하지만 언표는 반복되거나 환원될 수 없는 언어의 지평들, 언어의 배치들을 순간적으로 보여주는 일회적인 사건이다. 언표는 결코 의미로 충만한 고립적인 문장이나 명제로서 존재하지 않는다. 인접성에 근거해서 다른 언표들을 전제하고 다른 언표들과 공존하면서 다른 언표들을 생산하는, 반복할 수 없는 사건이 언표이다. 따라서 언표를 지향하는 소설이란 어떤 명제나 문장으로 환원되기를 거부하는 소설, 어떤 사건과 의미의 재출현 가능성을 맥락화하지 않는 소설이라고 할 수 있을 것이다.

작품집 『독충』의 표제작 「독충」을 보자. 이 작품은 크게 두 개의 에피소드로 이루어져 있다. 하나는 옛 스승인 유정례 선생의 기념비 제막식에서 옛 애인을 만난 일이고, 다른 하나는 유 선생과 관련된 작중 화자의 오래된 기억 한 토막이다. 제목으로 나와 있는 '독충'이 소설 속에서 하는 일은 의외로 단순하다. 한 마리는 교미를 하다가 유정례 선생의 괭이에 찍혀서 죽고, 다른 한 마리는 유정례 선생을 물고 도망을 갔다가 선생의 허벅지에 흘려서 불태워져 죽는다는 정도이다. 하찮은 미물인 벌레와 맞서서 삶의 의지를 독하게 다지는 모습이, 대학 총장 유정례를 만들어낸 것일지도 모른다. 하지만 그 진위나 시비는 영원히 가릴 수 없다.

또한 「뻐꾹아씨, 뻐꾹귀신」에는 주인공이 쓴 시 한 편이 제시되어 있다. "그대 마음의/절벽 끝에서/다시 고요로 돌아가는/내 사슬처럼"(p. 84). 이 작품에 대한 주인공의 해설이 참으로 문제적이다. "눈이 올 것 같은 예감을 앞질러 쥐어짜본 표현도 같지만, 따지자면 신경통의 엄습을 어쩐둥 회피해보려는 무의식적인 낙서에 지나지 않는다. [……] "고요로 돌아가는 내 사슬"이란 소리가 그 통증에의 공포나 도피본능을 단적으로 드러내고 있다"(pp. 84~85). 시를 쓴 사람이 그렇다고 하니까 그런 줄 알겠지만, 시에서 신경통의 공포를 감지하기란 사실상 요령부득이다. 그대 마음 운운하는 시구들은 신경통에 대한 명제나 담론이 아니라, 신경통과 언어 사이에서 일회적으로 형성된 언표였던 것이다. 그때 바로 그 신경통이 늘어놓은 언표(시)는 환원 가능한 기반을 작가 자신의 입장에서도 가지고 있지 않으며, 또한 다시금 신경통이 찾아온다고 해서 그대 마음 운운하는 시를 반복할 수도 없을 것이다.

작품 「담배의 해독」은 어떠한가. 영안실 풍경만을 사진에 담아온 주인공과, 아무런 연고도 없는 사람들을 찾아다니며 문상을 하는 여자의 미적지근한 연애담이 작품의 대부분을 차지하고 있다. 물론 이상한 일들도 있다. 답답하고 대책이 안 서서 "뛰어내리기라도 해버릴까 하고 베란다에서 엄살을 떨"(p. 24)었더니 주인공의 다리가 부러졌고, "남이사 대낮에 스트리킹을 하든지 말든지"(p. 27)라며 지나가는 말로 주인공을 윽박지르던 아내는 실제로 스트리킹을 벌였고, 주인공이 "상처받은 딸이 하나 있습니다"(p. 21)라고 소개했던 딸은 엄마의 스트리킹에 충격을 받아 약을 먹고 입이 돌아가는 상처를 받게 된다(그렇다면 이 작품의 주제는 말이 씨가 된다, 말조심하며 살자 정도로 정리해볼 수 있는 것일까. 충분히 그럴 수 있다). 소설은 주인공이 여자를 '흡혈귀'로 몰아붙이며 욕설을 퍼붓는 것으로 마감된다. 그러면 제목인 「담배의 해독」은 어떠한 의미인가. 담배는 두 장면에 나오는데, 하나는 주인공과 여자가 모두 흡연자라서 취향의 동질성을 느낀다는 것이고, 다른 하나는 담배를 끊어보자고 주인공이 여자에게 제안하는 정도이다. 이 작품에서 '담배'는 명제화할 수 없는 그 어떤

112

언어적 위상을 가지고 있다. 「담배의 해독」의 '담배'는 담배와 관련된 명제·문장·담화들로 환원되지 않을 뿐만 아니라, 「담배의 해독」으로 이름 붙여진 언어들의 집합을 떠나서는 존재할 수 없는 그 어떤 언표 이다.

이제하의 작품은 환원불가능하며 재출현이 불가능한 언표들의 집합체이다. 제목과 본문 사이의 아득한 거리, 도무지 예측할 수 없는 결말들, 느닷없는 사건들이 빚어내는 어처구니없음 등등이 그 증거일 터. 하지만 이 지점에서 정작 문제 삼아야 하는 것은 의미가 언어보다 선행한다고 생각하는 우리의 관습적인 태도가 아닐까. 여선생의 뽀얀 허벅지와 스멀스멀 기어오는 독충이 하나의 장면에 나란히 놓여서는 안 될 이유가 있을까. 신경통을 표현하는 시구가 그대 마음으로 시작하는 연애시의 외피를 둘러쓰고 있어서 안 될 이유가 있을까. 담배가 그다지 중요한 의미소로서 기능하고 있지 않음에도 불구하고, 제목이 버젓이 '담배의 해독'이라고 올라가서는 안 될 이유가 따로 있을까. 무엇이 우리로 하여금 허벅지와 독충, 신경통과 그대 마음, 담배와 흡혈귀 사이에서 황당함을 느끼게 했을까. 우리는 이미 관련지어져 있었던 것만을 다시 발견하고자 했던 것은 아닐까. 왜 우리의 눈앞에서 새로운 관계들이 생성되고 있다는 사실을 인정하기가 힘들었던 것일까. 특정한 의미가 이미 존재하고 있으며, 언어는 그 의미를 다른 방식으로 표현할 따름이라는 사고에 젖어 있었기 때문일 것이다. 하지만 이제하의 작품은 보여주고 있다. 언어가 가지고 있는 그 도저한 인접성의 힘과, 무질서하면서도 자유로운 언표의 놀이들을. 의미가 먼저 있고 언어표현이 뒤따라오는 것이 아니라, 언어의 인접성에 의해서 스멀거리는 독충과 뽀얀 허벅지가 인접의 관계 속에

병치되는 바로 그 순간에, '의미'가 생성될 수도 있고 생성되지 않을 수도 있다는 것을. 다만 우리가 지금까지 보지 못했던 의미 또는 무의미일 따름이다. 언표를 지향하는 이제하의 소설들은, 우리의 관념 속에 자리 잡고 있는 '의미의 의미론'과는 무관한 지점에, 그냥 삐딱하게 서 있다.

2. 현실의 폭력성과 성적인 환상 사이에서 길 잃기

  이제하의 소설들이 던지는 또 다른 화두는 독서관습과 관련된 것이다. 일반적으로 우리는 소설 속의 주인공-화자에 대한 신뢰를 가지고 있다. 주인공-화자가 비이성적이며 비상식적인 인물이라고 생각하게 되면 소설 읽기는 풍랑을 만난 배처럼 불안정해질 수밖에 없다. 하지만 주인공-화자가 적어도 우리와 동질적인 상식의 지평을 공유하고 있을 것이라는 기대는 이제하의 소설에서는 어림도 없는 이야기다. 오히려 소설 속의 주인공-화자는 과연 신뢰할 수 있는 인물인가, 라고 추궁하는 듯하다. 쉽게 이야기하면, 이제하의 소설에서 주인공-화자는 결코 우리(독자) 편이 아니다. 중절모를 쓴 신사가 관객에게 뒷모습을 보이며 화면 속의 거울을 바라보고 있는데 거울에는 신사의 얼굴이 아니라 관객이 바라보고 있던 뒷모습이 비치는 초현실주의 그림과 비슷하다고나 할까. 소설이란 등장인물의 맨 얼굴을 보여주는 것이라는 관습화된 기대와는 달리, 『독충』에 수록된 작품들은 등장인물들의 뒤통수를 뜬금없이 보여준다. 고교 동창을 별다른 이유도 없이 한 방 갈기고 나서야 거의 몇 년 만에 왕성한 발기를 경험했다는

「견인」의 주인공처럼, 『독충』에 등장하는 대부분의 인물들은 물리적 폭력과 성적 환상이 만나는 지점들을 따라 움직인다. 폭력의 희생양인 동시에 새로운 폭력의 생산자인 것이다. 그들이 뿜어내는 폭력적인 분위기는 작품의 물질적인 경계를 넘어 독자를 불안정한 위치로 숨가쁘게 몰고 간다. 이제하의 소설 자체가 독자의 뒤통수를 노리는 잠재적인 폭력이라고 할 수 있을 터인데, 예순을 넘긴 노친네의 펀치가 결코 만만치 않다.

이제하 소설이 그려내고 있는 세계는 폭력의 그물망과도 같은 공간이다. 작품이 포착하고 있는 폭력은 미시적이고 일상적인 차원이지만, 폭력의 상징성이 거시적이며 일반적인 차원을 획득하고 있음은 누구라도 쉽게 알 수 있다. 세계의 폭력성과 대응하고 있는 것은 등장인물의 신체적·정신적 불구성이다. 등장인물 가운데 남자들은 거의 예외 없이 성적으로 불능이거나 상징적으로 거세되어 있고, 여자들은 아버지-남근에 대한 욕망과 남근-아버지로 인한 억압 사이에서 방황하고 있다. 성적 불구의 이미지는 인간의 내밀한 차원에 세계의 폭력성이 이미 구조화되어 있음을 보여주는 기호이다. 폭력의 그림자는 성적인 차원뿐만 아니라 사소한 일상의 풍경 속에도 짙게 드리워져 있는데, 아래의 인용문에서 '바깥의 광경이 나를 후려친다'는 진술은 세계와 주인공의 만남이 폭력적인 방식으로 매개됨을 명료하게 보여준다.

나를 후려친 그 바깥의 광경이란 강아지 한 마리였다.

개를 본 순간에 웬 뻐꾸기 울음소리 같은 것이 어디선가 들렸던 것도 같다.

[……] 봉긋이 눈에 휘덮인 그 채마밭 끄트머리에, 반년 전에 죽은 꽃례가 서 있었던 것이다. (p. 85)

꽃례는 이웃집 셰퍼드에게 물려 죽은 개의 이름이다. 죽은 개의 환영이 주인공을 찾아온 것이다. 어떻게 해서 죽은 개의 환영이 생겨날 수 있었던가. 꽃례가 암컷이었고 폭력의 희생물이었다는 점 말고는 다른 이유가 없다. 꽃례에게 집중된 폭력이 꽃례의 신체를 변형시켰고, 그 변형된 신체의 이미지가 이미 부패한 몸뚱이를 넘어 환상의 형태로 도래한 것이다. 이제하의 소설들의 논리에 따른다면, 환상은 폭력이 만들어낸다. 폭력의 과정은 흔적들을 통해서 무수한 변형의 가능성을 한껏 열어놓게 되고, 환상은 물리적 폭력에 내재되어 있는 변형의 가능성을 따라 계열을 형성한다. 폭력은 신체를 변형시키고 절단하고 소멸하게 함으로써, 폭력이 집중되었던 자리에 변형과 절단의 운동성으로 가득한 환상을 만들어낸다.

「뻐꾹아씨, 뻐꾹귀신」에서 죽은 개 꽃례의 환영은 버스에 우연히 동승한 젊은 여자로, 다시 죽은 아내의 이미지로, 마지막에 가서는 주인공과 내연의 관계에 있는 처제의 모습으로 전이되는 현란한 변신을 보여준다. 죽은 개의 혼령이 어떻게 젊은 여자, 아내, 처제의 모습으로 이어질 수 있는가. 여자들과 죽은 개 사이에는, 폭력의 희생양이라는 계보를 공유한다는 것 외에는, 어떠한 의미론적인 연관성도 없다. 꽃례는 이웃집 셰퍼드에게 물려 죽었고, "아내의 시신을 인도받으러 갔던 병원"(p. 123)이라는 구절에서 알 수 있듯이 아내는 어떤 사고(이제하 소설의 맥락에서 보자면, 폭력의 집중)로 죽었고, 처제는 주인공을 유혹하다가 물리적인 폭행을 당한 적이 있다. "안 된다고 두들겨 팰 때는 언제고……"(p. 124) 주인공-화자와 세계는 폭력적인 방식으로 만나며, 환상은 폭력의 지점들을 따라서 몸을 바꾸며 피어오른다.

(가) "차가 이상해요! 꽉 잡으세요!"
그렇게 외치는 소리를 듣는 순간에, 벌써 쇠붙이가 쇠붙이를 깔아뭉개면서 찢기는 소리가 앞쪽에서부터 왔다. 공중으로 튕겨져 오른 버스가 둔덕 밑으로 기울어질 때, 여자의 손은 내 바지 앞을 움켜쥐고 있었다. 한도껏 발기됐던 그 부위 감각의 통증으로 그 기억은 너무 분명하다. (p. 122)

(나) 단칼에 연놈이 작살나는 비명소리가 안에서 들렸다. 내일 아침이면 형체도 없는 만두속이 돼 연놈은 아마 접시에나 얌전히 나오게 되리라.
— 우리가 무슨 짓을 저지른 거야……?
힘껏 천막을 친 이쪽 바지 앞을 움켜쥔 채, 와들와들 떨며 아내가 중얼거렸다. (p. 80. 강조는 인용자)

폭력은 변형을 가져온다. 그 변형은 버스와 같은 대상의 뭉개짐일 수도 있고, 타인에 대한 가격일 수도 있고, 미세하게 분쇄된 인간의 사체일 수도 있다. 남성의 성기는 발기라는 신체변형을 통해서 폭력의 도래를 감지한다. 남성의 경우 폭력이 발기라는 신체변형과 연관된다면, 여성의 경우에는 폭력을 잠재하고 있는 올가미('이빨 달린

질'과 유사한)의 양상으로 나타난다. 앞에서 살펴본 「독충」의 유정례 선생은 "발을 내밀고 허벅지 쪽으로 치마를 걷어올"(p. 49)려 벌레를 성적으로 유혹한 뒤에 손수건으로 벌레를 잡아 불에 태워버리는 잔인 함을 내보인다. 이제하의 소설에서 폭력과 성(性)적인 것(남성의 발기와 여성의 유혹)은 선후관계나 인과계열을 형성하지 않는 상호적인 표징이다. 성과 폭력은 샴쌍둥이며, 샴쌍둥이의 머릿속에서는 성적이면서도 폭력적인 환상이 몸을 뒤섞으며 피어오른다.

작품집 『꿈』에 등장하는 대부분의 여성들은 아버지의 부재와 고통스럽게 대면하고 있다. 「담배의 해독」에서 아무 연고도 없는 상가에 조문을 하는 여성은 눈이 파란 스님에 대한 밑도 끝도 없는 이야기를 늘어놓는다. 파란 눈의 스님은 부재하는 아버지의 심리적 대체물이기 때문이다. 젊은 시절에 연애를 했던 여교수는 "어쩌다 교접이 있을 때마다 아버지를 찾으며 울"(p. 45)었고(「독충」), 노(老)화가와 여류 성악가와의 성적 접촉은 "애비와 딸뻘이나 되는 어른들"(p. 136)의 해괴망측한 짓으로 묘사된다. 폭력과 성을 매개하는 그 어느 지점에, 초월적 기표로서 아버지가 제시되어 있다는 점은 어느 정도 분명해 보인다. 「어느 낯선 별에서」를 보자.

훌쩍거리던 소리를 거두고 만전을 피시던 선생님이 어느 순간엔가 엉금엉금 제게로 다가들었을 때, 겨우 제가 깨달은 것은 그런 체념이었습니다. '아버지'라는 말이 떠오르고, 〔……〕 제가 낸 사고의 그 내용이 불을 보듯 갑자기 확연히 깨달아지고 있었습니다. (p. 241)

주인공 한기숙은 아버지의 얼굴도 본 적이 없고 다만 아버지가 죽었다는 사실밖에 모르는 여자다. 그녀의 아버지는 "살인을 하고 사형을 당했다"(p. 247). 그리고 그 사실만으로도 26년 동안 한기숙의 생애를 지배해왔다. 한기숙은 아버지라는 이름(기표)만을 움켜쥐고 살아왔던 셈이다. 그런 한기숙이 운동권 출신의 애인을 살해했는데, 살인의 동기가 얼굴 한 번 못 본 아버지와 관련이 있다는 것이다. 확대 해석의 위험을 무릅쓴다면, 이제하 소설에서 아버지는 원초적인 폭력이다. 또한 원초적인 폭력이 만들어놓은 텅 빈 기호가 아버지이기도 하다. 폭력의 지점에서 성적인 환상이 생겨난다는 이제하 소설의 문법을 감안한다면, 아버지는 원초적 폭력이 존재했던 지점을 보여주는 기호이며, 현실적으로 부재하기 때문에 초월적으로 존재하는 기호이다. 아버지라는 텅 빈 기호를 붙들고 억압과 환상을 왕복하며 살아온 여자들이, 폭력적인 상황으로 인해 발기된 남자의 성기를 붙들고 놓지 못하는 이유도 아마 이와 무관하지 않을 것이다. 아버지는 모든 폭력이 생산되는 기원이면서, 동시에 모든 폭력을 흡인하는 수렴의 지점이다. "너도 나도 실은 살인자인 아버지의 편이고, 한통속이랄 수밖에 별수 없지 않느냐. 네가 그런 인간이면 왜 내가 너를 죽여서는 안 돼?"(p. 248) 아버지로부터 기원한 폭력은 모든 차이를 변형의 운동성 속에 삭제하고 다시금 아버지라는 초월적 기의로 흡수되기 때문이다. 다만 모든 현실의 폭력과 성적 환상이 일그러진 채로 서로 뒤엉켜 있을 따름이다.

"환상이라는 착각밖에 들지 않는 현실과 이상적인 현실로서 꿈꾸는 환상— 예나 지금이나 그 틈바구니가 작가의 자리"(이제하, 『밤의 수첩』, 나남, 1984, 작가 서문)라는 작가의 말을 승인한다고 하더라도, 물음 하나는 남는다. 작가가 말한 바 있는 '이상적인 현실로서 꿈꾸는 환상'은 어디로 가버린 것일까. 현실의 폭력과 성적 환상이 일그러진 채로 뒤엉켜 있는 모습이 우리에게 주어진 현실이자 우리가 가질 수 있는 환상이라면, 이 도저한 뒤엉킴으로부터 빠져나가는 일은 원초적으로 차단되어 있는 것일까. 세상이 폭력과 환상으로 점철된 캔버스라면, 캔버스 바깥으로 뛰쳐나가는 허망한 손짓조차 처음부터 존재할 수 없는 것일까…… 문득, 이러한 질문은 이제하의 소설에 대한 하나의 명제를 추궁하는 것일 수도 있겠다는 생각이 든다. 환상적일 정도로 사실적인 테러 장면을 그동안 너무 많이 보았기 때문일까. 이즈음에서 이제하 소설의 무의식을 읽어내고자 하는 시도는 길을 잃는다.

3. 복수(複數)로서의 전쟁

조금은 냉소적인 시각에서 글을 시작하자. 민족주의에 대한 현대의 연구가들은 민족이란 근대의 창안이며 민족영웅이란 민족주의가 만들어놓은 상징적인 아이콘〔聖像〕이라고 말한다. 심정적인 거부감이 없을 수는 없겠지만 역사적으로 실증이 가능한 이야기이다. 우리의 경우에도 1900년대의 역사전기소설들을 통해서 연개소문·묘청·강감찬·이순신 등과 같은 민족영웅을 갖게 되었고, 국권상실 이후에는 민족이라는 관념이 국가의 상징적·상상적 대체물로서 기능해왔다. 여러 민족영웅들 중에서 이순신에 대한 우리의 존경심은 차원을 달리하는 측면이 존재한다. 그는 역사적인 평가의 상대성을 훌쩍 뛰어넘어 성(聖)스러움의 반열에 도달한 신적인 존재, 성웅(聖雄)이다. 이순신은 일제 식민지 경험을 일거에 보상할 수 있는 심정적·상징적 근거였고, 그렇기 때문에 존숭(尊崇)의 대상이었다. 따라서 우리의 관념 속에서 이순신이 국왕·국가·민족을 위해서 목숨 바쳐 싸웠다는 사실은, 단 한순간도 회의의 대상이 되지 않는다. 다만 원균의 모함에 의해 옥고를 겪었지만, 임금(국가)과 충무공 사이에는 상호이해의 영역이 펼쳐져 있었을 것이라고 좋은 쪽으로 짐작하고 있었을 따름이다.

오늘날에도 이순신은 텔레비전 광고 속에서 여전히 민족의 수호신이다. 일본의 엄청난 정보량 공세를 유연하게 막아내고 '유쾌 상쾌 통쾌'를 외치는 정보화 대국의 선봉장 역할이 그것. 이순신이 표방하는 충(忠)의 가치가 현대사의 과정에서 국가주의적인 권력에 의해 이데올로기적으로 활용되었고, 이제는 정보화 대국이라는 슬로건을 통해서 국가주의와 상업주의의 결탁을 중재하는 메신저 역할까지 떠맡고 있으니, 따라서 이순신에 대한 우리의 존경심이 국가주의에 대한 암묵적인 승인과 구별될 수 없는 지점에 이르렀다는 비판도 충분히 가능하다. 하지만 이데올로기 비판의 중요성을 인정한다고 하더라도, 빈대 잡겠다고 초가삼간을 다 태울 수는 없는 법이다. 자국의 영토를 지키고 백성을 보호하는 일은 시대를 불문하고 숭엄한 일이기 때문이다. 다만 분명한 것은 이순신과 관련된 이데올로기를 단칼에 쳐낼 수도 없고, 이데올로기 비판을 위해서 이순신을 버릴 수도 없다는 점이다. 그렇다면 어떻게 해야 할 것인가. 이데올로기의 장막 속에 가려져 있는 이순신을 이해하고 보호할 수 있는 방법이 필요할 따름이다. 이제는 이순신을 태운 거북선을 다양한 관점이 공존하는 해석의 바다로 진수시켜야 할 때가 되지 않았을까. 이순신의 동상을 끌어내려 애니메이티드animated하는 것이 아니라, 그 두터운 갑옷 너머의 내면으로 눈을 돌려볼 수는 없을까. 이순신을 민족의 영웅으로 정립하는데 일정한 역할을 했던 것이 문학(역사전기소설)이었다면, 이순신에 대한 새로운 해석의 가능성을 여는 것 역시 문학이 담당해야 할 몫일 것이다.

김훈의 『칼의 노래』는 이순신을 다루고 있는 소설이고 따라서 당연히 임진왜란이 시대적 배경이다. 하지만 『칼의 노래』에서 전쟁은 단수가 아니라 복수로 제시된다. 조선과 일본의 전쟁이라는 집합적 단수의 전쟁이 아니라, 이순신의 전쟁·백성의 전쟁·임금의 전쟁·적의 전쟁이라는 다층적인 양상들이 공존하는 전쟁이다. 적은 엄청난 물량과 군사를 동원해서 마치 물을 쏟아붓듯이 총력전을 펼치고, 임금은 울음과 언어를 통해서 전쟁을 수행한다. "언어와 울음은 임금의 권력이었고, 언어와 울음 사이에서 임금의 칼은 보이지 않았다"(2권, p. 50). 임금의 전쟁은 허망하고 무내용한 울음과 언어로써 권력의 명분을 지켜내는 수사(修辭)적인 것이었다. 반면에 백성의 전쟁은 무차별적인 수탈의 과정이었다. 전쟁 중에도 조세와 군역의 의무를 다해야 했을 뿐만 아니라, 포로로 잡히게 되면 적을 위해서 노동을 하거나 조선의 수군과 싸워야 했다. 백성은 "나[이순신—인용자]의 노와 적의 노를 번갈아가면서 저어야"(2권 p. 99) 했다. "나의 적은 백성의 적이었고, 나는 적의 적이었는데, 백성들의 곡식을 나와 나의 적이 먹고 있었다"(1권, p. 116).

그렇다면 이순신 개인의 전쟁은 어떠했는가. 이순신의 전쟁은 바다의 현실에 입각한 전쟁이며, 적과의 전쟁이며, 일상과의 전쟁이며, 정치권력과의 전쟁이었다. 파도처럼 밀어닥치는 끼니를 걱정해야 했고, 밤이면 한없이 무거워지는 몸 때문에 신음했으며, 칼로써 벨 수 있는 적과 벨 수 없는 적들에 의해 둘러싸여 있었다. 임금의 수사적인 전쟁(정치적 상징성)과는 달리, 이순신의 전쟁은 침묵 내지는 최소한의 언어를 통해서 수행되는 것이었다. "끼니는 계속 돌아왔고 나는 먹었다. 나는 말없이 먹었다"(2권, p. 58). 이순신의 전쟁은 임금과 적에 의해 수행되는 전쟁들과 겹쳐져 있으면서, 동시에 그 전쟁들의 틈 사이에 끼여 있었다. "적의 칼과 임금의 칼 사이에서 바다는 아득히 넓었고 나는 몸 둘 곳 없었다"(1권, p. 140). 그의 몸은 "적과 임금이 동거하"(1권, p. 198)는 역설의 공간이 된다. "한 자루의 칼과 더불어 나는 포위되어 있었고 세상의 덫에 걸려 있었지만, 이 세상의 칼로 이 세상의 보이지 않는 덫을 칠 수는 없었다"(1권, p. 136).

그렇다면 이순신이 목도한 것은 무엇이었던가. 처절한 무의미였고 환멸이었다. 원균의 모함이 있었을 때 임금의 칼 앞에서 이순신을 살려준 것은, 임금을 노리는 적의 칼이었다. 임금은 이순신을 죽이려고 했지만, 적의 칼은 임금을 노리고 있었기에, 임금은 이순신을 살려주었다. 그리고 이순신은 그를 죽이려 했던 임금을 대신해서, 그를 살려준 적과 칼로써 맞선다. "세상은 뒤엉켜 있었다. 그 뒤엉킴은 말을 걸어볼 수 없이 무내용했다"(1권, p. 136). 성웅 이순신의 내면에 이처럼 무의미와 무질서가 있었다는 말인가. 그렇다면 이순신이 목숨을 바쳐 싸웠던 전쟁은 무엇을 위한 것이었을까.

4. 칼의 윤리학과 죽음의 위상학

『칼의 노래』에 의하면, 이순신의 내면에 침잠해 있던, "운명의 지표"(1권, p. 183)와도 같은 상징은 두 가지이다. 하나는 백의종군 이후에 임금이 내린 면사첩(免死帖)이고, 다른 하나는 환도 두 자루이다. 면사첩의 의미가 참으로 심장하다. 한편으로는 망극하기 그지없는 성은(聖恩)이고 다른 한편으로는 세상의 무의미함 그 자체이기 때문이다. 면사첩은 과오를 문제 삼아 죽이지는 않겠으니 대신 죽을 때까지 싸우라는 메시지이다. 그것은 임금으로 대변되는 정치권력이 전쟁을 수행하는 방식이었고, 말을 걸어볼 수도 없을 만큼 뒤엉킨 세계의 상징이며, 임금의 칼과 이순신의 칼이 빚어내는 묘한 균형의 지점이다. 이순신이 임금과 묘한 긴장관계를 형성하고 있는 것은 그가 칼을 가진 존재이기 때문이다. 이순신이 칼을 임금에게 겨누지 않는다고 하더라도, 칼을 쥐는 순간부터 임금과의 보이지 않는 전쟁은 피할 수 없다. "칼은 겨누지 않은 곳을 겨누고, 겨누는 곳을 겨누지 않"(2권, p. 22)는다. 따라서 면사첩과 나란히 놓인 환도 두 자루는 임금과 적을 동시에 상대해야 했던 싸움의 이중성을 명확하게 보여준다.

이순신이 살아가는 삶과 세상 모두 허망하고 무의미하다. 따라서 죽음도 허망하고 무의미할 따름이다. 그렇다면 삶과 죽음은 등가이고, 그래서 허무이고 환멸일 따름인가. 여기에 대한 답변은 『칼의 노래』전편에 걸쳐서 등장하는 김훈 특유의 대구-대조의 수사학에서 찾을 수밖에 없다. 『칼의 노래』에 등장하는 도저한 대구-대조의 수사학은 삶과 죽음의 '미세한 부등가'에 근거하고 있다. 대구-대조의 수사학은 이순신의 객관적 상황과 내면 풍경을 통합하면서 분절하고, 유사성을 형성하는 동시에 환원 불가능한 차이를 기술해낸다. 또한 『칼의 노래』에 등장하는 대구-대조의 수사학은 두 가지의 상이한 시선을 전제하고 있다. 하나는 정면에서 부감하는 시선이고 다른 하나는 측면에서 단면을 투시하는 시선이다. 정면의 시선에서 세상은 겹쳐 보인다. 하지만 측면을 투시하는 시선은 가려져 있는 미세한 차이들을 읽어낸다.

(가) 바다에서 그 경계는 늘 불분명했고 경계의 불분명함은 확실했다. (2권, p. 60)

(나) 물러설 자리는 있었지만, 물러서서 살 자리는 없었다. (1권, p. 106)

(다) 목숨을 벨 수는 있지만 죽음을 벨 수는 없었다. (1권 p. 123)

(라) 〔임금이 몸보신하라고 보내준—인용자〕 쇠고기의 단면에 목숨의 안쪽을 이루던 난해한 무늬들이 드러나 있었다. 쇠의 안쪽에도 저러한 무늬가 있었구나. 언젠가 내가 적의 칼을 받게 되면 저러한 쇠의 무늬가 내 목숨의 무늬를 건너가겠구나. (2권, p. 78)

대구-대조의 수사학은 면사첩과 칼 사이에서 빚어진다. 면사첩이 세상의 허망함과 뒤엉킴을 보여주는 상징이며 동시에 이순신의 허무한 내면을 보여주는 표징과도 같은 것이라면, 칼은 삶의 허무함을 허무하게 헤쳐나가는 (작가 김훈이 파악한) 이순신적인 삶의 태도를 명료하게 보여준다. 칼의 상징성은, 왜 이다지도 허망한 싸움에 이순신은 모든 것을 다 걸었는가 또는 이순신은 무엇을 위해서 싸웠는가 하는 물음에 대한 간접적인 답변이기도 하다. 이순신에게 있어서 칼은 무엇이었던가. 칼은 삶과 죽음을 가르는 차이화의 원리이다.

　　적과 함께 춤추며 흐르되 흘러들어감이 없고, 흐르되 흐름의 밖에서
　　흐름의 안쪽을 찔러 마침내 거꾸로 흐르는 것이 칼이다. 칼은 죽음을
　　내어주면서 죽음을 받아낸다. 생사의 쓰레기는 땅 위로 널리고, 칼에
　　는 존망의 찌꺼기가 묻지 않는다. (2권, p. 22)

　　칼은 삶과 죽음을 가로지르며 삶을 불러일으킨다. "삶은 늘 죽음을
거스르고 죽음을 가로지르는 방식으로만 가능했다"(2권, p. 60). 칼
은 세상과 뒤엉켜 있는 힘이며, 미세한 부등가의 방식으로 삶과 죽음
을 구별 짓는 차이화의 원리이다. 따라서 칼은 존망을 가름하지만 칼
에는 존망의 찌꺼기가 묻지 않는다.

　　『칼의 노래』에서 이순신이 칼에 새겼던 소망은 환멸의 세상을 정화
(淨化)하는 것이다. 다만 그뿐이었는가. 칼이 지닌 정화의 상징성 속
에서 자신의 깨끗한 죽음을 더불어 욕망했던 것. "죽여야 할 것들을
다 죽여서, 세상이 스스로 세상일 수 없게 된 연후에 나는 내 자신의
한없는 무기력 속에서 죽고 싶었다"(1권, p. 28). 칼로 대변되는 이순
신의 전쟁은 죽음의 적소성을 향한 치열한 투쟁이다. 『칼의 노래』가
보여주고 있는 이순신의 전쟁은 죽음의 위상학을 지향한다.

　　나는 김덕령처럼 죽을 수도 없었고 곽재우처럼 살 수도 없었다. 나는
　　다만 적의 적으로서 살아지고 죽어지기를 바랐다. 나는 나의 충을 임금
　　의 칼이 닿지 않는 자리에 세우고 싶었다. 적의 적으로서 죽는 내 죽음
　　의 자리에서 내 무와 충이 소멸해주기를 나는 바랐다. (1권, p. 78)

임진왜란은 조선과 일본의 전쟁이지만, 이순신의 전쟁은 임금과 일본을 동시에 상대해야 하는 것이었다. 이순신으로 하여금 환멸을 버티게 해준 것은 칼이 내포하고 있는 차이화의 원리와 정화의 상징성이었다. 『칼의 노래』가 지니고 있는 울림은 인간적인 이순신의 내면을 발굴해낸 것에 있지 않다. 허무한 내면을 가진 이순신이 무서울 정도로 매력적인 이유는, 그가 자신의 존재를 걸었던 칼의 윤리를 끝까지 추구했기 때문이다. 칼이 차이와 정화의 원리라면, 그것은 외부 세계의 적에게만 적용되어서는 안 된다는 것. 칼 자신과 이순신 자신에게도 칼에 내재된 차이와 정화의 논리가 적용되어야 한다는 것. 스스로를 향한 한없는 정화의 과정, 그 끝에 도래하게 될 자신의 소멸을 운명으로 긍정하는 삶의 태도. 이를 두고 칼의 윤리학이라고 할 수는 없을까.

자신의 죽음이 놓일 정화된 자리topos를 찾아 나서는 그의 내면은 세상의 값싼 허무를 넘어선 또 다른 허무의 진경(眞景)을 보여준다. 세상의 정화와 자신의 소멸을 마주 세우고 있는 윤리적 풍경은 도저한 허무주의가 아니고서는 도저히 불가능한 일일 것이다. 환멸의 허무주의라고 할 수 있을까. 값싼 허무를 넘어선 근원적인 허무의 모습에는 아나키anarchy적인 면모마저 엿보인다. "임금의 칼에 죽는 죽음의 무의미를 감당해낼 수 없었"(1권, p. 75)기에 임금의 칼이 닿지 않는 곳에서 죽음을 맞이하고자 하는 의지가 그것. 죽어서 아나키가 된다는 것은 이순신으로서는 어쩔 수 없는 일이다. 그의 칼은 칼로써 벨 수 있는 것만을 벨 수 있기 때문이다. 또 다른 허망함이 그의 죽음을 감싸겠지만 그것 역시 이순신으로서는 어쩔 수 없는 일이다.

『칼의 노래』는 허무한 내면을 가지고 훼손된 가치의 세계와 대결하는 주인공을 보여준, 오랜만에 만나는 고전적인 작품이다. 훼손된 가치의 세계와 대결하고자 하는 주인공에게 허무한 내면이 할당되는 것은 당연한 일이고 패배와 죽음은 불가피한 것이다.『칼의 노래』는 그 과정에서 낭만성을 극도로 견제하면서, 비록 잠재된 형태이기는 하지만 급진적인 허무의 정치학을 배치해놓고 있다. 죽음을 무/의미화함으로써 죽음의 위상을 가늠하는 칼의 논리는, 정치권력과의 근원적인 단절을 꿈꾼다. 이제『칼의 노래』를 통해서 이데올로기의 수호신이 아니라 인간적인 영웅 이순신을 다시 생각할 수 있게 되었다고 말한다면, 지나친 과장이 될까. 그렇지는 않을 것이다.

[2001]

고향을 잃어버린 고향에 관하여

——이청준의 『가면의 꿈』 읽기[1]

1. 고향을 잃어버린 고향 또는
세계의 벌어진 상처: 「귀향 연습」

『가면의 꿈』에 수록된 이청준의 작품들은 매우 다양하지만 공통된 주제 의식을 가지고 있다. 그것은 고향 또는 고향의 부재와 관련된 것이다. 고향 또는 고향의 부재와 관련된 문제의식은, 존재론적 근거가 사라진 현대인의 모습을 상징적으로 드러낸 것인 동시에, 1970년대의 산업화 이후 본격화된 탈향 및 이향과 관련된 한국사회의 집단적 무의식을 반영하는 것이다. 그와 동시에 무엇보다도 이청준 자신의 무의식에 대한 탐색이기도 하다는 점에서 의미를 갖는다. 일찍이 비평가 김윤식은 이청준의 작품이 "고향에 대한 죄의식"과 관련된다고 말한 바 있거니와,[2] 이청준의 소설에는 고향에 대한 다층적이며

---

1) 이청준, 『가면의 꿈』, 이청준 전집 7, 문학과지성사, 2011.
2) 김윤식, 「감동에 이르는 길」, 『이청준론』, 삼인행, 1979, p. 64.

복합적인 성찰들이 내재되어 있다.

고향에 대한 글쓰기는 정체성과 관련된다. 고향은 개인의 선택 이전에 주어진 필연의 장소이자 운명적인 공간이며, 부모·친지·친구들과 같은 인간관계와 겹쳐지면서 원체험적인 시공간의 이미지를 구축한다. 또한 고향은 낭만적인 기억을 통해 사후적으로 구성되며, 그와 동시에 외상적인 경험을 통해 정체성의 근거를 가시성의 영역으로 이전한다. 고향에 대한 이야기는 정체성의 근거 또는 존재의 근거에 관한 이야기에 다름 아니다. 고향은 고향을 말하는 그/그녀의 아이덴티티와 직결되는 공간이기 때문이다.[3] 이청준의 소설에서 고향과 정체성의 관계에 주목하게 되는 이유도 여기에 있다.

이청준의 소설에서 고향 또는 고향의 부재는 병리적 징후와 함께 제시된다. 이러한 사실은 「귀향 연습」에서 명시적으로 드러난다. 「귀향 연습」의 주인공 남지섭은 수시로 찾아오는 배앓이 때문에 잠시 서울 생활을 접고 고향 친구 기태의 과수원에 머물기로 한다. 기태의 과수원은 지섭의 고향인 동백골에서 30여 리 떨어진 곳에 있다. 동백골로 들어가지 못한 것은 지섭의 몰골이 고향 사람들 앞에 나서기 민망할 정도로 망가져 있었기 때문이다. 과수원에서 지섭은 기태의 조카인 훈이라는 아이와 초등학교 교사인 정은영 선생을 만난다.

고향이란 게 자기가 나고 어린 시절을 보낸 곳이라는 사전적인 의미를 넘어서 그곳을 지키고 살거나 떠났거나 간에, 어떤 사람의 생활 속에 늘 위로를 받으며 젖줄처럼 의식의 끈을 대고 있는 우리들의 어떤

---

3) 나리타 류이치(成田龍一), 『고향이라는 이야기』, 한일비교문화세미나 옮김, 동국대학교 출판부, 2007, p. 29.

정신의 요람으로까지 뜻이 깊어진다면 지금의 서울 사람들에겐 진정 고향이란 게 있을 턱이 없었다. (p. 44. 밑줄 강조는 인용자)

지섭, 기태, 훈, 정 선생은 모두 병리적인 징후를 가지고 있다. 지섭은 시도 때도 없이 배앓이를 하며, 훈이는 생일을 치르듯 매년 비슷한 시기에 골절이 되고, 정 선생은 초점 없는 시선을 가지고 있으며, 기태는 자기만이 고향을 소유하고 있다는 과시적 우월감의 소유자이다. 네 사람의 공통점은 모두 고향을 가지지 못한 실향민 또는 실향병 환자라는 점이다. 과수원 주인인 기태 역시 "아예 처음부터 그 고향 속에서만 살아왔기 때문에 오히려 고향을 못 가진 사람이랄 수 있었다"(p. 48). 이들은 모두 고향을 가지지 못한 상태 또는 실향은 곧 존재의 결함이자 질병의 원인이라는 생각을 공유하고 있다. 달리 말하면 고향에는 치유의 가능성이 존재한다는 믿음으로 과수원에 모여 있는 것이다. 정 선생이 훈이의 정기적인 골절을 고향을 가지지 못했기 때문에 생기는 것이라고 진단한 것이나, 지섭이 훈이의 치료를 위해 자신의 고향 이야기를 들려주겠다고 한 것도, 고향을 치유 가능성의 공간으로 생각했기 때문이다.

또한 이들은 고향과 관련된 특정한 태도를 제시하고 있는 인물들이다. 지섭은 불과 30여 리 떨어진 고향에는 들어가지 못하는 처지이지만 훈에게 들려주는 고향 이야기를 통해서 고향을 만들어낸다. 지섭은 고향과 관련된 기억을 이야기로 만드는 과정에서 낭만적인 고향을 구성해낸다. 반면에 정 선생의 경우 고향은 환상적인 '이미지'이다. 남자 친구가 들려준 바다 이야기와 그가 헤어지면서 보내온 소설책 속에서 너울거리던 환상적인 이미지. 정 선생은 "눈앞의 상대보다 그 너머의 잡히지 않는 무엇을 좇고 있듯 이상스레 방심스런 현장 부재의 눈빛"(p. 50)을 가지고 있다. 그녀의 초점 없는 눈은 고향의 환상-이미지를 보고 있을 따름이며, 다만 과수원에 몸을 둠으로써 고향-환상에 실체를 부여하고자 하는 것이다. 훈이의 경우 고향은 학습 또는 '지식'의 대상이다. 자신의 불운이 고향 없음에서 생겨난 것이라 믿고 있는 훈이는, 지섭의 이야기를 통해 고향이라는 기호(상징)를 축적하여 결핍을 보충하고자 한다. 정 선생과 훈이가 은유로서의 고향을 만들어가고 있다고 한다면, 과수원의 주인 기태는 고향이라고 할 수 있는 현실적인 장소를 점유하고 있다. 그는 고향(생물학적 출생지)을 떠나본 적이 없다. 하지만 그렇기 때문에 그에게는 고향에 대한 상상력이 자리를 잡을 공간이 없다. "그는 자기 고향 속에서 오히려 그 고향의 의미와 멀어지게 된 처지였다"(p. 48). 고향을 소유하고 있다는 기태의 생각은 저속한 수준의 '권력의지'로 발현된다.[4] 기태에게 고향이란 권력의지의 근거에 지나지 않는다.

  지섭에게 고향 이야기를 만드는 과정은 "나의 고향에 대한 자신의 확인 과정"(p. 75)이었다. 훈이에게 고향 이야기를 들려주는 과정에서 지섭은 고향의 근원적인 이미지를 확인하게 된다. 그에게 고향의 근원적인 이미지는 바다와 산이 있고 밭에서 일하는 어머니가 있었던 '무덤가의 잔디밭 지게터'였다. 지게터는 산과 바다의 자연, 생명의 원천인 어머니, 노동의 상징인 지게, 죽음을 의미하는 무덤이 공존하는 코라와도 같은 공간이다. 무엇보다도 지게터는 힘들게 일하던 지게꾼들이 잠시 쉬면서 숨을 돌리는 곳이다. 고향도 마찬가지이다. 지

---

4) 이 글에서 권력의지라는 말은, 니체 철학에서 사용된 의미가 아니라 권력을 지향하는 의지라는 일반적인 의미로 사용되었다.

게꾼들이 그러했듯이 삶의 무게를 잠시 내려놓고 위안과 휴식을 얻을 수 있는 곳.

바다가 있었다. 여름의 바다는 유난히 넓고 푸르게 반짝거렸다. 바다에 발뿌리를 내려뻗은 산줄기는 어디라 할 것 없이 울창한 녹음으로 푸르게 뒤덮여 있었다. 산비탈은 대부분 밭갈이가 되어 있고, 고구마나 수수나 콩이나 목화 같은 것을 심은 여름 밭가리 가운데는 다섯 마지기 남짓한 우리 집 밭뙈기도 끼여 있었다. 어머니는 여름 한철을 대개 그 다섯 마지기 여름 밭갈이로 보냈다. 아침만 되면 어머니는 김매기를 나가면서 밭머리로 나를 데려다 놓았다. 밭머리에는 푸나무꾼들이 산을 오르내리며 쉬어 가는 지게터가 있었다. 그리고 그곳엔 옛날부터 주인 없는 무덤이 하나 누워 있었다. 나는 언제나 그 인적에 씻겨 윤이 돋을 만큼 반들거리는 무덤가의 잔디밭 지게터에서 어머니를 기다리며 지냈다. 나중에 마을 사람들의 이야기를 들어 안 일이지만, 나는 내 기억의 한참 전부터도 여름이면 늘상 그 밭머리의 지게터에서 하루해를 지내곤 했댔다. (p. 52)

고향은 위안과 휴식을 주는 치유의 공간이다. 하지만 현실에서는 모종의 뒤틀림들이 발생한다. 지섭은 훈이에게 고향 이야기를 해주면서 고향에 대한 실재감을 회복한다. 덕분에 고향 이야기를 만들어가는 과정이 즐겁기까지 하다. 하지만 얼마 지나지 않아 훈이에 대해 모종의 복수심을 갖게 된다. 그뿐만이 아니다. 정 선생이 갑자기 과수원을 떠나게 되고, 기태는 자신이 그녀를 겁탈했다는 충격적인 고백을 들려준다. 왜 이런 일이 벌어진 것일까. 이유는 심층적이면서도 단순하다. 고향을 소유하고 있거나 소유한 적이 있다고 믿고 있는 사람들(기태·지섭)과 과수원에서 고향을 가지게 될 것이라고 믿고 있는 사람들(정 선생·훈이) 사이의 서열적인 관계가, 억압적인 성격으로 변하게 되면서 복수와 겁탈이라는 폭력적인 차원으로 전이된 것이다. "훈이란 녀석에게 고향이라는 것이 그의 삶의 어떤 상징과 기호로 이해되고 있었듯이, 정 선생이란 여자에겐 이를테면 그 바다가 그녀의 삶의 기호였다"(p. 87). 하지만 고향을 소유하고 있거나 소유한 적이 있다고 믿고 있는 사람들로서는, 고향이 기호나 상징이나 이미지일 수 있다는 사실을 용인하기가 어려웠다. 그럴 경우 고향의 실체성이 붕괴될 뿐만 아니라, '나에게는 고향이 있다'라는 정체성의 근거도 위협받기 때문이다.

훈에게 지섭의 고향 이야기는 실체가 아니라 상징과 기호로 이해되었다. 지섭은 자신의 고향을 훈이가 실체로서 느끼도록 강요했고, 훈이로 하여금 고향을 가지고 있지 못하다는 느낌을 절실하게 갖도록 하고자 했던 것이다. 지섭과 훈의 관계가 심리적 복수의 차원에 국한되어 있다면, 기태와 정 선생 사이의 성폭행 사건은 매우 충격적이다. 기태는 왜 정 선생을 성폭행했을까. 정 선생의 초점 없는 시선과 기태의 권력의지 사이에서 그 이유를 가늠해볼 수 있을 것이다. 정 선생에게 고향은 남자 친구의 이야기와 그가 선물한 소설책으로부터 부여받은 환상적인 이미지다. 그녀에게 고향이란 시뮬라크르이거나 하이퍼리얼리티에 해당한다. 이미지로서의 고향이 먼저 있었던 것이다. 그녀의 시선이 앞에 있는 사람을 지나쳐 저 먼 곳으로 흘러갔던 이유도 거기에 있었다. 그녀는 자신의 환상적인 고향 이미지에 최소한의 실체를 부여하기 위해 과수원에 머물고 있었던 터였다. 하지만 그녀의 시선은 기태의 과수원을 지나쳐서 여전히 환상적인 이미지만을 바라보고 있었다. 무(無)를 향하고 있는 정 선생의 시선은, 고향을 소유하고 있기에 그녀에게 고향을 가르쳐줄 수 있다고 믿고 있는 기태의 권력의지를, 본의 아니게 조롱하고 있었던 것이다.

기태의 성폭행은 우리가 고향이라고 부르는 현실의 순환을 탈선시키고 교란시킨다. 이제 고향은 상처를 치유하고 존재감을 회복하는 공간이 아니라, 페니스의 권력의지에 의해 유지되는 외설적인 공간이다. 하지만 지섭은 기태의 행동에 대한 어떠한 비난도 하지 않고 과수원을 떠나 서울로 돌아간다. 왜 그랬을까. 아마도 훈이에게 복수하고자 했던 자신의 심리와 정 선생의 시선에 분노했던 기태의 심리가 동일한 계열에 있음을 어렴풋하게나마 알아차리고 있었기 때문이 아닐까. "사람이면 누구나 거기서 자기의 괴로운 삶을 위로받고 살게 마련이라는 고향"(p. 43)은 더 이상 현실에서 존재하지 않는다. 고향은 '세계의 벌어진 상처'[5]이다.

고향은 없다. 고향은 권력적인 시선 속에 있거나, 낭만적인 이야기 속에 있거나, 기호나 이미지로 환치되고 있다. 기태처럼 고향이 실제로 있다고 주장하는 것은 저속한 권력의지에 지나지 않는다. 실향도 귀향도 재향도 모두 병리적인 것이다. 고향은 특정한 장소의 점유로 이루어지지 않는다는 것. 또한 고향은 기억의 구성 또는 고향을 이야기하는 장치로 환원되지도 않는다는 것. 고향은 비(非)장소이다. 고향이라는 말 자체가 자신의 물질적 공간을 갖고 있지 못하다. 따라서 고향이라는 기호는 기의가 결여된 순수한 기표이다. 고향이 고향을

---

5) 슬라보예 지젝, 『삐딱하게 보기』, 김소연·유재희 옮김, 시각과언어, 1995, p. 79.

잃어버린 상황.

왜 귀향이 아니라 귀향 연습인가. 태어난 곳을 떠나 도시 공간으로 나온 사람은, 도시와 만남으로써 고향을 발견하게 되지만 종종 고향에 적응하지 못하고 도시에도 동화할 수 없는 심정을 드러낸다. 그들은 고향에 대해서는 위화감을, 도시에 대해서는 부적응의 감정을 드러낸다. 따라서 도시에 대한 부적응과 고향에 대한 위화감 사이에 일종의 균형 감각을 부여한 것이 귀향 연습일 수도 있다. 하지만 이청준의 작품에서 귀향 연습은 다음에는 고향으로 들어갈 수 있다는 의미를 확정 짓고 있지 않다. 연습을 통해서 귀향이 가능하다고 생각하는 것은, 고향이 엄연히 존재한다는 것을 전제한 것이다. 하지만 고향의 존재가 불확정적이라면 어떨 것인가. 어쩌면 귀향은 그 자체로 연습일 수밖에 없는 운명을 지닌다.

「귀향 연습」에서 고향은 공간이면서 비공간이고, 실존적 기억이자 경험이며, 환상이나 기호 또는 상징이기도 한 것이다. 고향이라는 모호한 대상—욕망 속에 들어와 있는 네 사람은, 고향의 의미와 무의미, 고향의 현전과 부재를 각자의 욕망 속에서 강박적으로 재현하고 있는 것이다. 어떠한 용어를 사용해도 무방할 것이다. 고향은 혼돈의 은유이며, 그 어떤 강박증이다. 여전히 고향은 자신의 존재를 확인할 수 있는 상상적·상징적 지평이다. 동시에 고향의 부재는 이청준 소설에서 끊임없이 귀환하는 실재the real이다. 실재하는 것은 고향이 아니라 고향의 부재이다. 고향은 부재로서 현전한다. 최소한 이청준의 초기 소설에서는 그러하다.

2. 강박증 속의 고향과 유령의 언어들: 「배꼽을 주제로 한 변주곡」「엑스트라」「떠도는 말들―언어사회학서설 ①」

고향은 단순히 부재하는 것이 아니라 부재로서 현존한다. 고향은 상실된 것이 아니라 상실된 것으로서 도처에 존재한다. 고향 부재의 편재성(遍在性)은 현대사회를 살아가는 사람들의 존재론적인 문제로 전이된다. 이청준 소설의 인물들이 원인을 알 수 없는 헛헛함이나 허망함을 느끼는 이유를 여기에서 찾을 수 있다. 존재론적인 불안정. 고향 부재의 상황은 그 자체로는 감지되거나 인식되지 않는다. 하지만 사람들의 몸이나 행태에 비정상적인 징후들을 만들어낸다. 고향 없음의 징후들은 다양한 양상으로 나타난다. 우선적으로 눈에 띄는 것은 사라짐(찾을 수 없음)이다. 「배꼽을 주제로 한 변주곡」에서는 고향 없음이 배꼽의 돌연한 사라짐으로 변주되어 나타나며, 「떠도는 말들―언어사회학서설 ①」(이하 「떠도는 말들」)에서는 존재의 근거를 잃고 떠도는 담지자 없는 음성이 등장한다. 또한 「가면의 꿈」에서는 공식적인 자아의 얼굴이 가면화되어가는 과정을 통해 고향의 부재를 은유화하고 있다.

「배꼽을 주제로 한 변주곡」은 어느 날 자리에서 일어나보니 배꼽이 사라져버린 어느 남자에 관한 이야기이다. 처음에는 주인공인 허원에게만 일어난 일이라고 생각했다. 하지만 사람들이 해수욕장과 목욕탕을 기피한다거나 비키니 수영복이 자취를 감추는 것과 같은, 그냥 넘겨버리기 어려운 징후들이 곳곳에서 발견된다. 보다 흥미로운 현상은 배꼽에 대한 이야기가 증식된다는 것이다. 아담과 이브에게 배꼽이 있었나와 같은 신학적인 논쟁이 벌어지는가 하면, 배꼽이 없는 상황을 견디며 살 것인가, 배꼽을 찾아 나설 것인가와 같은 윤리적·실천적 논쟁이 벌어지기도 한다. 배꼽이 실종되었기 때문일 것이다. 사람들의 논법에서 직설법이 자취를 감추고 가정법이 압도적으로 사용된다. 어디 그뿐인가. 『주간 배꼽』과 같은 매체가 등장하고, "새 배꼽 찾기 운동"(p. 125)과 같은 사회운동이 전개된다. 배꼽이 사라지자, 배꼽이 차지하고 있던 빈 구멍을 메우기 위해 말들이 증식한다.

아무리 일상생활에선 드러나게 불편한 점이 없다 해도 그는 역시 배꼽이 없는 자신에 대해 좀처럼 익숙해질 수가 없었다. 그는 자꾸만 허전해서 견딜 수가 없어지곤 했다. 있느니라 여기고 지낼 때는 그처럼 무심스럽던 일이 그런 식으로 한번 의식의 끈을 건드려오자 허원의 상념은 잠시도 그 잃어버린 배꼽에서 떠나 있을 수가 없었다. (p. 104)

「귀향 연습」에서 고향이 "젖줄처럼 의식의 끈을 대고 있는 우리들의 어떤 정신의 요람"(p. 44)으로 제시되었던 것을 기억한다면, 위의 인용문은 이청준의 소설 텍스트에서 배꼽과 고향의 의미론적 친연성을 충분히 확인할 수 있는 대목이다. 배꼽이 사라지자 배꼽이 없다는 사실에 의해 무의식이 규정된다. 배꼽은 기의 없는 기표와 유사하다. 배꼽은 생물학적 기능은 사라지고 다만 어머니의 자궁에 탯줄을 대고 있었음을 보여주는 신체의 흔적이다. 「귀향 연습」의 고향이 장소를 갖지 않는 고향이어서 기의 없는 기표에 비견할 수 있었듯이, 배꼽 또한 생물학적 기능을 갖지 않는 신체 기관이라는 점에서 기의 없는 기표에 비유할 수 있다. 배꼽이 자궁과 연관되며 고향이 상징적 자궁을 연상시킨다는 점을 함께 고려할 때, 배꼽은 신체에 남아 있는 고향의 기표라고 보아도 무방하다. 그런 의미에서 보자면 고향의 부재는 우리의 몸에서 배꼽이 사라지는 것과 등가이며, 배꼽의 사라짐은 고향의 부재를 드러내는 신체적 징후이자 은유이다.

「배꼽을 주제로 한 변주곡」에서 배꼽이 사라졌다는 사실에 대해서는 사회적인 차원에서 침묵이 형성되고 그와 동시에 배꼽에 대한 다양한 담론들이 융성한다. 배꼽은 사라지고 배꼽에 대한 말은 증식한다. 배꼽이 사라지자 배꼽에 대해 이야기해야 한다는 사회적 차원의 강박증이 구성된다. 배꼽이 사라졌다는 것에 대해서는 침묵을 공유하면서 말에 의해 고향을 대체하고자 한다. "그런 식으로 한번 의식의 끈을 건드려오자 허원의 상념은 잠시도 그 잃어버린 배꼽에서 떠나 있을 수가 없었다"라는 구절에서 확인할 수 있듯이 배꼽이 사라지자 배꼽에 대한 강박(증)적인 무의식이 구성된 것이다. 그런 의미에서 「배꼽을 주제로 한 변주곡」은 고향 상실 이후에 말 또는 언어로써 그 결핍을 메워야 한다는 강박관념이 어떠한 과정을 통해서 출현하는가를 검토한 작품으로 읽을 수 있다.

고향이 없다는 것은 고향에 대한 이야기를 증식시킨다. 마치 배꼽이 없어지면서 배꼽에 대한 다양한 차원의 사회적 담론이 증식했던 것과 같다. 실재와 말의 관계는 반비례적이다. 실재가 사라진 구멍을 말이 메운다. 또는 실재의 구멍은 상징적 질서를 구성한다. 「배꼽을 주제로 한 변주곡」은 고향 부재의 신체적인 징후(배앓이, 초점 없는 눈, 골절, 권력의지)와 사회적인 징후인 '말'〔語〕 사이를 연결 짓고 있는 작품이다. 이청준은 고향이 아니라 고향을 말해야 하는 강박증을 성찰하고 있다. 그는 묻는다. 왜 우리는 고향에 대해 말하는 것일까. 달리 말하면 우리에게 고향이 없기 때문이다.

고향의 부재와 말/언어 사이의 관계를 잘 보여주는 또 다른 모티프가 다름 아닌 자서전 대필이다. 「떠도는 말들」과 「엑스트라」에는 자서전 대필 작가가 주인공으로 등장한다. 「떠도는 말들」은 자서전을 대필하는 도중 난데없이 걸려온 전화와 관련된 에피소드가 중심에 놓여 있고, 「엑스트라」는 연애편지 대필, 연설문 대필, 자서전 대필을 거쳐 영화판의 조연 배우가 된 사람의 이야기를 다루고 있다. 여기에서는 「떠도는 말들」을 중심으로 고향의 부재, 유령화된 말, 자서전 대필의 관계에 대해 살펴보도록 하자.

「떠도는 말들」의 주인공 윤지욱은 자서전 대필 작가이다. 어느 날 젊은 여자에게서 걸려온 전화를 받는다. 윤지욱을 알고 있다고는 하지만 그것을 확인할 수는 없다. 지욱은 여자의 전화를 받고 약속한 장소로 나갔다가 허탕을 치고 돌아온다. 며칠 후 다시 걸려온 전화에 이끌려 대학병원에도 찾아가지만 여자와 같은 감기 환자는 입원한 적이 없음을 확인한다. 그리고 다시 여자에게 전화가 왔지만 혼선이 된다. 그녀의 목소리는 다시 다른 남자에게 아는 척을 한다. 윤지욱에게 했던 말들과 거의 동일한 내용이다. 목소리를 실시간으로 전달하는 전화는 그 자체로 대단히 에로틱한 미디어이다. 하지만 이 소설은 전화 미디어가 매개하는 에로틱한 가능성과 좌절을 다루고 있지만은 않다. 이 소설에서 주요한 물음은 크게 두 가지이다. 하나는 왜 젊은 여자에게서 전화가 왔을까 하는 물음이고, 다른 하나는 왜 윤지욱은 여자의 전화에 대해 끊임없이 불신하면서도 그녀를 찾아 나서지 않으면 안 되었던 것일까 하는 물음이다.

왜 알지도 못하는 젊은 여자에게서 전화가 온 것일까. 「떠도는 말들」에 의하면, 말과 관련된 급격한 시대적인 변화가 있었다고 한다. 그 이전에는 그야말로 말들의 전성시대가 있었다. 지상의 모든 가난은 사회사업가의 입술에 있었고, 조국의 백년대계는 교육자와 청년운동가 들의 입술 위에 있었으며, 시대의 정의는 문학도와 역사학도와 종교인 들의 입술 위에 있었다. 달리 말하면 말은 자신의 '고향'을 떠나 사람들의 '입술'로 그 주소지를 변경한 것이다. 그 결과 변화가 나타나기 시작했다. 고향을 떠나 사람들의 입술로 옮겨온 말은, "이미 사람들을 떠나버리고 만 것 같았다"(p. 298). 갑자기 사람들은 일상적인 관계 속에서 말을 하지 않기 시작했고, 그 대신 잘못 걸려온 전화, 혼선되는 통화, 장난치는 전화 등이 눈에 띄게 늘어나기 시작한다.

　모든 말들이 길을 헤매고 있었다. 사람들은 이제 말을 하지 않는다. 그들은 너무나 많은 말을 하여 말들의 주소를 바꿔놓음으로써 말들을 혹사했고 말들을 배반했고, 결국에는 그 말들이 기진맥진 지쳐나게 했다. 말들은 그들의 고향을 잃어버렸고 자신들의 고향에 대한 감사와 의리를 잃어버렸다. 그래서 배반당한 말들은 자유였다. 그들이 태어날 때 지은 모든 약속에서 말들은 자유였다. 그러나 말들은 이제 정처가 없었다. 말들은 이곳저곳 떠돌아다니며 그들이 깃들일 곳을 찾았다. (pp. 303~04)

젊은 여자의 전화란 결국 단순한 장난전화나 우연히 잘못 걸려온 전화가 아니었던 것이다. "고향을 잃고 정처 없이 떠도는 말들은 기실 지쳐 죽은 말들의 유령이었다"(p. 305). 고향을 잃고 사람들의 입술에서 유희되던 말들이 이제 '유령'이 되어 전화선을 타고 흘러들어온 것이다. 이를 두고 '담지자 없는 음성'(지젝)이라고 불러도 좋을 것이다. 잘못 걸려온 전화는, 말이 고향을 잃고 유령이 되어 배회하는 시대를 대변하는 징후이다.

왜 윤지욱은 반신반의하면서도 전화의 주인공을 찾아 나섰을까. 왜 사기성이 농후한 또는 장난전화의 가능성이 높은 통화에 이끌려 광화문으로, 대학병원으로 나가야 했을까. 그 역시 유령 없는 말들과 관련이 있기 때문이다. 그는 자서전 대필 작가이다. 그는 코미디언 피문오 씨(피문오라는 이름 자체가 표피적인 글과 말을 연상하게 한다)의 자서전에 다음과 같이 쓴 바 있다. "나의 말은 과연 나의 말이 아니며 나의 웃음은 과연 나의 웃음이 아니다. 나의 말은 청중의 말이며 내 웃음 또한 청중의 웃음이며, 그것들은 이미 나의 말, 내 웃음이 아닌 것이다"(p. 289). 그는 자신의 글을 통해서 피문오라는 유령을 만들어내고 있었고, 그 과정에서 그의 글 자체가 유령이 되어가고 있었다. 말들이 자신의 '고향'을 떠나 사람들의 '입술'로 그 주소지를 변경한 것처럼, 윤지욱의 대필 자서전은 그의 실존적 주체를 떠나 하염없이 떠돌고 있었고 그 과정에서 윤지욱 자신 또한 유령으로 변모하고 있었던 것이다.

자서전 대필이란 무엇인가. 자서전이 글 쓰는 주체와 글쓰기의 대상 사이의 일치를 전제한다면, 자서전 대필은 다른 사람의 일생을 거짓으로 만들어내는 일이다. 달리 말하면 자서전 대필은 자서전이라는 이름 아래에 유령들을 만들어내는 작업인 셈이다. "그는 문득 자서전의 의미가 되새겨졌다. 유령들이 온통 제 세상을 만난 듯 깃들이기 쉬운 곳. 그 유령들의 소굴. 자서전"(p. 309). 젊은 여자의 전화가 담지자 없는 목소리였다고 한다면, 윤지욱의 대필 자서전은 주체 없는 글쓰기였다. 둘 다 유령이기는 마찬가지일 터.

그렇다면 고향과 자서전의 관계는 무엇인가. 나리타 류이치의 지적처럼, 자서전과 고향은 친연성을 갖고 있다. 고향은 시원의 시간을 체험한 장소이기 때문에, "사람은 자신을 이야기할 때 태어난 장소를 출발점으로 삼아 그곳을 '고향'으로 파악한다. 모든 자서전은 태어난 장소와 그곳에서의 날들로부터 시작되며, '고향'을 다양하게 진술해 보인다."[6] 물론 루소의 『참회록』에서 확인할 수 있듯이 자서전에 허구적인 차원이 개입하는 것은 불가피하다. 하지만 자서전에는 실존적 진실이 동반되어야 한다. 자서전의 기본은 자신의 삶을 자신의 목소리로 재현하는 데 있다. 분명한 것은 자서전은 고향에서 시작하는 글쓰기이며, 고향적인 것의 상징적인 재현을 추구하며, 고향을 존재의 근거로 재확인하는 상징적 절차이기도 하다는 것이다.

고향을 잃어버리지 않은 말, 가엾게 떠돌지 않은 말, 그가 태어난 고향에 대한 감사와 의리를 잃어버리지 않은 말, 그가 태어날 때 지은 약속을 벗어버리지 않은 말, 유령이 아닌 말, 그는 아직도 그런 말을 기다리고 있었다. (p. 305)

윤지욱이 여자의 전화에 매혹된 이유는 의외로 간단하다. 고향을 잃어버리지 않은 말을 만나고 싶었고 기다리고 있었기 때문이다. 하지만 그를 호명한 것은 고향을 잃어버린 목소리, 유령과도 같은 목소

---

6) 나리타 류이치, 앞의 책, p. 16.

리였다. 달리 말하면 고향을 잃어 목소리와 주체를 잃어버린 글쓰기가 서로를 마주 보고 있었던 것이다. 고향을 간직한 말을 만나고 싶다는 욕망이, 고향을 잃어 유령처럼 떠도는 말에 의해 유혹되는 상황, 고향을 잃은 목소리와 주체를 잃어버린 글쓰기의 이중구속적인 상황에서, 과연 고향의 흔적은 어디에서 찾을 수 있을까.

3. 고향의 정치학 또는 '실재(實在)의 작은 조각': 「현장 사정」

고향은 부재로서, 결여로서, 징후로서, 흔적으로서 자신의 실재를 드러낸다. 문제는 고향의 부재가 강박증적인 무의식을 형성하면서, 말[語]이 고향의 부재를 감싸며 증식해간다는 데에 있다. 고향이 고향을 떠났고, 말들이 고향의 부재를 보충하려고 하지만, 그러한 말들 또한 고향을 잃어버린 터였다. 고향을 잃어버리고 유령처럼 떠도는 말들은, 존재 근거의 불안정성으로 대변되는 정체성의 위기를 반영하는 징후이다. 따라서 문제는 '나 자신의 존재 근거를 어디에서 찾을까'라는 물음으로 집약된다. 고향의 부재를 허위적으로 감싸는 말들의 향연이 아니라, 존재론적 근거인 고향이 실제로 존재했음을 보여주는 증거들이 문제인 것이다. 이야기나 이미지나 권력의지를 통해서 발현되는 고향도 아니고, 고향의 부재를 보여주는 배앓이와 같은 병리적 징후도 아닌, 자신의 존재를 입증해줄 고향이 있었음을 증명할 수 있는 신성한 세부들. 고향이 묻어 있는 그 무엇들.

「현장 사정」은 어느 술자리의 풍경을 담고 있는 작품이다. 인호, 현석, 동훈은 K시에서 중고교를 함께 다닌 동기 동창이다. 대학 졸업

후, 인호는 늦깎이 수습 판사가 되었고, 현석은 농업 행정 연구자이며, 동훈은 회사원으로 근무 중이다. 현석이 '새농촌봉사상'을 받게 되면서 새농촌연구회 사람들과 함께 축하 술자리를 갖게 되었다. 인호는 술자리가 있기 전부터 노래 때문에 고심을 하고 있다. 술자리에서는 그가 부르려는 노래를 다른 사람이 먼저 하곤 해서 낭패를 보았다는 것. 그는 여기에 대해 거의 강박증적인 관심을 가지고 있다. 술을 사는 사람은 현석이지만 자리를 주도하는 사람은 새농촌연구회의 강 회장이다. 그는 제헌의원의 아들이며, 향후 농촌 전문가로서 정계에 진출하고자 한다. '우리들의 일' 또는 '도움을 주시라' 등과 같은 다분히 정치적인 수사를 즐겨 사용하면서 사람들 사이의 관계들을 규정하고 주도해가는 인물이다. 술자리의 시작을 현석의 수상에 대한 거창한 축사로 시작했을 뿐만 아니라, 술자리의 노래도 주도해나간다.

　　합창은 강 회장의 선도로 「목포의 눈물」과 「유정천리」와 「꿈에 본 내 고향」으로 해서 템포가 점점 빨라지더니 「물레방아 도는 내력」 「앵두나무 처녀」를 거쳐 막판에는 「노들강변」 같은 민요조로 옮겨가고 있었다. 강 회장의 노래는 정말 억세고 끈질겼다. (p. 197)

술자리에서는 「오빠 생각」 「고향의 봄」과 같은 동요, 「낙화유수」 「선창」과 같은 낡은 유행가, 「석류의 계절」과 같은 최신 유행가, 「노들강변」과 같은 민요에 이르기까지 다양한 노래들이 이어진다. 인호는 결국 강 회장의 페이스에 휘말리며 자신이 부르고자 했던 노래 또는 충분히 부를 수 있었던 노래들을 놓치고 만다. 결국 마지막에 떠밀려 노래를 부르게 되는데, 불안한 음정으로 노래가 시작되면서, 그

마저도 강 회장이 개입해서 겨우 마치게 된다. 게다가 노래를 겨우 마친 후에는 자신의 왼손 집게손가락의 징그러운 흉터 때문에 좌중의 놀림까지 받게 된다. 조금은 머쓱해진 분위기에서 인호는 느닷없이 "넝넝너구리의 알봉지자는"으로 시작하는 「너구리 가족」이라는 저속한 노래를 부른다.

한두 가지의 의문이 없을 수 없는 대목이다. 왜 인호는 술자리에서 자신이 부를 만한 노래를 번번이 놓쳤던 것일까. 그리고 왜 수습 판사의 격에는 도저히 어울리지 않을 저속한 노래를 불렀던 것일까. 답변에 대한 최소한의 근거라도 찾고자 한다면, 먼저 강 회장이 주도한 술자리의 노래는 어떠한 것이었는지를 묻지 않을 수 없다. 강 회장이 불렀던 수많은 유행가들은, 그 시대의 노래들의 주제가 그랬듯이, 고향과 관련된 것들이 대부분이다. 그리고 그 노래들은 인호도 예전부터 즐겨 불렀던 노래들이다. 그렇다면 노래의 문제가 아니라 노래하는 사람의 문제일 수밖에 없다. 어떤 차이가 있을까. 강 회장의 노래에는 고향에 대한 기억과 체험이 없다. 고향이 없는 고향 노래라는 점에서 기의 없는 기표에 비견할 수 있다. 고향에 대한 기억이 있어서 부르는 것이 아니라 고향에 대한 노래를 부르면서 고향을 만들어내는 것이다. 달리 말하면 그의 유행가는 고향에 대해 있지도 않은 기억과 체험을 만들어내는 듯한 환상을 부여하는 것이다. 강 회장의 노래는 고향이라는 유령을 불러내는 술자리의 일상적인 의례(儀禮)에 지나지 않았다. 하지만 고향에 대한 상징화의 과정을 주도함으로써 강 회장은 상징적 팔루스의 자리를 점유한다. 강 회장의 노래는, 농촌의 현실에 대한 절실한 체험이나 기억도 없이 책상에 앉아 농촌＝고향을 조작 가능한 대상으로 취급하는 새농촌연구회의 관료주의적 성격을 반영하는 것이기도 하다(이러한 대목은 새마을운동에 대한 비판적 또는 풍자적 알레고리로도 읽을 수 있다).

시골의 유행가는 보다 천천히 그리고 오래오래 불리어지면서 가난과 한탄과 설움이, 때로는 작은 즐거움이나 꿈이 깃들기 시작했다. 생활의 내력과 추억이 어려 들었다. 세월의 때가 묻어 들었다. 그리하여 하나의 유행가는 거기에서 서서히 다시 태어났다. 그리고 사람들은 그렇게 세월의 때가 앉은 유행가를 가지고 거꾸로 그 노래를 보내준 도회지로 나갔다. 〔……〕한동안 세월이 흐르고 나면 어느 때 어떤 식으로 그런 노래가 불리어지고 있었느냐보다, 그것을 부르던 시절의 생활이나 추억이 더욱 간절해지는 것이 시골 사람들의 유행가였다. (pp. 198~99)

반면에 고향의 노래는 삶이 배어 있었다. 인호는 강 회장이 주도하는 노래들의 연쇄 속에서 고향에 대한 기억들과 체험을 구성해낸다. 인호가 번번이 부를 수 있는 노래를 놓쳤던 것은, 노래와 관련된 고향의 기억에 젖어들곤 했기 때문이다. 인호는 강 회장이 주도하는 노래들에서 누나를 떠올린다. 광복을 맞았던 해에 18세의 나이로 소학교를 졸업했던 누나. 누나가 밭일을 하면서 불렀던 노래가 「오빠 생각」이었고, 인호가 그녀에게 가르쳐준 유행가가 「선창」과 「낙화유수」였다. 누나는 「오빠 생각」을 "정말로 고향을 잃어버린 사람처럼, 또는 오빠가 없으면서도 누군가를 멀리 떠나보내고 살고 있는 사람처럼" 반복해서 불렀다. 「낙화유수」는 단순한 유행가가 아니라 그녀의 운명을 대변하는 기호였다. 고향 마을에서의 노래에는 삶의 무늬가

새겨져 있었고 "나의 고향이 묻어 있는 이야기"(「귀향 연습」, p. 78)
였다.

(가) 산에서는 언제나 멀고 유장한 노랫가락이 들려왔다. 〔……〕
공연히 가슴이 주저앉고 까닭 모를 설움 같은 것이 서려오는 노랫가락
이었다. 나는 언제나 그 노랫가락을 들으며 임자 없는 무덤을 동무 삼
아 지냈다. 그러나 한 번도 그 노랫가락을 뽑아대고 있는 사람의 모습
을 본 일은 없었다. 노래를 부르는 사람은 푸르고 울창한 숲에 파묻혀
모습을 드러낸 일이 없었다. 언제나 노랫가락만 들려올 뿐이었다. 여
긴가 하면 저기서, 저긴가 하면 여기서, 또는 여기저기 어디라 할 것
도 없이 산 전체에서 소리는 끊임없이 흘러나오고 있었다. 그것은 참
으로 행복스런 시절이었다. (「귀향 연습」, p.54)

(나) 문득 고향 마을의 지게터가 떠올랐다. 앞서도 말했듯이 나는
초등학교를 졸업한 다음 K시로 나가 중학교를 다녔다. 고등학교도 물
론 K시에서 다녔다. 그런데 나는 고등학교를 다닐 때까지도 방학이 되
면 고향으로 가서 지게를 짊어졌다. 〔……〕 낮질을 하다가 잠시 바윗
돌 위에 주저앉아 산바람을 쏘이던 휴식을 잊을 수가 없었다. 어깨가
무너지도록 나무를 잔뜩 한 짐 져 내려놓고 지게터의 잔디 위에 드러
누워 낮질이 늦고 있는 녀석들을 기다리고 있노라면 포식처럼 기분이
느긋했다. 해가 떨어진 다음까지도 아직 산을 내려오지 않고 있는 녀
석들의 그 게으르고 천연덕스런 노랫가락 소리. 녀석들을 기다리면서
아무것도 조급할 것이 없는 지게터의 화답 소리. 그 청승맞고 여유로
운 지게터의 노랫가락들. (pp. 202~03)

「귀향 연습」을 살펴보면서 이청준에게 고향의 원초적인 이미지가 '지게터'에 있음을 확인한 바 있다. 분명한 것은 이청준에게 노래는 이미 언제나 고향의 일부분이지 고향에 대한 것일 수 없다는 점이다. 고향의 원초적인 장면 속에 노래는 자리를 잡고 있었다. 삶의 지게를 지고 가는 자들의 노래는 그들의 삶을 대변하는 것이었다. 산속에서 들려오는 노래는 그 주인공이 누구인지는 알 수 없지만 노래 부르는 사람의 존재를 증거하고 대변했다. 또한 친구들이 주고받는 노래 사이에는 그 어떠한 서열적·권력적 관계도 생겨날 여지가 없었다. 그렇다면 강 회장이 있었던 술자리의 노래는 어떠했던가. 강 회장이라는 권력이 주도하는 시공간이었고, 명령을 복창(復唱)하듯이 집단적으로 노래를 불렀고, 마치 레이스를 하듯이 경쟁적으로 노래를 했던 것. 반면에 고향에서는 어느 누구도 노래를 통제하지 않았다. 따라서 노래와 관련된 그 어떤 권력도 생겨날 수 없었다. 힘이 있는 사람의 지도에 의해 순서를 할당받으면서 이 노래에서 저 노래로 휘몰아쳐가는 것이 아니라, 게으르고 천연덕스럽고 여유롭게 서로의 노래에 대해 화답하는 고향의 풍경. 이청준의 소설에서 고향은 목가적인 묘사의 대상에 그치는 것이 아니라 시대의 권력을 비판할 수 있는 정치적 근거를 제공한다. 고향에 대한 목가적인 묘사 속에는, 1970년대의 억압적인 정치 상황과 맞서는 윤리적·정치적 근거가 섬세하게 배치되어 있다.

넝넝너구리의 알붕지자는/람빠가 읍서도 흘러흘러
그것을 보고 있던 새끼 너구리/뱃대지가 째져라고 웃어댄다야.
(p. 171)

그렇다면 왜 손가락의 흉터와 함께 「너구리 가족」이라는 저속한 노래가 인호의 입에서 터져 나왔던 것일까. 인호에게 노래란 고향이 묻어 있어야 가능한 것이다. 노래는 고향과 관련된 노래의 레퍼토리로부터 제시되는 것이 아니라, 고향과 관련된 삶의 흔적과 기억들로부터 울려 나와야 하는 것이었다. 강 회장이 부르는 매끈한 이미지로서의 고향이나 상투화된 감성과는 거리가 있는 것이다. 글자를 거꾸로 읽으면 남성 성기가 되는 노래 가사와, 왼손 집게손가락에 징그럽게 자리 잡은 흉터, 그리고 고향의 원초적 이미지인 지게터 사이에는 어떠한 관련이 있을까. 지게를 메고 쇠꼴을 베러 가서 열심히 풀을 베다 보면 왼손 집게손가락에는 낫으로 벤 작은 상처들이 생기고, 지게를 메고 돌아오는 길에 무덤이 있는 지게터에서 잠시 휴식을 취하며 친구들과 또는 혼자서 불렀던 노래. 또는 "넝넝너구리의 알붕지자는"으로 시작하는 노래. 집게손가락의 흉터와 「너구리 가족」이라는 노래는 고향의 실재를 대변하는 확실한 증거였던 것. 흉터와 노래는 고향에 발생적 근거를 두는 동시에 고향의 존재를 대변하는 '실재의 작은 조각'(지젝)이었던 것.

인호의 급작스런 노래는 무엇이었을까. 그것은 고향의 실재를 주장하는 일이었고, 고향을 되찾고자 하는 싸움이었다. "넝넝너구리의 알붕지자는"으로 시작되는 노래는, 술자리 내내 발기한 음경처럼 분위기를 주도하고 노래를 강요하고 제멋대로 이끌어나간 강 회장에 대한 복수이자 조롱이기도 하다. 강 회장에게는 계몽과 교육의 대상으로서의 농촌 또는 균질화된 농촌이 존재할 따름이다. 그가 매끈하게 불러 젖히는 유행가들은 균질화된 농촌, 대상화된 고향에 정확하게 대응한다. 그는 유행가를 통해 고향의 유령만을 재생산할 따름이다. 손가락의 흉터를 내보이고 저속한 노래를 불렀던 것은, 고향에 대한 진정성을 표출하는 방법이자 강 회장에게 커다란 엿을 먹이는 일이기도 했다. 외설스러운 노래 때문에 점잖은 나리들은 자리를 파한다. 하지만 인호의 고향은 외설스러움이라는 문명적 구분을 처음부터 알지 못한다. 인호는 "넝넝너구리의 알붕지자는"으로 시작하는 저속한 노래를 통해서 고향의 자리를 만든다. 자신의 존재가 고향에 있지 않았다면 결코 부를 수 없는 노래. 이제 고향은 인호의 몸에는 흉터로, 인호의 의식 속에서는 기억-흔적들로 자리를 잡는다. 고향은 이제 장소의 문제가 아니라 존재의 문제인 것이다. 이 지점에서 이청준 소설 특유의 '고향의 정치학'이 토대를 마련한다.

4. 고향의 부재와 상징적 팔루스: 「대흥부동산공사」「그 가을의 내력」「가면의 꿈」

이청준의 단편들은 제한된 공간 내지는 모임을 배경으로 중심적인 힘의 지점이 제시되는 양상을 보인다. 「귀향 연습」에서는 과수원을 배경으로 고향 친구가 '실향병' 환자들을 관리하는 병원장의 역할을 하고 있으며, 「현장 사정」에서는 강 회장이 술자리 분위기를 주도하는 중심적인 역할을 한다. 또한 「대흥부동산공사」에서는 시국 관련 이야기를 독점하기를 좋아하는 아버지가 동네 노인들 사이에서 대장 (사장) 노릇을 하려고 해서 갈등을 빚고, 「엑스트라」에서 윤 감독은 시나리오의 결말에 개입하면서 자신을 위한 이야기로 만들어가고자 하며, 「그 가을의 내력」에서는 골목의 주도권을 놓고 초등학교 동창인 석구와 금옥이 개싸움을 벌인다.

제한된 공간에 마련된 힘(권력)의 자리는 부권적 지위[아버지＝장(長)]와 상동적인 위상을 가지며, 정신분석학에서 말하는 상징적 팔루스와도 연관되는 것으로 보인다. 정신분석학 이론에 의하면, 상징적 팔루스는 성기 부위에 고착되어 있던 리비도의 일부를 부모와 사회 양쪽 모두에 의해 승인되는 활동이나 목표로 대체하는 과정에서 생겨난다. 사회적으로 인정받는 지위나 인품 또는 가치를 점유함으로써 타인의 욕망의 기호가 되고자 하는 것으로 이해할 수 있다.[7] 이청준의 소설에서 힘(권력)의 자리를 점유하고 있는 인물들은 특정한 시공간을 장악하거나 모임을 주도하는 역할에 그치지 않는다. 「귀향 연습」의 친구 기태는 다른 사람들을 고향을 상실한 환자로 규정하고, 강 회장은 술자리에 모인 모든 사람들을 향후 정치적인 후원자로 여긴다. 윤 감독은 씌어지지도 않은 시나리오를 대상으로 주연과 조연의 역할을 배분하며, 아버지는 자신을 화자에 고정시키면서 다른 사람들을 청자의 자리에 묶어놓으며, 금옥은 골목대장(두목) 역할을 담당하면서 마을의 남자들을 졸개의 자리에 위치 짓는다. 달리 말하면 등장인물들은 상징적 팔루스의 위치를 점유하고 있는 사람들에 의해서 하위적인 위상을 부여받게 되는 것이다. 그렇다면 왜 고향(부재)의 의미망을 섬세하게 제시하고 있는 이청준 소설의 곳곳에서 상징적 팔루스적인 그림자가 출현하는 것일까.

「대흥부동산공사」의 아버지는 상징적 팔루스에 대한 욕망을 직접적으로 보여주는 인물이다. 교장 선생으로 은퇴를 한 아버지는 "당신

7) 브루스 핑크, 『에크리 읽기』, 김서영 옮김, 도서출판b, 2007, pp. 243~46.

의 심사가 가장 편치 못한 때의 위로거리"(p. 250)로 「남아의 일생」 이라는 노래를 부른다. "임진강 얼음판에 팽이 치는 아해들아/삼각산 가는 길에 흰 눈이 쌓였고나"라는 가사를 가진 노래. 아버지가 임진 강이나 삼각산과 관련된 실존적 경험이나 기억을 가지고 있지는 않 다. 핵심은 노래 제목에 제시되어 있는 '남아'라는 단어이다. 아버지 가 술을 마시고 이 노래를 부른다는 것은 자신이 생각하는 '남아의 일 생'이 위기에 처했다는 것을 의미한다. 그렇다면 아버지가 노래하는 '남아의 일생'에 부합하는 조건이란 무엇일까. 그것은 다름 아닌 '자 리'이다.

아버지는 은퇴 이후 ×당 ×동 지부장으로 위촉되어 혼자 사무실을 지키다가 해촉당하는가 하면, 골목에 의자 한두 개를 가져다 놓은 동 네 복덕방에서 노인들과 어울리기도 한다. 밖에 나갈 자리가 있을 때 그는 중절모를 쓰거나 가죽 가방을 들고 활기차게 집을 나선다. 반대 로 바깥에 자리가 없다면 그는 집에 틀어박혀 두문불출한다. 아버지 의 욕망이란 무엇인가. 자못 남자란 집 밖에 나갈 곳이 마련되어 있 어야 하고, 나가서는 시국 이야기를 늘어놓을 '자리'가 있어야 한다는 것. "시국 이야기만 나오면 아버지는 세상일을 혼자서 다 알고 있다 는 듯 화제를 도맡아버렸고, 심지어는 복덕방 노인들도 요즘 쓰지 않 는 중절모를 혼자 쓰고 나와서는 그걸 또 듣기 싫도록 자랑해대곤 하 셨다는 것이었다"(p. 261). 결국 아들은 사무실을 얻고 동네 노인들 을 모아 '대흥부동산공사'라는 회사를 차리고 아버지에게는 사장 자 리를 만들어준다. 아버지는 말하는 팔루스이고자 했던 것이고, 그의 중절모, 가죽 가방, 회전의자는 팔루스의 자리를 나타내는 표지였던 것이다.

"[……] 보셨겠지만 사장 자리는 하나뿐이거든요."

[……] 그 하나밖에 없는 회전의자를 차지하고 앉아 곰곰이 일거리 궁리를 짜내고 계시는 아버지의 의젓한 모습을 보게 된 것은 그런대로 제법 신기한 즐거움이 아닐 수 없었다. (p. 281)

「그 가을의 내력」은, 마치 김유정의 「동백꽃」을 연상하게 하는 작품이다. 석구는 금옥의 개 누렁이가 밉다. 누렁이는 온 동네 수캐의 대장이었고 암캐들의 남편 격이었다. 골목을 지날 때마다 하루에도 몇 번씩 누렁이의 거드름 피우는 모습을 보아야 했다. 누렁이에 대한 석구의 미움은 어머니와 동네 사람들이 다 알고 있을 정도였다. 하지만 그 자신도 명확한 이유를 알 수는 없었다. "그러는 석구로서도 물론 스스로 납득할 만한 확실한 이유가 있을 리 없었다. [……] 곰곰 따져보면 그 나름의 까닭이 있었다. 터놓고 외고 다닐 수는 없는 일이었지만, 그것은 누렁이 놈의 주인 때문이었다"(p. 329).

금옥은 누구인가. 어린 시절부터 금옥은 소꿉놀이를 하더라도 남자아이에게 엄마 노릇을 시키고 자신은 남편 역할을 도맡아 했다. 초등학교 시절 석구는 금옥이 소꿉장난하던 "사내아이의 배를 까고 올라앉아서 키득키득 녀석의 배꼽을 간지럽히고 있더"(p. 334)라는 소문을 퍼뜨린 적이 있다. 그냥 넘어갈 리가 없다. 금옥이 하굣길에 불쑥 나타나 석구를 덮쳐 묵사발을 내놓았다. 코피를 흘린 쪽은 석구였다. 동네 싸움의 룰에 따르자면, 석구가 진 것이다. 그 이후 금옥은 "아예 석구의 존재를 무시해버리는 태도였다"(p. 335). "석구네 골목 안에선 그 금옥의 기세에 눌려 오히려 사내들이 기를 못 펴는 판국이었다"(p. 330). 금옥이 골목대장이었다는 것.

한번은 이런 일이 있었다. 석구가 골목을 지나가다 보니까 마침 누렁이 놈이 또 그 사립문 앞에 나앉아서 거드름을 피우고 있었다. 가만히 보니 녀석의 가랑이 사이에 뻘건 것이 염치없이 삐죽 솟아 나와 있었다. 그는 꼭 녀석에게서마저 놀림을 당한 기분이었다. (p. 342)

누렁이는 마을에서 금옥이가 점유하고 있는 위상을 상징적으로 대변하고 있다. 누렁이의 가랑이 사이에 솟아 있던 '뻘건 것'은, 금옥이가 마을의 두목 격이며 더 나아가서는 상징적 팔루스였음을 보여주고 있다. 누렁이에 대한 석구의 미움은, 금옥의 성격이나 행실에서 연유하는 것이 아니라, 금옥이가 점유하고 있는 상징적 팔루스의 위상을 재현(대변)하고 있었기 때문이다. 따라서 누렁이와 베스(석구의 개)의 싸움은, 단순한 개싸움과 관련된 자존심의 문제가 아니라, 금옥과 석구 중에서 누가 상징적 팔루스의 자리를 점유할 것인가를 놓고 벌이는 일종의 인정투쟁이었던 것이다.

고향(존재 근거)의 부재와 상징적 팔루스의 관련 양상은 「가면의 꿈」에서도 확인할 수 있다. 「가면의 꿈」은 관찰자인 아내 지연의 내면과 사고에 초점이 맞추어져 있는 작품이다. 명식은 시골 출신으로 어려서부터 소문난 천재였다. S대 법대를 수석 입학했고 대학 3학년 재학 중에 최연소로 고등고시에 합격했다. 그리고 중매를 통해 양갓집 규수인 지연과 결혼해서 아기자기한 결혼생활을 보내고 있는 터였다. 그런데 어느 날 2층 명식의 서재에서 뜻밖의 장면을 마주하게 된다. 가발을 쓰고 콧수염을 붙인 명식을 만나게 된 것이다. 그 이후로 명식은 사무실에서는 피곤한 얼굴로 돌아와 변장을 하고 밤 외출을 나가거나 2층 서재에 머무는 일이 많아졌다. "무엇이 그토록 피곤했던 것일까? 그것은 어차피 알 수가 없었다"(p. 152). 다만 지연은 명식이 "가면 뒤에서 정말로 조용한 휴식"(p. 151)을 얻고 있으리라 기대할 따름이었다. 지연이 명식의 가면을 용인했던 것은, 과중한 업무로 억눌려 있는 남편을 배려하기 위함인 동시에 가면을 쓴 남편이 성적인 매력으로 다가왔기 때문이다. 이제 지연은 명식의 가면을 사랑하기 시작했고, 그가 밤 외출을 하고 돌아올 때면 "서서히 가슴속이 더워져오는 것"(p. 154)을 느낀다. 하지만 명식은 "자신의 가면 뒤에서도 다시 피로를 느끼기 시작한 기미였다"(p. 156). "맨 얼굴에서 가면을 느끼는 대신, 가발과 콧수염으로 변장하고 있는 당장의 자신에 대해서는 전혀 이질감을 느끼지 않고 있는 기미였다"(pp. 159~60). 그러던 어느 날 명식은 2층에서 내려오지 않았고, 다음 날 아침 추락사한 명식의 사체를 발견한다.

「가면의 꿈」에서 가면은 탈이나 마스크와 같은 것을 의미하는 것이 아니라 안경, 콧수염, 가발 등을 활용한 변장에 의해 만들어진 가짜 얼굴을 말한다. 그렇다면 가면이 상징하는 것은 무엇인가. 단순히 도시의 생활 속에서 소외된 현대인의 황량한 내면을 유표화하는 기호에 불과한 것일까. 명식의 가면은 얼굴이 기의를 상실했음을 드러내는, 달리 말하면 얼굴이 고향을 상실했음을 알리는 기호이다. 그와 동시에 가면은 고향을 상실한 얼굴이 고향의 안식을 욕망하고 있음을 드러내는 기호이기도 하다. 고향을 잃어버리고 존재의 근거를 상실한 명식이 서재라는 제한된 공간에서 가면을 쓰고, 마치 고향의 지게꾼 쉼터에서처럼, 휴식을 취하고자 했던 것이다. 가면은 안식을 꿈꾼다.

흥미로운 점은 가면화의 과정에서 명식이 팔루스적인 존재로 변모해 갔다는 사실이다. 가면이 팔루스의 기표라는 사실은, 명식의 가면을 대하는 지연의 심리를 통해서 확인할 수 있다. "이제 지연이 명식을 속속들이 다 만나는 것은 그가 그 밤 외출에서 이상스런 방법으로 피로를 썼고 새 힘을 얻어 돌아오는 날뿐이었다"(p. 153). "서서히 더워져오던 가슴속의 열기가 아랫도리로 먼저 번져가고 있었다. 기분 좋은 마비 같은 것이 지나갔다"(p. 155). 남편은 가면 뒤에서 존재의 안식을 얻을 수 있는 환상 영역을 마련하고 있었고, 그러한 남편을 바라보는 아내의 시선에는 페니스/팔루스와 관련된 무의식이 자리를 잡고 있다. 가면은 그의 서재를 고향과 유사한 공간(휴식이 가능한 공간)으로 전환하는 방식이었다. 그리고 그는 그곳에서 팔루스가 되었다. 팔루스=가면의 환유적 운동성 속에서 쾌락과 피곤이 반복되었고, 마침내 그는 죽음에서 고향을 발견한 것이다.

  사람과 사람 사이에는 또는 사람들이 모인 곳에는 어김없이 상징적인 팔루스의 자리가 출현한다. 이청준의 소설에서 상징적 팔루스는 「귀향 연습」에서 기태의 성폭행이나 「그 가을의 내력」에서 누렁이의 드러난 생식기처럼 직접적으로 제시되기도 하고, 「대흥부동산공사」에서의 아버지나 「가면의 꿈」의 명식의 경우처럼 은유화되어 나타나기도 한다. 분명한 것은 상징적 팔루스의 출현은 고향의 부재라는 외상적 실재와 상관관계를 갖고 있다는 점이다. 고향이라는 존재 확인의 근거가 사라지면서 사람들은 사회적인 차원에서 자신의 존재를 확인할 수 있는 장소를 욕망한다. 달리 말하면, 자신의 존재를 입증해 줄 수 있는 고향이 사라지자 사람들은 '자리'를 통해서 자신을 입증하고자 하는 것이다. 그 자리를 점유하게 되면 사람들의 시선이 집중되고 말을 독점하게 되고 노래를 이끌어갈 수 있게 된다. 타자의 욕망의 기호가 되는 자리, 그 지점에서 상징적 팔루스는 출현한다. 물론 상징적 팔루스는 인간을 억압하는 것이 될 수도 있고, 더 나아가서 정치적인 독재로도 이어질 수 있을 것이다. 하지만 상징적 팔루스는 특정 공간을 주도하는 권력이라는 부정적 이미지로만 한정되지 않는다. 상징적 팔루스는 고향의 부재를 상징화하고 고향의 부재를 말로써 보충하는 근원적인 힘-욕망으로 기능하기 때문이다. 고향에 대한 이청준의 소설 쓰기 또한 상징적 팔루스와 무관할 수는 없을 것이다. 이청준 소설은 고향이라는 기표에 "전(前)담론적이며 여전히 쾌락의 실체가 충만하게 스며들어 있는 문자의 지위"[7]를 부여하고자 한다. 그리고 바로 이 지점에서 그의 고향에 대한 성찰은 고향에 대한 목가적 재현을 넘어 고향의 정치학으로 움직여간다.

〔2011〕

---

7) 슬라보예 지젝, 앞의 책, p. 84.

「총독의 소리」와 「주석의 소리」에 관한 몇 개의 주석

1. 소설 형식과 위기의식, 또는 '기막히다'의 두 가지 의미

「총독의 소리」와 「주석의 소리」[1]는 최인훈의 소설 가운데에서 가장 파격적인 작품들이다. 소설의 일반적인 요건인 인물의 제시나 사건의 재현 없이 정치적인 담론이 전달되는 형식으로 구성되어 있기 때문이다. 사건도 없고 스토리도 없고 등장인물도 없는 상태에서, 환상 속에 존재하는 총독과 주석의 목소리가 라디오 방송으로 전달되는 형식이다. 각 작품의 끝에는 시인을 청자로 내세우고 있는데, 시인이 방송을 어떠한 방식으로 받아들이고 이해했는지에 대한 단서는 제시되지 않는다. 다만 시인의 복잡한 내면이 연쇄적인 문장들을 통해서 어지럽게 전달되고 있을 따름이다.[2]

「주석의 소리」는 "삼천리 금수강산 만세. 여기는 환상의 상해임시

---

1) 최인훈, 『총독의 소리』, 최인훈 전집 9, 문학과지성사, 2009.
2) 「주석의 소리」 3편에는 시인이 등장하지 않는다.

정부가 보내는 주석의 소리입니다"(p. 45)라는 방송 시그널로 시작된다. 민족 단위의 생존을 도모해야 하는 세계 정세 속에서 민족의 하위주체인 정부·지식인·기업·국민의 행동지침을 조목조목 제시한다. 또한 「총독의 소리」에서 한국의 재식민화를 획책하는 총독은 "제국이 재기하여 반도에 다시 영광을 누릴 그날을 기다리면서 은인자중 맡은 바 고난의 항쟁을 이어가고 있는 모든 제국 군인과 경찰과 밀정과 낭인"(p. 80)을 호명한다. 그리고 한국이 처한 국제적인 곤경과 한국 민족의 저열한 근성을 낱낱이 거론한다. 「총독의 소리」와 「주석의 소리」를 읽어가다 보면 작가가 소설의 외피를 빌려 정치적인 논설을 제시한 것일지도 모른다는 생각을 잠시나마 하게 되는 이유가 여기에 있다. 또한 「총독의 소리」 연작이 마감된 직후인 1977년에 정치학자 진덕규의 글이 『세대』에 발표된 연유도 이와 무관하지 않을 것이다.

오늘 우리가 처해진 국제사회적인 여건 자체에 대한 해석 등을 사실로 인정해버린다면, 우리의 존재는 너무나 기막히는 것이 되고 만다. 〔……〕 최인훈의 소설은 참말로 기막힌 기교를 보여주고 있다. 그가 하고 싶은 모든 말들을 숨김없이 할 수 있고 또 그렇게 하는 데 있어 아무런 장애를 받음이 없이 다만 소설이라는 이름 속에서 그의 생각을 숨김없이 털어놓고 말았다. 아마 이러한 멋있는 기교는 오직 소설이 가지고 있는 허구성의 논리라는 한 가지 사실 때문인지도 모른다.[3]

앞의 글은 「총독의 소리」 연작에 대한 당대의 감각이 투영된 독후

---

3) 진덕규, 「작가의 상상력과 현실」, 『세대』 1977년 1월, p. 141. 이후로 밑줄은 인용자의 것.

감이자, 최인훈의 텍스트가 어떤 반응을 불러일으켰는지를 잘 보여주는 자료이기도 하다. 눈여겨볼 대목은 두 번에 걸쳐서 사용된 '기막히다'라는 표현이다. '기막히다'라는 말은 각각 그 의미가 다르게 사용되고 있는데, 첫번째는 '어떠한 일이 놀랍거나 언짢아서 어이없다'는 의미이고, 두번째는 '어떻다고 말할 수 없을 만큼 좋거나 수준이 높다'는 의미이다. 최인훈이 「총독의 소리」에 제시한 한반도의 상황이 참으로 기막히며, 소설의 허구성을 활용하여 하고 싶은 말을 모두 하는 기교가 또한 기막히다는 것. '기막히다'라는 표현 속에는 최인훈 작품이 독특함과 마주하고 있는 1970년대 중반의 현실감각이 배어 있다. 그 지점을 작가의 목소리를 통해서 다시 한 번 점검해보도록 하자. 최인훈은 다음과 같이 「총독의 소리」를 집필하게 된 배경을 밝히고 있다.

(가) 「총독의 소리」는 한일협정이라는 해방 후 정치사회사의 새 장을 여는 사건에 대한 한 지식인의 충격과 혼란과 위기의식을 폭발적으로 내놓기 위해서 소설의 통념적인 형식을 벗어나보려고 했던 것이지요. 이 작품의 형식은 소설의 가장 원초적인 형태인 서간문 또는 일인칭 형식의 변형입니다.[4]

(나) 첫째는 나는 이 소설에서 문학의 형식을 파괴하면서라도 온몸으로 부딪쳐야 할 위기의식을 느꼈다는 일이다. 둘째는 그렇다면 정말 문학 '장르'의 테두리를 넘었느냐 하면, 나는 그렇지 않다고 말할 수

---

4) 최인훈, 「나의 문학, 나의 소설작법」, 『현대문학』 1983년 5월, p. 298.

「총독의 소리」와 「주석의 소리」에 관한 몇 개의 주석 161

있다. 이 형식은 별다를 것 없는 풍자소설의 정통 적자다. 적의 입을 빌려 우리를 깨우치는 형식이다. 빙적이아(憑敵利我)이다.[5]

위의 두 글은 세 가지의 공통된 내용을 담고 있다. 하나는 「총독의 소리」가 위기의식의 산물이라는 점, 다른 하나는 일반적인 문학 형식의 이탈이나 파괴를 감수할 수밖에 없었다는 점, 마지막으로는 「총독의 소리」는 전통적인 문학기법(1인칭 형식과 풍자소설)을 원용 또는 변용한 것이기에 문학의 테두리 안에 놓여 있다는 점. 「총독의 소리」와 「주석의 소리」를 이해하기 위해서는 집필 당시에 작가를 감싸고 있었던 위기의식의 근거에 대해서 조금은 분명히 해둘 필요가 있다는 점이 이로써 조금은 명확해진 셈이다. 또한 정치학자 진덕규의 '기막히다'라는 표현 또한 동시대인으로서 느끼고 있던 시대적 위기의식과 내밀하게 닿아 있는 터이다. 그렇다면 「총독의 소리」의 위기의식에 대응하고 있는 시대 상황이란 어떠한 것이었을까.

2. 위기의식과 시대 상황

연작소설 「총독의 소리」의 1, 2, 3편은 1967년과 1968년에 발표되었고, 4편은 1976년에야 발표되어 마무리를 짓는다. 작품과 관련된 시대 상황으로는 1~3편의 경우 한일협정(1965)을, 4편의 경우에는 7·4남북공동성명(1972)을 거론할 수 있다. 전체적으로 보자면

---

5) 최인훈, 「원시인이 되기 위한 문명한 의식」, 『길에 관한 명상』, 청하, 1989, p. 39.

「총독의 소리」 연작을 둘러싸고 있는 위기의식은 식민 경험과 분단 상황과 관련된 첨예한 문제의식이라 할 수 있을 것이다.

한일협정은 군사 쿠데타로 집권한 박정희 정권에 들어서 급물살을 타기 시작했다. 한국을 무단으로 36년간 식민 통치했던 일본과 국교 정상화를 적극적으로 추진한 것이다. 어업, 재일교포 문제, 재산 및 청구권, 문화재 등과 관련해서 한일협정이 추진된 이유는 경제 개발을 위한 차관 확보에 있었다. 하지만 경제 개발을 위해서는 일본의 차관이 필요하다는 정부의 입장과는 달리 한일협정에 대한 국민 여론은 거부감으로 가득했다. 특히 한일어업협정 반대 시위를 진압하기 위해 박정희 정권은 비상계엄령을 선포하고 군 병력을 서울에 투입하였으며 옥내외 집회·시위의 금지, 대학의 휴교, 언론·출판·보도의 사전 검열, 영장 없는 압수·수색·체포·구금, 통행금지시간 연장 등의 조치를 취했다.

1972년 7·4남북공동성명의 배경에는 1960년대 후반부터 나타나기 시작한 데탕트(긴장완화)가 가로놓여 있다. 공동성명이 발표된 1972년에는 미국 대통령 닉슨이 모스크바와 베이징을 방문하고 유럽에서는 동서독 기본조약이 체결되는 등 국제사회에서 긴장완화의 분위기가 조성되었다. 7·4남북공동성명은 자주적인 평화통일, 민족대단결, 상호 이해 및 교류 증진, 남북적십자회담 개최, 직통전화 개설, 남북조절위원회 구성 등을 내용으로 한다. 평화통일의 가능성과 당위성을 남과 북이 상호 인증했다는 점에서 역사적인 의미를 갖는 사건이었다. 데탕트 이후 제2차 세계대전의 패전국인 서독과 일본이 급성장하게 되며, 제3세계가 대두하고 중소분쟁이 발생하는 등, 국제정치는 이데올로기보다 국가 이익을 우선하게 된다.

이 지점에서 「총독의 소리」와 「주석의 소리」가 작성된 시대를 둘러싸고 있던 위기의식을 미약하나마 재구성해볼 수 있을 것이다. 한일협정과 관련해서는, 식민 통치 동안 우리 내부에 뿌리 내린 식민성을 어느 정도로 자각하고 있으며 어느 수준까지 스스로 식민주의를 청산했는가라는 물음이 위기의식으로 다가왔을 것이다. 또한 7·4남북공동성명과 관련해서는, 휴전 상태가 분단 상황으로 고착화되는 상황에서 평화적인 통일을 모색할 수 있는 현실적인 방안은 무엇일까라는 물음이 위기의식으로 제기되었을 터이다. 이러한 물음의 저변에는 역사의 수레바퀴를 되돌릴 수는 없다는 의지가 가로놓여 있다. 달리 말하면 한국의 역사에서 식민 지배가 반복되어서도 안 되고 전쟁이 재연되어서도 안 된다면, 과연 우리는 어떻게 해야 할 것인가.

이 지점에서 작가 최인훈은 한국의 역사에서 실존했다가 사라져버린 두 가지의 타자, 즉 상해임시정부와 일제 총독부를 소설 속으로 불러들인다. 그리고 역사적 타자들로 하여금 말하게 한다. 「주석의 소리」에서 상해임시정부의 주석은 한국에서 민주주의와 민족주의의 건강한 발전을 이룩하기 위한 방책을 웅변적인 목소리로 설파한다. 반면에 「총독의 소리」에서 일본 총독부의 총독은 한반도에서의 재식민화를 획책하고 분단 상황을 영속화하기 위한 전략을 치밀하게 제시한다. 그렇다면 왜 역사적인 타자들로 하여금 소설의 공간 속에서 말하게 하는 일이 필요했던 것일까. 위기의식에 사로잡혀 있기보다 위기의식을 돌파하기 위해서는 자신을 객관적으로 파악하는 일이 무엇보다도 필요했기 때문이다. 상해임시정부 주석의 소리가 한민족의 장래를 걱정하고 나라 만들기 또는 나라 발전시키기의 목표를 확인하는 것이라면, 총독의 소리는 다시 나라 빼앗기기에로 이어지는 길을 명료하게 제시하고 있다.

식민지 시기의 문제의식이 나라 찾기에 있었고 해방 공간의 문제의식이 나라 만들기에 있었다면, 「총독의 소리」가 씌어진 1960년대 후반부터 1970년대 중반까지의 문제의식은 무엇인가. 다름 아닌, 어떻게 하면 다시 식민지의 나락에 떨어지지 않고 민족국가를 유지·발전시킬 것인가에 있었을 터이다. 최인훈의 「총독의 소리」는 바로 이러한 물음에 대한 정교화이자 답변이다. 임시정부의 주석이 등장해서 15세기 이후의 세계 정세 변화를 조망하고 민족의 하위주체인 정부·기업·지식인·국민이 어떻게 사고하고 행동해야 하는지를 역설한 이유도, 재식민화를 꿈꾸는 총독이 나타나서 한국사회 내부에 자리를 잡은 식민성을 집요하게 지적하며 한국사회의 현실에 대한 저주 속에 객관적 상황에 대한 객관적 진단을 제시하게 만든 이유도 바로 여기에 있다.

3. 도발의 텍스트와 유령의 소설화

최인훈의 텍스트는 도발한다. 단순히 시대의 반영이나 삶의 재현이어서는 '위기의식'을 돌파할 수 없기 때문이다. 시대 상황과 관련된 위기의식을 넘어서기 위해서는 세계를 반영하거나 재현하는 문학적 테두리에 머물러서는 안 되고, 적극적으로 세계에 대해 자극을 주면서 변화를 추동하고자 하는 언어적 실행이 요청된다. 「총독의 소리」와 「주석의 소리」는 대단히 수행적인 언어로 구성된 텍스트이다. 언어를 통해서 허구의 세계를 만들어낸다는 점에서 수행적이지만, 허구적인 세계의 조성이라는 차원을 넘어 당대 한국사회의 역사적 현실에 문학적 언어로써 개입하고자 한다는 의미에서 더더욱 수행적이다. 「총독의 소리」에서 최인훈의 언어는 한국 민족을 둘러싼 위험요소에 대한 경고의 텍스트이면서, 동시에 한국을 둘러싼 국제질서에 대한 냉철한 인식을 촉발하는 풍자적인 텍스트이며, 더 나아가 이 모든 상황을 초극할 수 있는 그 어떤 힘을 불러내고자 하는 도발의 텍스트이다.

「총독의 소리」에서 총독의 목표는 한반도의 재식민지화이다. 그렇다면 그 근거는 무엇일까. 한국의 해방은 스스로 쟁취한 것이 아니라 바깥으로부터 주어졌기에 하등의 자기 정당성을 갖지 못한다는 점이 요체이다. 달리 말하면 일본은 한국에게 패해서 한반도에서 물러난 것이 아니라 미국에 의해 패망했기에 한반도에서 철수한 것이라는 주장이다. 총독의 관점에 의하면, 한반도의 해방은 외부로부터 주어졌을 뿐 식민 지배의 조건이 철폐된 것은 아니다. 오히려 해방이 외부에서 주어짐으로써 한반도 내부의 식민 지배 조건은 해방 이후에도 고스란히 유지·보존되고 있다. 따라서 한반도의 재식민화를 위한 그들의 비밀 지하활동은 근거를 갖는다.

그렇다면 해방된 이후에도 여전히 남아 있는 식민성 또는 재식민화의 조건은 무엇인가. 가장 두드러지는 것은 한국 민족의 저열한 민족성과 정치 전통의 매판성이다. 한국 민족은 타율적인 노예근성을 갖고 있으며, 자존, 지혜, 용기 등과 같은 덕목이 결여되어 있다. 민족성을 반영한 듯이 한국의 지배 세력은 외세의 지배를 대행함으로써 자신의 지위를 유지하는 매판적인 전통을 축적해왔다. 4·19처럼 쓰레기 더미에서 피어난 장미꽃과도 같은 예외적인 사건도 있지만,

한국 민족의 저열한 근성은 부정으로 점철된 선거에서 극명하게 나타난다.

총독이 볼 때 재식민화의 조건은 남과 북을 가리지 않는다. 남북의 대치 상황 역시 재식민화의 조건 가운데 하나이다. 남과 북은 막대한 군사비를 전쟁 억제를 위해 소모하고 있을 뿐이고, 이러한 상황은 일본이 경제 발전에 집중할 수 있는 여건을 마련해준다. 어디 그뿐인가. 남한에서는 일본 대중문화가 유입되어 문화적 정체성을 정립하지 못하고 있으며, 북한의 김일성 우상화 정책과 세습적 권력 체제는 일본 천황제 군국주의의 답습에 지나지 않는다. 달리 말하면 남북한의 정치 체제가 모두 일본의 식민 지배 방식을 암묵적으로 모방하였거나 불가피하게 용인하고 있는 것이다. 남북의 분단과 대치 상황을 통해서 일본은 막대한 반사이익을 얻으면 된다.

한반도를 둘러싼 국제 정세에 대한 총독의 판단은 냉철하다. 그는 당대의 국제 정세가 국수주의(자국중심주의)로 흐르고 있음을 짚어낸다. 노동자 계급의 국제적 연대를 내세우는 공산주의 국가들 사이에서도 자국의 이익을 추구하는 국수주의적 경향이 현저하게 드러나고 있기 때문이다. 이데올로기에 따라서 세계를 양분화했던 냉전 체제에서 자국의 이익을 최우선하는 국수주의적 경향으로 변화가 나타나고 있는 것이다. 이러한 상황에서 한반도의 통일방안은 무엇일까. 총독은 오스트리아처럼 1민족 2국가 체제에서 1국가 2정치 체제로의 전환이라고 주장한다. 하지만 총독은 자신한다. 해방 과정에서 정당성과 정통성을 확보하지 못했고, 전쟁 억제를 위해 군사비에 과도한 지출을 하고 있으며, 체제의 우월성과 정통성을 주장하며 무한경쟁 체제로 접어들 것이기에 통일은 요원한 문제일 것이라고 진단한다.

그렇다면 「총독의 소리」가 갖는 형식적인 특성은 무엇일까. 근대소설의 형식이 1인칭 주인공의 내면 풍경의 확립과 깊은 관련이 있다는 것은 문학사의 상식이다. 그리고 주인공이란 현실에 존재할 법한 인물이었다. 허구적인 양식인 소설이 현실성을 획득하는 방식이 바로 여기에 있었던 것. 하지만 최인훈은 최소한 목소리의 장소가 확실해야 한다는 근대소설의 문법을 한순간에 벗어난다. 「총독의 소리」는 목소리의 장소를 철저하게 비현실적인 지평에 설정한다. 현실 속에 실재하지 않는다고 여겨지는 것의 목소리. 유령스러운 것의 목소리. 단지 목소리로만 존재하는 유령. 인물도 없고 사건도 없고 서사도 없는 소설. 이를 두고 유령이라고 하지 않을 수 있을까. 그렇다면 「총독의 소리」를 두고 유령의 목소리를 담은 소설이자 그 자체로서 유령이 되어버린 소설이라 할 수 없을까.

유령의 소설화는 어떠한 의미를 갖는가. 최인훈은 불확실성이 개재된 풍자를 내보임으로써 작품의 독서 과정에 불안정성을 끊임없이 촉발한다. 그 결과 우리는 최인훈이 자신의 글쓰기에 책임의식을 느끼는지 어떤지 알 수 없게 된다. 바꾸어 말하면 총독의 언어 뒤에 최인훈이라는 글쓰기 주체가 있는지 없는지 알 수 없게 된다. 최인훈의 「총독의 소리」는 누가 말하는가라는 물음을 지연하고 유보시킨다.[6] 재식민화의 야욕을 가지고 있고 여전히 환상적인 방식으로 존재하는 총독. 「총독의 소리」의 총독은 한국 사회의 집단적 무의식의 후미진 모퉁이에 억압되어 있는 그 무엇이다. 그것은 제대로 우리 내부에 숨겨진 자아이자 타자이다. 그런 의미에서 총독은 우리 내부와 외부에

---

6) Roland Barthes, *S/Z*, trans. Richard Miller, New York: Hill and Wang, 1974, p. 140.

동시에 존재하는 그 무엇이다. 총독의 목소리는 작가의 목소리를 은폐하면서 삭제해나가고, 작가의 침묵은 총독의 목소리에 허구성과 실재성을 동시에 부여한다.

4. 라디오 방송 기법과 세대론적 경험

「총독의 소리」는 기법과 내용에 있어서 숨기는 것이 없다. 러시아 형식주의자들이 지적한 바 있는 드러내기laying bare로 일관하고 있다고 말할 수도 있고, 구조주의자들의 목소리를 빌려 텍스트의 외표성exteriority만을 전략적으로 구축하고 있다고 말할 수도 있을 터. 라디오 방송의 형식을 차용하고 있는 기법 역시 작품 전면에 고스란히 드러나 있다. 기법은 텍스트의 표면에 드러나 있고, 어떠한 배후나 내면도 갖지 않는다. 씌어 있는 것이 전부이다. 「총독의 소리」가 문제적이라면 바로 이와 같은 외표성에 있을 것이다. 「총독의 소리」에 나타나는 외표성의 차원은 라디오 방송이라는 형식과 밀접하게 연관되어 있는데, 라디오 방송 형식은 '만약 총독이 그 어딘가에서 한국의 재식민화를 획책하고 있다면 그는 한반도에 대해서 어떠한 판단을 하고 있을까'라는 거대한 가정법을 전면화하는 매개적 장치이기 때문이다.

최인훈이 방송의 소리를 도입한 작품은 「구운몽」, 『서유기』, 「총독의 소리」「주석의 소리」 등이다. 「구운몽」과 『서유기』에서 방송은 소설을 이끌어가는 모티프로서 제시되어 있다. 「구운몽」에서는 감정에 호소하는 직설적 발화를 대체하는 양상이었다면, 『서유기』에서는 다양한 이데올로기의 지형을 형성하는 매체로 등장한다. 반면에 「총독의 소리」 「주석의 소리」는 작품의 핵심적인 구성 원리로서 방송이 등장한다는 점이 특징적이다.[7] 최인훈이 여러 작품에서 방송 형식을 차용한 것은, 단순히 기법적인 측면뿐만 아니라 작가의 세대론적 경험과 무관하지 않다.

1936년생인 작가 최인훈 세대의 삶을 들여다보면, 라디오 방송이 역사적인 사건과 늘 함께했음을 알 수 있다. 한반도에 라디오 전파가 퍼져나간 것은 1927년의 일이다. 최인훈의 세대가 경험했던 역사적 장면들에는 거의 예외 없이 라디오 방송이 함께 자리를 하고 있다. 몇 가지의 예만 살펴보자. 1945년 8월 15일 일본의 히로히토 천황은 일명 옥음방송이라고도 불리는, 항복이라는 말이 등장하지 않는 항복 선언을 했다. 일부러 잡음을 집어넣어서 녹음을 해서 알아듣기 어렵게 만들었다지만, 천황의 목소리는 라디오와 함께한 역사의 한 장면이었다.[8] 1950년 6월 26일 김일성은 평양방송을 통해 "이승만 군대가 38도선 이북으로 진공을 감행하였으므로 그것을 막아내고 결정적인 격전을 개시하여 적의 무장력을 소탕하라"고 명령했다. 반면에 남한에서는 6월 26일 오전 7시가 넘어서야 방송을 통해서 북한군이 침공해왔다는 소식만 간단히 전했고, "장병들은 누구를 막론하고 빨리 원대복귀하라"는 공지방송만 반복했다. 대통령 이승만은 서울 시민들이 서울 안에 머물도록 독려한 반면 그 자신은 이미 피난길에 올랐다. 어디 그뿐일까. 휴전 이후에도 라디오는 한국의 현대사의 역사적 장

---

7) 서은주, 「최인훈 소설에 나타난 '방송의 소리' 형식 연구」, 『배달말』 30, 2002 참조.
8) 고모리 요이치(小森陽一), 『1945년 8월 15일 천황 히로히토는 이렇게 말하였다』, 송태욱 옮김, 뿌리와이파리, 2004 참조.

면과 함께했다. 1960년 4월 26일 오후 1시에 이승만은 라디오 연설을 통해, 대통령 자리에서 하야하며 자유당도 해체하겠다고 발표했다. 4·19민주화혁명의 결실은 라디오를 통해서 널리 퍼져나갔다. 반면에 1961년 5월 16일 오전 5시 군부 쿠데타를 통해서 정권을 탈취한 박정희는 중앙방송을 통해서 박정희는 혁명공약을 발표했다. 민주주의의 꽃이 시드는 역사적 장면에도 라디오는 어김없이 함께 있었던 것이다.

거칠게 살펴보았지만 최인훈의 삶에 있어서 방송의 목소리는 일종의 개인의 의지나 결단을 넘어서 있는 초월적 영역에서 들려오는 목소리였다. 물론 시대적 상황과 작가의 삶 그리고 문학적 형식을 단선적으로 연관 짓는 것은 경계해야 할 일임에 틀림없으나, 최인훈이 왜 방송의 소리를 소설의 기교나 형식으로 반복해서 채택했는지를 이해하기 위해서 배경지식으로서의 의미는 충분히 지닐 수 있을 것이다. 그런 의미에서 보자면 「총독의 소리」와 「주석의 소리」에 등장하는 라디오 방송 형식은 단순히 기법실험의 차원에 그치는 것이 아니다. 라디오 방송은 한국의 근현대사의 역사적 혼란 한가운데에 있었을 뿐만 아니라, 그 자체로 한국근현대사를 증언하는 방식이었다. 라디오 방송과 역사적 변화는 최인훈 개인의 체험이면서, 역사적 장면을 증언하는 라디오 방송에 귀 기울이며 살았던 동시대인들의 공통적인 경험이었던 것이다.

그렇다면 총독과 주석의 목소리는 어떠한 양상으로 전달되었던 것일까. 「총독의 소리」와 「주석의 소리」에서 라디오 방송을 청취하는 사람은 시인이다. "방송은 여기서 뚝 그쳤다. 시인은 창으로 걸어가서 밤을 내다보았다"(p. 70). 그 뒤로 이어지는 문장은 연쇄적인 하나의 문장으로 제시되어 있는데, 마치 시인의 내면과 무의식에 관한 자동기술을 연상하게 한다.

광장의 횃불과 밀실의 눈물을 이른 아침의 안개 낀 거리를 누벼간 은밀한 걸음걸이가 이른 장소를 생각하면서 바다에 잠긴 노예선의 탯줄에서 흘러나간 족보의 연면한 이음과 이음의 마디를 짚어보면서 자기가 볼 수 없는 태양을 위해서 왜 인간은 죽어야 할 때도 있는가에 절망하면서 [……] 그러나 대체 어느 누가 이 모든 것에 대해서 소리 높은 꾸지람의 목소리를 가질 수 있겠는가 하고 자기를 변호하면서 [……] 좋은 몫을 차지한 사람들은 내일도 오늘 같은 태양이 제 시간에 동에서 뜨기만을 바라면서 건강하게 밝게 살아야 한다고 다른 사람들에게 권하는 도시의 불빛을 내다보았다. (pp. 70, 71, 79에서 부분적으로 인용)

시인은 부조리한 세계에 대한 상념을 끊임없이 쏟아낸다. 과연 라디오 방송은 청취자인 시인에게 제대로 전달된 것일까. 알 수 없는 일이다. 하지만 역사의 이념을 당위의 차원에서 말하는 라디오 방송과, 비루한 일상에 기생하며 수많은 부조리함에 둘러싸여 살아가는 시인의 대비가 매우 강렬하다. 이러한 대비는 한반도의 재식민화를 획책하는 총독의 목소리와 사회적인 혼란 속에서 부조리와 환멸에 맞닥뜨린 시인의 무의식이 서로의 경계를 유지하며 마주 보고 있기 때문이다. 특히 일상의 부조리에 휩싸여서 언어의 운동성에 근거하여 자신의 무의식을 헤집고 다니는 시인의 언어는 참으로 눈부시다. 눈부심의 부조리함이라고나 할까. 여기에는 식민 통치와 해방, 한국전쟁, 4·19와 5·16 등을 연달아 경험한 세대만의 감수성, 언어로 표현할 수 없지만 몸부림을 치며 언어를 통해서 표현하지 않을 수 없었던 그 어떤 역사적 감각이 가로놓여 있는 것은 아닐까. 다만 추측해볼 따름이다.

[2009]

몸-바꿈의 환상성과 탈/경계의 운동성
──이인성론

1. 난해함: 문학 내부의 문학적인 타자(他者)에게 주어지는 명패

  소설가 이인성은 1953년에 태어나 서울대 불문과를 졸업했으며, 1980년 계간『문학과지성』을 통해 작품 활동을 시작했다. 20년이 넘는 작가 생활 동안 소설집『낯선 시간 속으로』(문학과지성사, 1983)와『한없이 낮은 숨결』(문학과지성사, 1989), 장편소설『미쳐버리고 싶은, 미쳐지지 않는』(문학과지성사, 1995), 소설집『강 어귀에 섬 하나』(문학과지성사, 1999)를 출간한 바 있을 따름인 과작(寡作)의 작가이다. 하지만 언어의 밀도는 가히 살인적이어서 독자의 무의식 깊은 곳에 텍스트의 공포와 매혹을 동시에 각인시키는 작가이기도 하다.
  이인성의 작품을 둘러싼 가장 일반적인 평가는 난해하다는 것이다. 별다른 문제가 없을 정도의 무난한 지적이다. 하지만 난해함과 관련된 우리의 일상적인 태도에 대해서는 잠시 생각해볼 필요가 있을 듯하다. 난해라는 표지가 갖는 의미와 기능은 무엇일까. 많은 경우 우리는 난해라는 라벨을 부여함으로써, 우리의 일상적인 삶이나 사유와 별다른 관련이 없음을 전략적으로 유표화하고자 한다. 난해함이라는 범주로 분류하고 봉인한 뒤에 배제의 매커니즘을 내밀하게 작동하고 있었던 것은 아닐까. 배타적인 무관심과 어정쩡한 관심 사이에서 선택된 용어가 난해일 것이다.

난해하다는 것은 말 그대로 이해하기 어렵다는 의미이다. 그렇다면 이렇게도 물어볼 수 있을 것이다. 이해도 잘 안 되는데 왜 이인성의 작품이 지속적으로 문제되는 것일까. 또는 이인성의 작품을 잘 이해하지 못하는 우리들의 일반적인 이해 지평은 어떠한 방식으로 구조화되어 있는 것일까. 우리가 암묵적으로 전제하고 있는 인식론적·문화적·문화적 컨텍스트들이 분명히 존재하고 있다면, 이인성의 텍스트는 우리의 암묵적인 이해 지평과의 불화를 촉발하고 반성을 촉구하는 그 어떤 지점에 자리하고 있는 것은 아닐까. 그런 의미에서 난해하다는 표지는 문학 내부에 자리하고 있는 가장 문학적인 타자에게 부여될 수 있는 명패와도 같은 것이리라.

이 글은 이인성의 작품들을 문학 내부의 낯선 타자, 또는 문학의 가장 문학적인 타자로 바라보고자 한다. 그리고 몇 가지 선입견들을 괄호에 담은 상태에서 시작하고자 한다. 하나는 실험성과 관련된 문제이다. 작가의 형식 실험과 소설 문법의 파괴는 악명이 높다. 하지만 작가의 실험적인 태도가 소설의 문법과 형식을 파괴해야 한다는 기법상의 요구에서 연원하는 것은 아니다. 소설과 관련된 형식 실험은 소설을 그렇게밖에는 쓸 수 없는 실존적인 요청, 또는 그러한 소설을 쓰면서 살아야 하는 삶의 문제와 관련된 것이다. 두번째는 작가의 독특한 개성과 주체성에 대한 문제이다. 이인성이란 독특한 주체가 먼저 존재하기 때문에 실험적인 텍스트가 만들어질 수 있었다는 전제를 승인하지 않고자 한다. 이인성이라는 독특한 개성을 작품의 원천적인 근거로서 전제하는 것은 작가에 대한 낡은 신화에 지나지 않기 때문이다. 실제로 이인성의 작품은 개성적이기보다는 보편적이다. 배경이 되는 시간과 공간이 막연하고 추상적인 만큼이나, 등장인물의 개별적인 이름 대신에 인칭대명사(나·너·그/녀)가 사용되는 만큼이나, 보편적이며 일반적인 그 어떤 지점을 지향하고 있다. 작품이 잘 읽히지 않는 것은 누구도 경험해본 적이 없는 이야기를 다루기 때문이 아니라, 우리들의 삶을 무의식적으로 구성하고 있는 욕망의 형식과 실존적인 조건에 관한 보편적인 이야기를 하고 있기 때문일 것이다. 따라서 낯선 것은 이인성의 작품이 아니다. 어쩌면 그의 작품을 통해서 알게 된, 우리의 억압된 무의식이야말로 진정으로 낯설면서 치명적인 유혹일지도 모른다.

2. 타자화된 시간, 또는 〈그〉였던 〈나〉의 실존적 기원

이인성의 첫번째 소설집 『낯선 시간 속으로』는 4편의 중편소설로 이루어져 있다. 각각의 작품이 유지하고 있는 독립성에 주목한다면 소설집으로 볼 수 있고, 1973년 겨울에서 1974년 겨울까지의 연속적인 이야기라는 사실에 주목한다면 연작소설이라 할 수 있다. 전통적인 소설의 분류 방식에 기대어 본다면 『낯선 시간 속으로』는 성장소설의 범주에 든다. 하지만 성장과 성숙을 향한 삶의 연속성이 아니라, 상처로 대변되는 삶의 단절(비연속)이 강조된다. 또한 세계와의 조화로운 관계를 가능하게 하는 원만한 인격이 아니라, 삶의 영도(零度)를 모색하는 처절한 젊음을 기록하고 있다. 따라서 성숙을 전제하지 않는 성장소설, 또는 조화로운 인격의 형성이라는 궤도에서 이탈한 성장소설이라고도 할 수 있을 것이다.

첫번째 중편인 「길, 한 이십 년」에서는 어디인지는 스스로도 알 수 없지만 돌아가야 한다는 관념에 강박되어 있는 한 청년이 등장한다. 사회로부터의 고립(강제 징집), 실연 또는 사랑의 상실, 아버지의 죽음이라는 버거운 상황이 동시에 들이닥친 형국이다. 당연히 삶이 막연할 수밖에 없다. 두번째 작품인 「그 세월의 무덤」에서 청년은 놀랍게도 이미 작고한 부친과 함께 조부의 무덤을 찾아 나선다. 그곳에서 미래의 모습을 보아버렸던 것일까. 조부의 무덤 곁에 놓여 있는 자신의 무덤을 발견한다. 「지금 그가 내 앞에서」는 연극을 무대에 올리는 과정을 그리고 있다. 청년은 지나간 시절을 다시 한 번 연극이라는 원초적인 몸짓을 통해서 재현해내고자 한다. 연극은 아버지를 살해한 어떤 청년이 스스로 목숨을 끊는다는 내용이었다. 미리 보아버렸던 자신의 무덤을 무대 위에 연극이라는 몸짓을 통해서 재현하고자 했던 셈이다. 하지만 연극은 실패였다. 처음부터 연극을 벗어나려는 연극이었기 때문이다. 마지막에 놓여진 「낯선 시간 속으로」는 두 가지의 에피소드로 이루어져 있다. 하나는 연극이 상연되기 이전의 상황이며, 다른 하나는 연극이 끝난 후 바닷가로 떠난 여행이다. 연극을 준비하는 과정이나 바닷가를 향하는 여행 모두에 죽음의 그림자가 드리워져 있다. 무덤과도 같은 삶의 막막함에서 시작된 연극이 결국에는 바다에 도달한 형국이다. 하지만 바다는 막다른 골목이면서 새로운 문(입구)이기도 했다. 청년은 삶의 지속을 돌려받았고, 삶을 새롭게 시작할 수 있는 가능성을 회복한다. "상처를 통해, 마침내 우리는 다른 삶을 살기 시작할 것이다"(「낯선 시간 속으로」, 『낯선 시간 속으로』, 문학과지성사, 1997, 재판, p. 312).

『낯선 시간 속으로』는 작가 이인성의 젊은 시절에 대한 허구적인 자서전이다. 그렇다면 젊은 시절에 대한 기억이 중심축을 형성하게 될 것인데, 왜 『낯선 시간 속으로』라는 표제가 붙은 것일까. 일반적으로 우리는 자신이 살아오고 경험한 젊은 시절을 친숙한 것이라고 생각한다. 하지만 과연 친숙하기만 한 시간일까. 가령 지금 우리 앞에 청년기의 모습이 담긴 사진들이 놓여 있다고 하자. 조금의 흔들림도 없이 우리 자신이었음을 확신할 수 있는가. 혹시 낯설다는 느낌, 또는 내가 아닐지도 모른다거나 내가 정말로 이랬던가라는 생각을 하게 되지는 않는가. 친숙하면서도 낯설다는 그 어떤 느낌에서 완전하게 자유롭기는 어려울 것이다. 『낯선 시간 속으로』를 이해하는 하나의 실마리가 이와 같은 경험과 감각 속에 숨어 있다.

과거는 현재와 강물처럼 또는 하나의 실〔絲〕처럼 이어져 있다. 과거는 분명히 나의 몸과 의식으로 경험한 시간인 동시에, 더 이상 나의 시간이 될 수 없는 시간이기도 하다. 과거는 현재의 나와 이어져 있지만 동시에 단절(분리)되어 있다. 현재가 나의 몸과 의식 속에 시간이 머무르고 있는 시간을 말한다면, 과거는 시간이 나의 몸과 의식에 머물렀다 지나가버린 시간에 다름 아니다. 그렇다면 과거는 어떠한 방식으로 존재하는가. 이인성의 소설에 의하면, 과거는 〈나〉의 몸과 의식 속에 흔적으로 남는다. 달리 말하면 내 몸과 의식 속에 흔적으로 남아 있는 '타자화된 시간'인 것이다. 타자화된 시간으로서 과거는『낯선 시간 속으로』에서 두 가지의 구체적인 양상으로 나타난다. 하나는 청년과 병정의 손목에 남아 있는 '상처'이고, 다른 하나는 인칭대명사〈그〉이다: "그는 나였다. 그러난 나는 그가 아니다." "지나가버린 나인 그" "내가 나를 나라고 의식하면서, 그는 내가 아니기 시작했다"(「지금 그가 내 앞에서」,『낯선 시간 속으로』, p. 117).

타자로서의 시간은 청년의 몸과 의식에 흔적 또는 원-글쓰기를 남김으로써 자신의 매질(媒質)이 신체라는 사실을 내밀하면서도 확고하게 드러낸다. 시간이 선조성과 순차성을 표상하는 것과는 달리, 몸과 의식에 남겨진 시간의 흔적들은 선조적이지도 순차적이지도 않다. 시간은 연대기로 구성될 수 있겠지만, 몸에 남겨진 시간의 흔적들은 탈(脫)연대기적이다. 이인성의 소설에서 과거·현재·미래가 마술적으로 혼용될 수 있는 근거는, 몸에 각인된 시간의 흔적들이 여러 번 겹쳐서 쓰여진 글쓰기의 양상을 하고 있기 때문이다. 비유를 하자면, 프로이트가 말한 바 있고 데리다가 재해석한 바 있는, 마술적인 글자판mystic writing-pad과 유사하다고 할 수 있다. 시간은 청년의 몸과 의식을 스쳐 지나가며 무언가를 쓰고 지우고 흔적을 남기는 과정을 반복한다. 따라서 몸과 의식의 후미진 모퉁이에는 시간에 의해 씌어지고 지워진 흔적, 그리고 흔적 위에 겹쳐진 흔적들이 자리하게 된다.

그렇다면『낯선 시간 속으로』에 나타나는 소설 쓰기의 자기 이미지는 어떠한 것인가. 몸과 의식에 겹쳐서 각인되어 있는 흔적들(타자화된 시간성)을 불러 일으켜 육체성을 부여하는 과정에 다름 아닐 것이다. 다르게 표현하자면 타자화된 시간을 다시 한 번 주체화(현재화)하는 과정이다. 몸과 의식에 머무르면서 무언가를 쓰고 스쳐 지나갔던 시간의 생생함(시간의 전체성)을 글쓰기 과정 속에서 다시 한 번

되살려내는 것. 마술과도 같은 일이 가능할 수 있는 근거는 무엇일까. 시간이 몸과 의식에 글쓰기를 하던 장면이, 원고지에 소설을 쓰고 있는 과정과 상동적(相同的)이기 때문이다. 시간적 전체성에 합당한 형식을 도출해내는 과정 자체가, 이인성에게는 글쓰기의 과정이자 소설의 형식이다. 따라서 소설 쓰기란 자신의 몸-내부를 헤집는 일이며 삶을 내어주고 기호를 몸 안으로 받아들이는 과정이다. 당연히 몸의 탕진을 피할 수 없다. 글쓰기를 통한 몸의 탕진이 극한에 이르는 때를 두고 작가는 '순교'라고 불렀던 것은 아닐까.

강제 징집과 실연과 부친의 사망이 한꺼번에 들이닥쳐 삶이 막막했던 청년. 그는 삶의 막다른 골목 앞에 있었고, 그래서 면도날을 자신의 손목에 대고 그었다. 손목의 상처는 죽음에 근접했던 시간이 그의 몸에 남겨놓은 흔적이다. 하지만 지금 청년은 분명히 살아 있다. 청년의 고민은 다음과 같은 것이 아니었을까: 죽으려고 했던 〈나〉와 지금 살아 있는 〈나〉는 동일한 〈나〉일 수 있는가. 따라서 손목의 상처는 일시적인 충동이 남겨놓은 흉터에 불과한 것일 수 없다. 손목의 상처는 청년의 과거와 현재가 단절되어 있으며 하나의 연속성 위에 있지 않다는 사실을 상징적으로 보여준다. 더 나아가 청년의 삶이 지속일 수 없음을 보여주는 표지이기도 하다. 그렇다면 어떻게 할 것인가. 상처 이전으로 되돌아가서 상처로 대변되는 단절을 넘어서야 하지 않을까. 지나간 그 세월의 전체성을 복원해야 하는 절박한 이유도 여기에 있다. 상처는 청년이 자신의 존재론적 근거와 단절되어 있음을 보여주는 상징이다. 존재론적 근거와 단절되어 있는 삶을 지속으로 전화시키는 일이 다름 아닌 소설 쓰기이다. 상처의 논리(죽음의 근접성)에 따라서 자신의 무덤을 발견하기도 하고 스스로 자신의 무덤을 만드는 연극도 만들어보기도 했던 청년이 바다에 이르러서 보았던 것은 무엇일까. 부서지는 파도였다. 파도는 땅과 바다 사이의 움직이는 경계선이었으며, 자신들의 의지에 따라 삶을 다시 시작할 수 있는 새로운 출발점이었다.

　"이 파도가 부서지는 걸 봐. 이 흰 파열이 우리의 입구야." "입구? 이곳으로 들어가?" "돌아봐." 부서지는 파도의 흰빛이 눈으로 쌓여, 백사장과 숲과 그 너머의 먼 산과 〔……〕 온 땅을 뒤덮고 있다. 그것은 햇살을 반사하는 희디흰 빛이 이 모든 지상을 파도로 파열시키는 모습이다. "이제 온 세상이 다 파도야. 우리의 문이야." 내가 말한다. 네가 내 눈을 똑바로 쳐다본다. "그럼 돌아가?" "돌아가는 게 아니야. 떠나는 거야." (「낯선 시간 속으로」, 앞의 책, p. 302)

　경계는 막다른 골목이 아니라, 끝이면서 시작이다. 또한 닫혀 있는 종결의 형식이 아니라 부서지면서 열리는 지점들의 연속이다. 청년은 경계에서 시작과 끝, 단절과 연속이 잠재적으로 공존하는 새로운 경험을 하게 된다. 시간은 모든 가능성을 향해서 매 순간 자신의 몸을 열고, 생성의 운동성은 상처로 대변되는 단절의 지점들을 감싸 안는다. "그래, 시작이야. 상처를 간직했으니"(「낯선 시간 속으로」, 앞의 책, p. 311), "이제, 모든 일이 일어날 수 있다. 나는 그 모든 일을 받아내겠다"(「낯선 시간 속으로」, 앞의 책, p. 313).

3. 웅얼거리는 인칭대명사: 나·너·그

 바다에서 돌아온 청년, 삶의 지속이라는 흐름을 몸속에 가지게 된 청년이 해야 할 일로는 무엇이 있을까. 타자와 맺게 되는 관계의 망 속에서 〈나〉의 자리를 확인하는 일이 아닐까. 두번째 소설집인 『한없이 낮은 숨결』에서는 〈너(당신)〉와 〈그〉에 대한 소설적인 탐색이 집 중적으로 이루어진다. 이인성의 소설에는 일반적인 의미에서의 이름 (고유명사)이 등장하지 않는다. 거의 대부분의 인물들은 나·너·그/ 녀 등과 같은 대명사이다. 인칭대명사를 사용한다는 것은 어떠한 의 미일까. 기본적으로 지적할 수 있는 것은 작가의 언어가 외부 현실의 사물이나 인물을 지시하는 것이 아니라는 것이다. 오히려 언어에 대 한 내부적인 참조reference의 틀이 섬세하게 작동하고 있으며, 언어 속에 숨어 있는 빛과 어둠으로부터 인물이 생성된다는 사실을 보여주 는 증거이다. 이인성의 소설에서 등장인물은 글쓰기보다 먼저 존재하 지 않는다. 인물들은 글쓰기로부터 태어나 글쓰기 과정에서 성장한 다. 그리고 언어적인 또는 상징적인 한계에로 육박해 들어가서, 언어 의 몸(육체화된 언어)으로 언어와 상징의 경계를 경험한다. 언어에 의해서 만들어진 주인공이, 언어가 펼쳐놓은 세계의 경계를 언어의 몸으로 느껴가며 탐색하는 것.

 『한없이 낮은 숨결』에서 처음으로 다가가고자 하는 경계는 다름 아 닌 독자이다. 독자인 〈너〉 또는 '당신'을 허구 속으로 불러들여 대화 를 나누고자 한다. 단편 「당신에 대해서」와 「나의 자기 진술, 당신의 심문에 의한」은 글을 읽고 있을 독자-당신의 욕망을 탐색하면서 글을 쓰는 자신의 욕망을 내밀하게 드러낸다. 글 쓰는 나와 글 읽는 당신, 그리고 과거와 현재가 한데 섞인 '황홀한 반죽'이 되고 싶다는 것. 나와 너는 신체와 의식을 달리하며 시공간적으로 분리되어 있는 존재이지만 동일한 경험을 공유할 수는 없겠는가, 적어도〈나〉는 그러고 싶다라는 메시지를 전달하고 있는 셈이다. 글쓰기가 그것을 가능하게 하지 않을까. 나의 쓰기와 너의 읽기가 잠재적으로 공존하는 과정이기 때문이다. 하지만 허구적인 공간으로 소환된 너와, 너에게 다가가기 위해 현실로부터 파견된 나는 행복하게 만나지 못한다. 너의 무한대에 가까운 가능성 앞에서 나는 주체로 통합되기보다는 분열만 가속화된다. 독자는 다성성과 복수성(複數性)의 존재였던 것이고, 나 역시 한없이 증식하는 분열된 의식이었던 것. 따라서 나와 너의 만남은 일상적인 대화일 수 없고, 다성성과 복수성이 겹쳐지는 난장의 이미지로 나타날 수밖에 없었다. 겹으로 놓인 다성성의 난장 속에서 나의 목소리가 차지하는 위상은 어디인가. 중얼거림 정도가 아니겠는가. 나의 목소리는 너에게 배경소음에 지나지 않을 것이고, 너의 목소리는 나에게 웅성거림으로 다가올 따름이다. 잘될 수도 있을 것 같다는 기대감은 이내 사그라지고 급격하게 미궁에 빠지고 만다.「글주정」이 미궁에 빠진〈나〉의 참담한 심정을 대변하고 있다.

'당신-독자'에게 직접적으로 다가갈 수 없다면, 우회로를 찾아야 할 것이다.〈너〉에게 다가갈 수 있는 우회로가 다름 아닌〈그〉이다. 다른 선수들의 기록 단축을 위해 페이스메이커로 나서야 했던 마라토너 '한구복'을 발견한다. 한구복은 나의 관찰과 서술의 대상이 되어〈그〉로 지명된다. '그-한구복'에 관한 소설은 신문기사가 다룬 바 있는 사실에서 시작된다.「어느 허구에 관한 사실」에는 1983년 3월 21일자

『동아일보』기사가 제시되어 있다. 따라서 어느 정도 안정적인 상태로 〈그〉에 대한 소설이 가능해질 수도 있겠다는 희망을 갖게 된다. 〈나〉의 목표는 작품의 제목이 말하는 것처럼 「그는 왜 그럴 수밖에 없었을까」를 소설화하는 것이다. 하지만 바로 이어지는 작품에서 작가는 고백한다. 「'그는 그럴 수밖에 없다'고 쓰지 못하다」. 참담한 결과이다. 하지만 작가는 「그를 찾아가는 우리의 소설 기행」「이미 그를 찾아간 우리의 소설 기행」에 이어 「한없이 낮은 숨결」과 「다시 그를 찾아갈 우리의 소설 기행」이라는 작품을 연속적으로 제시하고 있다. 〈그〉를 찾아가는 일은 과거, 현재, 미래에 걸쳐 지속될 것임을 암시하고 있는 것이다. 문제는 「한없이 낮은 숨결」이 작품집 속에서 차지하고 있는 위치이다. 「이미 그를 찾아간 우리의 소설 기행」과 「다시 그를 찾아갈 우리의 소설 기행」, 그러니까 과거완료적인 소설 기행과 미래형의 소설 기행 사이에 「한없이 낮은 숨결」이 놓여 있는 것이다.

그렇다면 도대체 '한없이 낮은 숨결'이란 무엇인가. 〈그〉를 소설화하지 못한 이유이며, 〈그〉에 대한 소설이 실패한 뒤에 발견한 소중한 깨달음이며, '그-한구복'을 소설화하면서 담아내고자 했던 절실한 그 무엇이지 않을까. 왜 〈나〉는 소설을 쓸 수 없었던가. 한구복이라는 마라토너의 숨결을 언어로 표현하고자 했기 때문이다. 마라토너의 숨결 속에서 출렁거렸던 것들, 하지만 이제는 그 흔적을 찾을 수 없는 숨결들. 마라토너가 오버페이스를 하며 뛰었을 때 대기 중에 풀려 들어갔던 숨결, 그리고 그 거친 숨결 속에 표현되었을 삶의 숨겨진 미세한 결들. 왜 하필 숨결이어야 하는 것일까. 마라토너의 숨결이 텔레비전을 보던 소설가에게 뭔가를 전달해왔지 않았겠는가. 그렇다면 〈나〉도 〈그〉의 숨결을 표현함으로써 당신-독자와 소통할 수도 있었을 터. 소설은 실패했다. 하지만 소설이 담아내고자 하는 실존의 언어는 숨결 속에서만 잠시 그리고 영원히 빛을 발하는 것이라는 것을 보여주었다.

『한없이 낮은 숨결』은 〈너-독자〉와 〈그〉라는 언어적 경계에 대한 소설적 탐색인 동시에 참담한 실패의 기록이다. 너-독자를 불러들이는 일은 술주정에 가까운 '글주정'으로 일단락되었고, 현실 속에서 발견한 그-한구복을 소설화하는 일도 모두 실패하지 않았겠는가. 그렇다면 〈너-독자〉와의 대화가 소음에 가까운 '웅얼거림'으로 귀착된 이유, '그-한구복'의 실존적인 필연성(그는 왜 그럴 수밖에 없었을까)을 해명할 수 없었던 이유는 무엇일까. 너와 그의 실존으로부터 배어 나오는 낮은 숨결과 무관하지 않을 것이다. 너와 그의 낮은 한없이 낮은 숨결을 언어로 표현하고자 욕망했기에, 〈나〉의 소설 쓰기는 실패로 치달을 수밖에 없었던 것이리라. 하지만 〈나〉는 말한다. 우리의 소설 기행이 이미 그를 찾아간 적이 있고 또한 다시 그를 찾아갈 것이라고. 스스로 힘내기의 일종일까. 그렇지 않다. 「이미 그를 찾아간 우리의 소설 기행」과 「다시 그를 찾아갈 우리의 소설 기행」에서 주목해야 할 것은 다름 아닌 '우리'이다. 언제 〈나〉의 소설 쓰기에서 '우리'의 소설 기행으로 바뀌었을까. 정확하게는 알 수 없다. 다만 '우리'를 가능하게 한 것은 나-너-그 사이를 가득 채우고 있던 한없이 낮은 숨결이라는 것만큼은 분명하다. 한없이 낮은 숨결은 나-너-그 사이에 놓여진 경계를 넘나드는 보이지 않는 운동성이었을 것이다.

그렇다면 왜 허구 속에서 언어를 통한 소통이나 재현이 불가능했던 것일까. 나 또는 너로 대변되는 인칭대명사란 구체적인 실재나 내용을 갖는 것이 아니라 언어가 마련한 '자리'이기 때문이다. 비유를 찾자면 빈 의자와 같은 것이다. 빈 의자에는 주인이 없다. 이런저런 사람이 와서 앉았다가는 재미있게 이야기를 나눌 수도 있겠고 한참을 기분 나쁘게 노려보다 가는 사람도 있을 것이며 바람난 아내 때문에 속상해하는 남자의 넋두리가 펼쳐질 수도 있을 것이다. 그렇다면 도대체 나·너·그란 무엇인가. 루이지 피란델로의 책이름을 빌려서 말하자면 '아무도 아닌, 동시에 십만 명인 어떤 사람'이라 할 것이다. 무(無)에서 시작해서 무한(無限)에 이르는 가능성이 인칭대명사라는 빈 의자를 들락날락하는 형국인 것이다. 따라서 이 지점에 이르러 작가의 언어는 형해화(形骸化)되어 실어증적인 양상— 전(前)언어적 내지는 초(超)언어적인 양상이라고도 할 수 있는— 을 보인다. 나·너·그라는 인칭대명사(빈 의자)의 잠재적이고 항상적인 주인은 숨결이었다. 보다 정확하게 말하자면 수없이 많은 관계 속에서 나-너-그라는 언어적·지칭적 관계를 가능하게 하는 보이지 않는 그림자가 숨결이었다. 숨결이란 무엇인가. 숨결이란 말도 아니고 그렇다고 말 아닌 것도 아닌, 생명의 발현 과정이다. 언어인 듯하면서 언어가 아니고, 침묵인 듯하지만 분명히 감각적으로 감지되는 그 무엇. 생명으로부터 기원하지만 아직 언어를 통해서 분절되거나 구조화되지 못한 욕망, 또는 아직 욕망의 형식이 부여되지 않은 질료 hyle 상태의 욕망. 따라서 숨결은 언어/비언어, 비침묵/침묵, 욕망/비욕망의 경계이다. 그리고 소설을 쓰는 〈나〉는 욕망이 되지 못한 것을 언어로 표현하고자 욕망했던 것이리라. 소설적인 육체를 유지하며 글쓰기의 본질과 운명에 육박해 들어간, 참으로 눈부신 장면이다. 글쓰기란 아직 씌어지지 않은 것에 대한 욕망을 운명처럼 둘러쓰고 있는 행위이다. 어쩔 수 없는 일이었을 터.

4. 가면과 양파, 또는 차이와 반복

『한없이 낮은 숨결』이 언어의 외부와 관련되는 작품이라면, 『미쳐 버리고 싶은, 미쳐지지 않는』은 언어의 내부에 관한 작품이다. 보다 정확하게 말하면 언어 내부에 자리하고 있는 보이지 않는 경계로부터, 또는 언어와 언어의 사이에서 생성되는 언어이다. 이 작품에서 이인성이 시도하고 있는 게임의 룰은 다른 사람의 언어를 소설적인 시공간 속으로 불러들이는 것이다. 그가 선택한 것은 시의 언어이다. 이성복의 「어째서 이런 일이 벌어졌을까」에서 시작해서 황지우의 「눈보라」에 이르기까지 중복되는 시인(詩人) 없이 52편의 시가 글쓰기의 공간으로 초대된다. 『한없이 낮은 숨결』에서 〈너-당신〉과 〈그〉를 불러들였듯이, 『미쳐버리고 싶은, 미쳐지지 않는』에서는 시인들의 언어를 불러들인 셈이다.

작품의 구성은 시의 구절들을 먼저 제시하고 소설적인 진술들이 이어지는 양상이다. 소설적인 진술들은 제시된 시 구절에 대한 허구적인 주석이면서 동시에 시 구절들과의 내밀하면서도 농밀한 소통이다. 각자 자신의 시집에 웅크리고 있던 시어들을 불러내어 소통하게 하고, 시와 소설 사이에 놓여진 양식적인 장벽을 넘어 한자리에 어우러지게 한다. 소설적인 진술들은 시 구절과 시 구절 사이에서 솟아오르며, 다음에 올 시편을 선별하는 요청이 된다.

거칠게 보면 작품에서 〈너〉〈나〉〈그〉는 각각 과거·현재·미래와 겹쳐져 있다. 과거의 〈너〉가 놓인 상황은 어떠한가. 미친 여자가 자꾸 전화를 걸어와 회사도 때려치우고 시 쓰기마저도 작폐한 채 잠적

해버렸다. 현재의 〈나〉는 어디론가 잠적해버린 과거의 〈너〉와 욕망과 상상의 끝에서 가물거리는 미래의 〈그〉 사이에 자리하고 있다. 과거의 〈너〉와 미래의 〈그〉 사이에서 "선택할 수도 선택하지 않을 수도 없는, 미칠 수도 미치지 않을 수도 없는 자는 결핍의 경계만을 한없이 따라"(『미쳐버리고 싶은, 미쳐지지 않는』, p. 105) 간다. 과거의 〈너〉가 미친 여자의 전화를 거부했듯이, 현재의 〈너〉는 골방에 감금된 채로 여자에게 무수히 전화를 걸지만 실패하고 만다. 과거와 현재의 관계란 무엇인가. 과거와 현재는 반복이면서 차이였다. 차이는 있지만 여전히 반복이었다. 하지만 다시 반복이 된다면 차이가 발생할지도 모른다. 미래의 〈그〉와 관련된 희망은 이 지점에서 생긴다.

소설적인 진술은 두 가지의 운동성에 의해서 지속된다. 하나는 반복을 삶의 연속성(지속)의 차원으로 전환시키는 것이고, 다른 하나는 차이의 발생을 상상 또는 환상에 내포된 변형(변신)의 논리로 첨예화하는 것이다. 그래서 미래의 〈그〉에게는 탈주와 변신의 가능성이 잠재될 수 있다. 하지만 그것은 잠적했던 〈너〉와 감금당한 〈나〉가 비껴 가듯이 되돌아오는 희망일지도 모른다. 그리고 너·나·그란 결국 희망과 절망의 교체—반복의 과정에서 둘러썼던 가면(탈)일 것이다.

양파처럼 끝없이 벗겨지면서도 끝없이 껍질뿐인 것이 있지. 희망이라는 거. 그래서 미치는 것일까, 그 충족되지 않는 희망의 켜를 뜯으면서도 끝내 충족에의 희망에 매달리다가? 무엇이 그토록 희망에 미치게까지 하도록 한 존재를 마비시키는 것일까? (『미쳐버리고 싶은, 미쳐지지 않는』, p. 228)

양파와 가면. 끝없이 벗겨지면서도 끝없이 껍질뿐인 양파는 이미 좌절될 수밖에 없는 희망이다. 따라서 양파는 반복의 논리이다. 반면에 가면(탈)은 차이의 운동성을 대변하는 기호sign이다. 따라서 가면은 탈주의 욕망 또는 변신의 욕망을 반영한다. 양파와 가면, 그리고 차이와 반복은 『미쳐버리고 싶은, 미쳐지지 않는』에 숨겨져 있는 구성원리이다. 차이와 가면의 논리, 달리 말하면 탈주와 변신의 욕망을 극대화할 때 '미쳐버리고 싶은'에 도달할 수 있을 것이다. 하지만 양파가 상징하는 반복의 운동성에 포섭되게 되면 '미쳐지지 않는'과 맞닥뜨리게 된다. 표제의 쉼표는 양파(반복)와 가면(차이) 사이를 가로지르는 숨결이며, 그 숨결에 의해서 차이와 반복(동일성)이 동시적으로 산출된다.

『미쳐버리고 싶은, 미쳐지지 않는』에는 미쳐버리고 싶은 욕망과 미치도록 만들어주지 않는 상황이 서로 양립하고 있다. '버리다'라는 말은 완료, 단절, 불가역성을 암시한다. 언어의 경계를 뛰어넘은 말을 광기의 언어라고 한다면, 미쳐버리고 싶다는 것은 광기의 언어, 달리 말하면 정상적인 언어의 경계를 초과해버린 지점을 욕망하는 것이다. 언어의 경계를 넘어선 비(非)언어 내지는 반(反)언어에 대한 욕망인 셈이다. 그렇다면 왜 미치지 못하는가. 역시 언어 때문이다. 비트겐슈타인이 예시한 바 있듯이, 파리통의 파리처럼 인간은 언어의 경계 바깥으로 나아갈 수 없기 때문이다. 미쳤음을 스스로 입증하기 위해서는 동시에 두 가지의 언어가 필요하다. 하나는 도무지 알아들을 수 없는 광기의 언어, 다른 하나는 광기의 언어를 입증할 수 있는 정상성의 언어. 『미쳐버리고 싶은, 미쳐지지 않는』은 언어와 언어 사이로 언어를 밀어넣음으로써 언어를 미쳐버리게 해서 언어를 내파(內波)

하고자 하는 시도였을지도 모른다. 그렇다면 이인성은 또 실패했는 가. 결코 그렇지 않다. 소설의 실패를 통해 소설의 경계(극한)을 보 여주는 데 있어서 그의 소설은 실패하지 않았다. 오히려 언어와 욕망 이 그 어떤 경계를 사이에 두고 몸 바꾸기를 반복하고 있음은 여실히 보여주지 않았겠는가. 클라인 씨의 병(甁)처럼 언어 바깥으로 뛰쳐 나가려는 욕망이 언어의 내부로 다시 돌아와 언어의 무의식들을 흔들 어놓은 장면을 지켜보지 않았던가.

5. 실어증 너머로 펼쳐지는 욕망의 카니발

『강 어귀에 섬 하나』는 소설집의 구성 자체가 하나의 경이로움이 다. 첫번째 작품으로 수록되어 있는 「문밖의 바람」은 등단 이전인 1974년 서울대학교 대학문학상 수상작 「나만의, 나만의, 나만의」를 일부 수정한 것이다. 반면에 「강 어귀에 섬 하나」는 소설집을 발간하 던 1999년의 시점에서 보자면 최근작에 해당하는 작품이다. 등단 이 전의 작품부터 소설집을 내던 그 당시의 최근작이 하나의 강물이 되 어 25년의 세월을 감싸 안으며 도도하게 흘러가고 있다. 작가 이인성 의 괴물스러움과 맞닥뜨리는 경험이 아닐 수 없다.

『강 어귀에 섬 하나』는 「메마른 강줄기」로부터 연원해서 「강 어귀 에 섬 하나」를 거쳐 「강 어귀 바다 물결」에 이르는 구도를 제시하고 있다. 거칠게나마 주제를 제시하자면 욕망과 억압의 동시적인 기원, 욕망의 형식과 운동성, 욕망의 인류학적인 신화(카니발)로 밑그림을 그려볼 수 있을 듯하다. 「유리창을 떠도는 벌 한 마리」 「무덤가 열일

190

곱 살」「문밖의 바람」등은 오이디푸스 콤플렉스가 가로놓여 있는 가족서사에 입각해 있다. 라캉이 말한 바 있는 상상적인 관계(욕망의 주체와 욕망의 대상의 완전한 합일)를 둘러싼 욕망과 좌절에 대한 농밀한 묘사들이 작품을 가득 채우고 있다. 「유리창을 떠도는 벌 한 마리」에는 〈나〉의 기원이 밝혀져 있어서 주목의 대상이 된다. 작품의 전반부에서는 욕망의 대상인 어머니의 욕망을 관찰하는 시선으로 잠재되어 있던 〈나〉가 작품의 후반부에 이르러 욕망과 억압의 경계선에서 분명한 모습을 드러내기 때문이다.

나-나? 나!-는 그녀에게서 어머니를 느끼는 나를 억누르며, 아무 것도 못들은 척 뻔한 거짓을 꾸미며, 책을 펴놓았던 밥상 밑으로 손을 뻗쳐 주머니칼을 칼집에 꽂는다. 〔……〕 그녀에게서 어머니를 느껴서는 안 된다. 〔……〕 아까부터 나는 저 유리창의 벌을 잡아 그 날개를 뜯어낼 결심이었다. (「유리창을 떠도는 벌 한 마리」, 『강 어귀에 섬 하나』, p. 24)

〈나〉가 어떻게 발생하는가를 보여주는 장면이다. 어머니는 생물학적 기원과 상상적인 관계를 대변한다. 〈나〉는 어머니를 '그녀'라고 느낌으로써 생물학적인 기원으로부터 이탈한다. 또한 〈나〉는 주머니칼로 자신의 욕망을 스스로 거세함으로써 상상적인 관계로부터 벗어난다. 생물학적인 기원과 상상적인 관계를 벗어난 〈나〉는 아마도 상징적인 차원, 달리 말하면 기호와 언어의 차원에서 "거짓을 꾸미"듯이 억압당한 욕망을 보상받고자 할 것이다. 날개를 뜯겨 초월의 가능성을 상실해버린 한 마리의 벌처럼 그는 독침(욕망)을 숨기고 바닥을 기어서 유리벽(억압의 기제들)을 넘어야 할지도 모른다. 원초적인 억압을 경험한 욕망의 주체는 존재론적인 '불안'(「문밖의 바람」, 『강 어귀에 섬 하나』, p. 75)에 휩싸인다.

　그렇다면 상징적인 차원에 진입한 〈나〉가 욕망하는 것은 무엇인가. 언어·문자·소리(음악)·이미지를 통해서 타자와 소통하고, 더 나아가서는 하나이면서 여럿이고 여럿이면서 하나인 그 어떤 경지에 도달하는 것이 아니겠는가. 하지만 언어를 매개해서 타자와 소통하는 일에는 치명적인 배신이 숨겨져 있었다. 「편지 쓰기」에서 볼 수 있듯이 서로를 향한 욕망이 전제되지 않는 상태에서의 편지 주고받기란 방향성 없는 폭력의 상호교환에 지나지 않으며, 「문밖의 바람」에서처럼 노래 제목을 통한 교묘한 의사소통 역시 결과적으로 배면체(背面體)의 언어로 귀결되고 만다. 욕망의 언어는 욕망의 대상에 기입(記入)되지 않는다. 어쩌면 우리의 욕망이란 사람과 사람 사이에 가로놓여 있는 투명한 경계(유리창) 위에 씌어지는 기호일지도 모른다. 이때 한쪽은 배면체의 언어(좌우로 뒤집힌 글자)를 읽을 수밖에 없다. 상징적 차원의 언어는 근원적으로 실존의 욕망과 배리되어 있다. 따라서 실존적인 욕망을 성취하기 위해서는 상징적인 차원의 한계를 돌파하지 않으면 안 될 것이다. 이인성에 의하면 세 가지의 과정이 제시된다. 하나는 탈(脫)의 놀이이고, 다른 하나는 실험이며, 또 다른 하나는 상상의 극한에서 피어나는 환상이다.

　처용 설화를 차용하고 있는 「강 어귀에 섬 하나」는, 탈의 놀이를 통해서 욕망의 새로운 인류학적인 신화를 보여주는 작품이다. 만희(滿喜)와 처용(處容)이 강 어귀의 섬에서 벌이는 현란하면서도 처절한 유희가 참으로 눈부시다. 처용의 아내를 연상하게 하는 만희는 욕망이란 하나의 대상에 고착되어 있는 것이 아니라, 욕망이란 그 자체로 다양성과 복수성에 대한 욕망이라는 사실을 보여주는 인물이다. 반면에 처용은 존재의 고유성property에 대한 일반적인 관념을 근원적으로 수정해가는 인물이다. 처용이라는 이름에서 알 수 있듯이 얼굴은 존재의 고유함을 드러내는 표상이다. 하지만 그는 만희가 제공하는 여러 가지의 탈을 뒤집어쓰면서, 얼굴의 고유성을 버리고 얼굴〔容〕이 있던 자리〔處〕로 변모한다. 처용은 얼굴(존재론적 욕망의 고유성)을 탈바가지로 가림으로써 새로운 욕망의 주체로 다시 태어난다. 존재론적 욕망의 고유성을 욕망의 복수성과 다양성으로 변화시키면서 탈(가면)의 놀이는, 그 자체로 벗어남〔脫〕의 운동성이며 새로운 주체를 생성하는 생명의 과정이다. 탈은 단순히 욕망을 억압하는 기제들의 상징이 아니라, 고유성을 지속적으로 삭제함으로써 생성하는 욕망의 존재로 변신하는 전략적인 유희의 표상이다. 얼굴을 삭제하고 가면을 뒤집어쓰라. 새로운 욕망이 생겨날 것이다. 가면은 얼굴이 아니라 가면이어야 한다. 따라서 또 다른 가면을 찾아서 쓰라. 가면 '쓰기'와 글 '쓰기'가 묘하게 겹친다. 존재의 고유성을 내어주고 욕망의 생성과 복수성(複數性)을 돌려받는 일종의 도박 속에 이인성의 글쓰기가 가면을 뒤집어쓰고 있다.

「순수한 불륜의 실험」에 제시된 '실험'을 살펴보자. 앞에서도 말한 바 있지만 실험은 욕망과 언어의 배리를 근원적으로 감추고 있는 상징적인 차원의 경계를 돌파하는(경계에 육체적으로 근접해 가는) 실존적인 유희이다. 작품에는 세 가지의 계기가 구분할 수 없을 정도로 중층적으로 가로놓여 있다. 첫번째는 사랑의 시작으로서 그 자체로는 지독한 현실이지만 사회적으로 불륜으로 규정될 수밖에 없는 상황이다. 두번째는 사랑—불륜을 자신들의 욕망에 따라 연출하고 영화로 찍는 과정이다. 세번째는 사랑—불륜을 주제로 하는 영화를 남자인 〈나〉와 친구로 보이는 〈너〉(지극히 상식적인 생각을 가진 관계 또는 비평가)가 함께 시사회를 갖는 과정이다. 도대체 무슨 일들을 벌이고 있는 것일까. 낮/밤, 순수/불륜, 현실/환상 등의 서열화된 이분법을 통해서 경계를 구조화하고 있는 "저 더러운 구별"(「순수한 불륜의 실험」, 『강 어귀에 섬 하나』, p. 180)을 없애고 꿈과 환상을 현실로서 욕망하면서 현실로서 살아내고자 하는 것.

　　이 세상에서 아예 불륜이라는 말이 사라져버리길 꿈꾸어본 거야, 우린. 불륜의 사랑과 순수의 사랑 사이의 차별을 지움으로써.
　　〔……〕
　　이때까지의 분별들은 없어지겠지. 하지만 다른 분별이 피어나겠지. 모든 사랑이 동등하게 허용되면서 그 하나하나의 사랑이 나름대로의 의미로 살아 움직이는 것. (「순수한 불륜의 실험」, 『강 어귀에 섬 하나』, p. 223)

　　들뢰즈가 『니체와 철학』에서 지적한 바 있듯이, 무질서는 질서의 결여나 부재일 수 없다. 질서는 수많은 무질서(들) 가운데 특권화된 하나의 무/질서이다. 질서는 자신의 경계 밖에 무질서들을 타자로서 배치하고 있다. 이인성은 언어 내부의 위계화된 질서를 무질서들과 만나게 한다. 그렇다면 언어의 경계를 훌쩍 뛰어넘거나 아니면 경계를 칼로 자르듯이 가로지른 것인가. 개인적으로는 그렇지 않다고 생각한다. 언어화된 몸을 가지고 언어의 경계에 한없이 가까이 가고자 하는 것. 경계란 원근법에 입각해서 보았을 때는 도저히 건널 수 없는 장벽이지만, 직접 몸으로 경험하면 처음부터 혼돈이었음을 경험하는 것.

「마지막 연애의 상상」은 현실과 환상의 구분을 삭제하고자 하는 욕망이다. 서른아홉 살의 남자가 30년 후인 예순아홉 살 때의, 아마도 그의 마지막 연애가 될 연애를 상상한다. 30년 후의 연애를 상상하는 일은 어떻게 가능한가. 그냥 한번 해보는 상상력의 유희일까. 결코 그렇지 않다. "만들어지는 건 환상이더라도 그걸 만드는 행위는 현실"(「마지막 연애의 상상」, 『강 어귀에 섬 하나』, pp. 223~24)이기 때문이다. 환상이란 비현실을 지향한다. 하지만 환상이 비현실일 수 있는 것은 현실과의 끊을 수 없는 관계에 근거하고 있기 때문이다. 따라서 환상은 현실에서 출발하며 현실로 돌아올 수밖에 없다. 그렇다면 환상이란 그 자체로 현실 속에 또는 현실 옆에 놓인 비현실인 것이다. 그런데 어처구니없게도 그의 마지막 연애에 있어서 가장 특징적인 것은 실어증(失語症)이다. 69세의 나이를 감안한다면 실어증이란 노망이나 치매의 증상에 해당하지 않겠는가. 실어증이란 무엇인가. 이인성에게 있어서 실어증은 말을 잃어버린 것도 아니고 말을 만드는 과정에서 겪게 되는 문법적 장애도 아니다. 너무나도 많은 욕망의 언어가 발설되지 못하고 뒤엉켜서 들끓고 있는 상태를 말한다. 따라서 실어증의 수사학이란 이인성의 실존적인 욕망이 언어의 경계를 육체적으로 탐색하고 있음을 드러내는 징후이다. 또한 죽음을 앞둔 69세의 노인이 여전히 복수태의 욕망이 들끓고 있는 욕망의 주체이며, 욕망의 주체로서 죽어갈 것임을 알리는 운명의 표정이다. 언어의 경계를 육체적으로 경험해왔던 욕망의 언어는 죽음이라는 경계를 침묵으로, 여전히 다양한 욕망이 들끓고 있는 몸의 침묵으로 기어 넘어갈 것이다. 그리고 죽음은 더듬거리는 그의 언어 사이로 조용하게 스며들 것이다. 실어증적인 진술은 죽음의 광기와 언어적 현실 사이의 경계를 더듬으며 더듬더듬 말하는 방식이며, 언어와 죽음의 경계로부터 피어오르는 무의식의 수사학이다. 언어로는 도저히 표현할 수 없는 환상이 몸속에 들끓고 있음을 보여주는 언어, 또는 언어가 꿈꾸는 비언어적인 환상, 실어증.

6. 탈/경계의 운동성과 몸 바꿈의 환상

이인성의 작품들은 소설이라는 범주에서 시작하지 않는다. 소설의 장르적 특징과 문법들을 승인한 지점에서 시작하는 것이 아니라, 소설적 글쓰기라는 관습적 차원을 괄호 친 상태에서 출발한다. 소설 이전의 지점에서 시작해서 소설인 것과 소설 아닌 것 또는 소설이 못되는 것들을 거쳐서 소설인 듯 소설을 넘어서 있는 그 어떤 지점으로 우리를 인도한다. 따라서 이인성의 소설은 끊임없이 움직여 가는 과정으로서(만) 존재하는 언어이다. 하지만 그 과정 중에 그는 글쓰기의 영도(零度, 전통적인 글쓰기의 가능성은 소진하고 새로운 글쓰기의 가능성으로 충만한, 즐거우면서도 공포스러운 지평)를 끊임없이 참조한다. 그의 소설에서 막다른 골목의 이미지들이 유령처럼 출몰하는 이유도 여기에 있다. 작가의 의도와 실제 쓰어지고 있는 소설 사이에서 빚어지는 다양하면서도 이질적인 움직임들을 모두 승인하려는 욕망. 이를 두고 김현이 "전체에 대한 통찰"이라고 했던 것은 아닐까. 전체란 완료된 것이 아니라 생성하는 과정의 운동성을 지칭하는 것이며, 통찰이란 생성의 과정을 수락하는 운명적인 몸짓에 다름 아닐 것이다. 그 몸짓으로부터 현실과 언어, 욕망과 언어, 언어와 언어, 존재와 언어 사이에 놓여진 경계를 몸으로 경험하는 언어가 마치 환상처럼 피어오른다.

『낯선 시간 속으로』의 청년은 시간의 불가역성이라는 경계를 넘어 과거 속에 흩뿌려져 있는 자신을 만난다. 그리고 공간적으로는 육지의 경계에 이르러 바다의 하얀 포말과 만난다. 육지의 끝이라고 생각했던 바다에서, 청년은 시작과 끝이 공존하고 단절과 연속이 공존하는 탈/경계를 체험한다. 『한없이 낮은 숨결』에서는 허구와 현실의 경계를 문제 삼는다. 책 바깥에 있을 독자(당신)에게 말을 걸고 책 바깥에서 죽어라고 달리고 있던 마라토너를 소설 속에서 찾아 나선다. 그리고 자신은 〈나〉라는 화자를 허구 속으로 파견한다. 그러자 묘한 전도가 발생한다. 현실은 허구 속에 자리를 잡게 되고 허구를 쓰는 소설가의 글쓰기 과정은 지독한 현실이 된다. 『미쳐버리고 싶은, 미쳐지지 않는』에서 작가는 시 양식과 소설 양식 사이의 경계를 탐색한다. 그리고 시와 소설의 관계는 단절적인 경계를 가지고 있는 것이 아니라 서로가 서로를 잉태하는 관계임을 보여준다. 소설집 『강 어귀에 섬 하나』에서 경계의 표지는 섬이다. 강 어귀의 섬은 강과 바다가 갈라지는 경계를 표시하는 기호이다. 섬의 공간적인 위치는 확정적이다. 하지만 강과 바다의 경계가 어떻게 확정적일 수 있을까. 밀물과 썰물의 관계처럼 강과 바다의 경계는 움직인다. 따라서 섬은 바다에 속할 수도 있고 강에 속할 수도 있다. 강 어귀의 섬 하나, 또는 움직이는 경계, 그것이야말로 이인성 특유의 환상성이 아닐까. 처용과 만희만이 탈의 놀이를 벌였던 것은 아니었다. 경계야말로 탈의 놀이에 있어서 진정한 주인공이 아니었을까. 탈의 놀이가 현실과 허구, 욕망과 언어, 언어와 언어, 삶과 죽음의 경계선 위를 더듬어 가며 더듬거리며 말하는 과정에서 이인성 특유의 환상성이 빛을 발한다. 그 과정에서 탈을 쓰고 경계를 탐색하는 언어의 몸은 변신하여 경계의 안쪽과 바깥쪽을 미세하게 넘나든다. 이인성에게 있어서 환상은 현실에서 시작되어, 비현실이라는 현실의 타자가 되었다가, 비현실의 극한에 이르러 현실을 향해 되구부러져 들어오는, 지독한 현실로서의 허구이다.

그렇다면 몸 바꿈의 환상 내지는 탈의 놀이에서 이인성이 욕망하는 것은 무엇인가. 소설을 둘러싸고 있는 사회의 제도화된 논리를 바꾸고, 사회의 제도화된 논리와 닮아 있는 소설의 육체를 바꾸는 일이 아닐까. 몸을 바꿈으로써 하나의 주체가 되어 사회제도나 기존의 소설과 맞서고자 하는 것은 아니다. 오히려 하나의 타자가 되어 사회제도와 기존 소설의 옆에 나란히 놓이고자 할 따름이다. 경계를 탐색하고 몸을 바꾸는 환상 속에서 세계의 타자(他者) 되기. 세계의 언어적인 타자로서 주체를 생성하기. 이 글이 겨우겨우 도달한 잠정적인 귀결일지도 모르겠다는 생각.

[2002]

문학의 안팎에서 생성되는, 문학의 새로운 몸
── 정과리 비평집 『문학이라는 것의 욕망』에 대하여[1]

1

1979년 『동아일보』 신춘문예에 「조세희론」으로 입선하여 평단에 등장했으니, 정과리의 비평 활동은 25년의 세월을 훌쩍 넘는다. 첫 비평집 『문학, 존재의 변증법』(문학과지성사, 1985)의 날개에 수록된 사진 때문이었을까. 개인적인 고백을 하자면, 비평가 정과리는 언제나 깊은 눈 그늘 아래로 작은 웃음을 머금은 청년의 모습으로 남아 있다. 그런데 올봄에 출간된 비평집 『문학이라는 것의 욕망──존재의 변증법 4』(역락, 2005)의 표지 사진을 보니, 원숙한 중년의 모습과 장난스러운 어린아이의 모습이 함께 엿보인다. 우연하게 병치된 두

---

[1] 이 글은 정과리의 비평집 『문학이라는 것의 욕망』의 제16회 김환태평론문학상 수상을 축하하는 지면(紙面)에 씌어진 것이다. 따라서 정과리 비평에 대한 본격적인 고찰에는 미치지 못한다. 정과리 비평에 대한 본격적인 고찰은 또 다른 기회를 통해서 수행하고자 한다.

장의 사진 사이에서 느낄 수 있었던 그 어떤 풍크툼punctum이었으리라. 하지만 왜 어린아이의 모습이었을까. 사진의 이미지가 날카로운 물음이 되어 돌아온다.

　부제에서 알 수 있듯이, 비평집『문학이라는 것의 욕망』은 '존재의 변증법' 시리즈의 네번째 권에 해당하는 책이다.『문학, 존재의 변증법』(1985),『존재의 변증법 2』(청하, 1986),『스밈과 짜임―존재의 변증법 3』(문학과지성사, 1988)으로 이어지는, 연속선상에 놓여 있는 책인 셈이다. 25년이 넘게 비평 활동을 하며 '존재의 변증법'이라는 화두를 내려놓은 적이 없었고, 아마 앞으로도 그러할 것으로 생각된다. 동시에『문학이라는 것의 욕망』은 1990년대 후반에 발간된 다른 두 권의 책과 함께 배치될 수도 있다. 1990년대 중반 이후 급격하게 달라진 매체 환경과 문화적 지형을 성찰한『문명의 배꼽』(문학과지성사, 1998)과, 시 작품들을 통해서 죽음이라는 타자성의 현대적 의미를 고찰한『무덤 속의 마젤란』(문학과지성사, 1999)이 그것이다. '존재의 변증법' 시리즈가 문학적 진정성을 탐색하는 비평집의 계열이라면, 1990년대 후반에 선보인 두 권의 책은 자신의 내면 풍경을 관조하는 발걸음이자 자신의 문화적 환경을 성찰하는 눈길이라 할 수 있다. 아마도『문학이라는 것의 욕망』의 자리는 문학적 진정성과 자기 성찰의 시선이 교차하는 지점에 마련되어 있을 것이다.

2

　『문학이라는 것의 욕망』이 담아내고 있는 시간은, 1986년부터

2004년까지 길게 펼쳐져 있다. 그렇기 때문일 것이다. 이 책이 다루고 있는 주제는 참으로 다양하면서도 역동적이다. 목차를 자세히 살펴보면 알 수 있는 일이지만, 문학 또는 문학사라는 일반적인 주제에서 출발하여 한국문학의 특수성을 가로지르고, 현장비평의 생존 방식을 살핀 후에 문학의 가장자리들로 분산되어 나간다. 일반성에서 특수성으로 응축되었다가 다양성과 복잡성을 향해 분산되는 형상이라 할 수 있다. 그동안 정과리 비평이 걸어온 길, 현재의 고민, 그리고 문학적 전망을 함축적으로 보여준다고 할 수 있을 것이다. 그러면, 보들레르의 작품에서 제목을 가져온「프롤로그— 우울과 이상」을 먼저 살펴보도록 하자.

> 『무덤 속의 마젤란』(1999)을 낸 이래 나는 기이한 납빛의 침울 속으로 빠져들었다. 아주 많은 일들이 나를 둔탁하게 가격하며 지나갔지만 나는 아무런 실감도 할 수 없었고 그저 기나긴 잠 속의 흉몽처럼 혼곤하기만 하였다. 그 와중에서 삶도, 생각도, 정념도, 상상도, 한때 내 몸과 동의어였던 것들이 서걱거리기 시작하더니 점차로 몸의 거푸집 바깥으로 탈출하고 있었다. (p. 7)[2]

비평집『문학이라는 것의 욕망』이 정과리의 비평세계에서 어떠한 자리에 놓여 있는지를 가장 잘 보여주는 대목 가운데 하나이다. 그는 2000년을 전후한 시기에 극심한 몸살을 앓았던 것으로 보인다. 자신의 몸과 동의어였던 것들(문학 또는 문학적인 것 전체)이 서걱거리다

---

2) 정과리, 『문학이라는 것의 욕망』, 역락, 2005. 이후 인용한 페이지를 괄호 속에 숫자로 표시한다.

가 "점차로 몸의 거푸집 바깥으로 탈출"했다고 술회한다. 몸의 거푸집, 달리 말하면 몸의 패러다임paradigm이 달라지고 있었음을 말하고 있는 것이다. 친숙한 몸에서 벗어날 때의 위기의식과 자신의 몸을 과거의 것으로 바라보게 되는 낯섦. 몸 바깥에서 새로운 몸을 꿈꾸어야 하는 어정쩡함. 시간적인 측면에서 보자면 지금까지의 몸이 자기 자신으로부터 미끄러지며 과거의 것으로 타자화되었고, 공간적인 측면에서 보자면 새로운 몸의 가능성이 종전까지의 몸 바깥에 잡으며 주변화되었던 상태. 이를 두고 데리다의 용어를 빌려, 비평적 육체의 차연differance이라고 부른다면, 지나치게 낭만적인 것일까. 그럴지도 모른다.

개인적으로는 참으로 힘겨운 실존적 상황이었을 것이다. 잠시 1998년의 고백에 귀를 기울여보자. "그리고 어느 날 그에게는 피로가 엄습하였다. 〔……〕 그가 가장 격심한 피로를 느낀 것은 바로 목 주위였다. 문학이라는 이름의 메달을 달고 있는 생의 새끼줄이 둥그렇게 두르고 있는 그곳이었다. 그는 문학이 지겨워지기 시작했다"(p. 399). 추측건대 "문학의 리얼리티 속에 움푹 패여 도사린 검은 구멍"(p. 44)을 보았던 것도 이즈음이었을 것이다. 어느 날 피로가 엄습했고 문학이 지겨워지기 시작했다는 것, 그리고 문학의 본질에 다가가고자 했던 유수의 비평가들이 목도했던 '검은 구멍'과 맞닥뜨리게 되었다는 것. 이 지점에서 제기될 수밖에 없는 것이 "왜 문학을 하는가"(p. 13)라는 물음이었다. "함부로 말해, 문학 안 하면 된다. 그런다고 세상이 무너지진 않는다"(p. 13). 그럼에도 불구하고 "왜 사람들은 문학하기를 그만두지 못하는 걸까"(p. 16). 따라서 문학에 대한 회의와 권태의 와중에서 답변을 찾고자 노력한 흔적들이 『문학이라는 것의 욕망』으로 나타났다고 보면 크게 틀리지 않을 것이다.

그렇다면, '욕망'이란 말을 어떻게 이해해야 할까. 욕망의 이해와 관련해서 현대의 이론들이 제시하는 키워드는 크게 세 가지 정도이다. 결핍·매개·생성이 그것. 모든 욕망은 그 근원에 결핍을 갖는다, 모든 욕망은 매개된 욕망이다, 욕망은 자신을 포함한 세계의 생성을 욕망한다 등등. 아마도 문학과 욕망 사이에는 결핍과 매개와 생성의 움직임이 중층적인 방식으로 놓여 있을 것이다. 따라서 『문학이라는 것의 욕망』이라는 표제는 다음과 같이 이해될 수 있다. 삶과 문학의 상호 결여 때문에 생겨나는 욕망, 문학을 매개하는 또는 문학에 의해 매개되는 욕망, 또는 문학의 새로운 생성을 꿈꾸는 욕망 등등. 여기서 중요한 것은 문학의 위상이 미세하지만 근원적으로 변했다는 사실이다. 문학은 주체(의 욕망이나 실천)와의 관계 속에서만 그 위상이 마련되지 않는다. 문학은 주체(가 위치한 사회와 시대)의 안과 밖을 횡단하는 다양한 욕망의 움직임들이라는 성격을 갖게 된다.

3

문학과 현실(사회)을 상호 독립적인 별개의 실체로 보지 않는다는 것은, 정과리 비평의 가장 기본적인 원리이자 태도이다. 그는 사회가 선험적으로 존재하는 실체라는 사고를 승인하지 않는다. 또한 문학이 사회와 조응할 수도 있고 무관할 수도 있는 영역이라는 사고를 승인하지 않는다. 정과리에 의하면, "문학은 본래적으로 사회적이다" (p. 14). 문학은 삶을 형성하고 변화시키는 여러 사회적 활동 가운데 하나이다. 따라서 왜 그래야 하는지를 말하지 않는 애매하면서도 음흉한 침묵 속에서, 문학과 사회를 독립된 실체로 나누어놓고, 문학은 사회 현실과 조응해야 한다거나 문학은 문학이다라고 말하며 양자의 결합을 도모하는 시도들은 허망할 수밖에 없다. 문학이 본래적으로 사회적 활동이라는 태도는 정과리 비평의 근원적인 힘인 동시에, 문학과 사회의 접점을 찾지 못할 때 엄청난 고민과 피로를 가져오는 원인이 된다.

그가 꿈꾸었던 문학은 어떠한 것이었고 그가 느꼈던 피로는 어떠한 것이었을까. '2000년을 여는 젊은작가포럼'(1998. 9)의 후기(後記)에 해당하는 「어느 가을날의 추억」(2002)을 살펴보자. 그는 "문학의 지형을 새로 짜는 일이 곧바로 역사의 추동태로서의 문학을 형성하는 작업이 되"(p. 195)기를 꿈꾸었음을 고백한다. 달리 말하면 정과리에게 문학비평은 현실에 구성적으로 참여하여 역사는 만드는 일이었던 것이다. 하지만 꿈꿀 권리가 문학의 존재증명이자 사회적 실천의 원천이 되는 시대를 훌쩍 건너왔노라고, 2002년의 그는 솔직하게 그러나 씁쓸하게 말한다. 꿈을 꾼다는 것 자체가 삶과 사회를 변화시키는 원천이 될 수 있었던 시대적 환경은 사라졌다. "문학의 생산적 조건은 이미 사라지는데, 대신 문학의 소비적 조건만 남는"(p. 42) 상황에서 사람들은 살아 움직이는 자동인형이 되어 문학을 한다. 냉정하게 말하면, 달라진 문학적 환경이 우리로 하여금 문학을 하게 만든다. 마음에 들지는 않지만 어쩔 수 없는 일이다.

아마도 그의 극심한 피로감은, 여러 차례의 논쟁이나 구설을 논외로 친다면, 문학적 환경의 급격한 변화에서 말미암았을 것이다. 동시에 정과리의 피로감은 그가 존재와 문학이 변증법적으로 운동하도록 치열하게 노력해왔음을 역설적으로 보여주는 징후이기도 하다. 문학이 존재이고 존재가 문학이고자 했던 사람만이 보여줄 수 있는 진정성의 역설적 표현인 것이다. 하지만 그 과정에서 문학에 대한 피로와 권태가 남겨놓은 문제 역시 여전히 유효하다. 한 번 더 반복하자: "함부로 말해, 문학 안 하면 된다. 그런다고 세상이 무너지진 않는다"(p. 13). 그럼에도 불구하고 "왜 사람들은 문학하기를 그만두지 못하는 걸까" (p. 16).

문학적 환경과 문학적 주체 사이의 불화, 그 와중에서 불행한 의식이 강요하는 허무주의에 빠져들지 않는 방법으로는 무엇이 있을까. 첫번째 방법은 피로 내지는 권태를 죽음에 이르도록 첨예화하는 것이다. 문학적 육체의 죽음을 스스로 탐색해가는 일이 그것. 1999년에 발표한 『무덤 속의 마젤란』의 글쓰기가 이를 증명한다. 두번째 방법은 문학성을 다른 시선에서 조망하는 것. 보다 적극적으로 표현하자면 문학성의 해체 구성을 시도하는 일이 될 것이다. 『문학이라는 것의 욕망』의 전반부에 집중적으로 배치된 문학사 방법론에 대한 글들이 구체적인 비평적 실천에 해당한다.

4

많은 사람들이 문학성이란 곧바로 문학의 본질에 대한 답변이자 추구라고 생각한다. '문학이란 무엇인가'라는 물음을 함축하고 있는 개념을 문학성이라고 보는 것이다. 그다지 잘못된 생각이라고 할 수는 없겠지만, 다른 차원에서의 논의가 불가능할 정도의 정의는 아니다.

문학성에 대한 논의는 문학이론의 역사와 그 궤를 같이하는 거창한 주제이지만, 문학성과 관련해서 중요한 전환을 가져온 사람으로 언어학자이자 소통이론가인 로만 야콥슨을 빼놓을 수 없다. 널리 알려진 대로 야콥슨은 러시아 형식주의 시절부터 '무엇이 하나의 텍스트를 문학으로 만드는가'라는 물음을 제기하며, 문학성을 해명하고자 했다. 야콥슨의 문학성 개념에 주목하는 이유는, 문학의 내재적 본질과 문학을 둘러싼 외부 메커니즘에 대한 동시적인 논의를 가능하게 했던 점에서 찾을 수 있다. 정과리는 이 지점에서 야콥슨의 문학성 개념을 역사적 차원으로 옮겨놓는다. 이를 두고 '문학성의 역사화'라고 불러도 좋을 것이다.

정과리에 의하면, 문학성은 근대라는 역사적 조건 속에 놓여 있으며, 동시에 근대의 특정한 시대가 펼쳐놓은 자장(磁場) 속에서 추동된다. 따라서 문학성이란 문학의 본질이 아니라 문학의 역사에 대해서 숙고하게 만든다. "문학성의 근대적 모습이 실은 문학의 탄생으로부터 성장에 이르는 과정 속에서 형성된 문학의 '육체'이기 때문이다"(p. 72). 달리 말하면 문학사란 문학성이 형성·지속·교체·이식·부재하는 움직임을 중층적으로 펼쳐 보이는 역사적 장(場)인 것이다.

문학사의 장면들이 "문학이 그 신체의 운명을 수락하면서 벌이는 자기 갱신 운동"(p. 72)이라면, 문학의 역사란 자신의 문학적 신체를 만들고 바꾸어가는 과정이 된다. 들뢰즈적인 의미에서의 '기계를 만드는 기계'라는 생각과 유사하게, 또는 마투라나H. Maturana와 바렐라F. J. Varela가 제기한 자기생성체계autopoiesis system와 유사하게, 문학사는 문학이 스스로의 육체를 만들어온 과정이다. 따라서 전통 단절이나 이식문학론에 히스테릭한 반응을 보일 필요가 없어진다. 한국문학은 문학적인 경험들을 지속적으로 주체화해왔고, 그 과정에서 문학적 전통을 내부적으로 형성해왔기 때문이다. 이와 같은 생각은 「다시 문학성을 논한다」와 같은 글에서도 잘 드러난다. 눈 밝은 독자들은 이미 간파했겠지만, '다시'라는 말에는 문학성을 논의하는 한국문학 비평의 흐름이 역사적으로 존재했다는 점과 현재의 문학성을 그 발생의 맥락에서 재(再)성찰해야 한다는 점을 전제하고 있다.

그렇다면 1990년대 이후 한국의 비평은 어떠한가. 「특이한 생존, 한국비평의 현상학」(1994)에서 정과리는 한국의 문학비평이 보여주는 징후들을 섬세하게 읽어나간다. 비평의 영역에서 계몽성으로부터의 해방이 진행 중에 있으며, 그와 더불어 한국비평의 내재적 성장이 이루어졌다는 것이 글의 요지이다. 1985년의 김현이 「비평의 유형학을 향하여」에서 한국문학 비평의 다양성이 비평의 유형학을 가능하게 하는 지점에 이르렀음을 예리하게 짚어냈다면, 1994년의 정과리는 김현의 시대보다 한층 확대된 한국문학 비평의 다양성과 복잡성을 긍정하며 글을 맺었다.

하지만 그로부터 5년 후에 씌어진 「한국비평의 현상학, 두번째」(1999)에서는 사정이 달라진다. 첫 문장을 보자. "한국의 비평은 일종의 트리비알리즘에 빠져 있는 듯하다"(p. 257). 다양성과 복잡성이 결국에는 쇄말주의의 알리바이가 되고 말았다는 뼈아픈 지적이다. 왜 이런 일이 벌어졌는가. 비평이 대학 제도에 흡수되었고, 외국 이론을 미숙하게 적용하는 일이 반복되었고, 역사적 맥락을 도외시한 채로 텍스트 내부에 침잠했기에 벌어진 일이었다. 문제는 비평의 왜소화 또는 사소화를 어떻게 극복할 것인가에 있다. 이 지점에서 정과리는 두 가지의 가능성을 제기한다. 텍스트의 바깥에서 보자면, 새로운 정치경제학과 생활사회학을 통해 억압의 단면에서 변혁의 표지를 읽어내고 활성화시키려는 태도가 필요하다는 것. 텍스트의 내부에서 보자면, "한국문학의 공간적 지형과 역사적 맥락을 다시 구성하는 일이 가장 중요하다"(p. 272). 문학성의 역사학 또는 문학성의 해체 구성은, 실존적인 허무와 권태의 돌파를 위해서뿐만 아니라, 현장비평에 대한 경험과 반성에서도 요청될 수밖에 없었던 것이다.

5

특이한 점은, 저자가 의식하고 썼는지 확인할 수는 없지만, 문학성이라는 말이 '유전자(DNA)'의 뉘앙스를 유지한 상태로 사용되고 있다는 점이다. 유전자란 생명에 대한 기억과 정보를 가지고 있는 기호체계이다. 이미 씌어져 있는 기획이라는 의미에서 프로그램program이라 할 수 있으며, 생물학적 차원의 반복적 발현 속에서 차이의 생성을 잠재하고 있는 글쓰기라 할 수도 있을 터. "문학의 생존 전략이자 전복의 프로그램이 지금까지 문학성이라는 이름하에 추적된 것이다"(p. 66). "세계 전복의 욕망을 불태우면서도 현실과 함께 살아가는, 살아갈 수밖에 없는, 위장의 전략, 좀더 정확하게 말하자면, 위선의 프로그램에 대한 분석을 요구할 것이다"(p. 73). 문학성이 문학의 생존 전략이자 전복의 프로그램이라면, 고쳐 쓰거나 빼고 지우거나 아니면 갈아 끼우거나 할 수도 있을 것이다.

「인공선택과 장기 생성으로서의 근대문학」을 보자. 이 글에서 제시된 명제는 크게 3가지이다: 1)장기 생성의 시각에서 근대문학을 바라볼 필요가 있다. 2) 문학사는 문학적 모듈module의 역사이며, 근대문학의 계기들은 사방에 분산되어 있다. 3) 근대와 근대문학은 구별되어야 한다. 눈여겨봐야 할 대목은 장기 생성에서 장기의 한자가 '臟器', 즉 신체 기관이라는 점과, 모듈이란 자원과 방법을 동시에 품고 있는 목적 지향적 프로그램의 단위라는 점이다. 장기와 모듈이라는 용어의 저변에는 한국 근대문학사를 몸 또는 신체로 여기는 발상과 문학성을 자기발생적autopoiesis 프로그램으로 보는 관념이 겹쳐 있다. 완전하게 유기적이지도 기계적이지도 않은, 신체관념이 작동하고 있는 것이다. 거칠게 요약하자면 한국의 근대문학은 외부(서양문학)와의 영향 관계 속에서 인공적인 선택을 거듭하며 자신의 장기를 마련해온 신체의 형상인 것이다. 한국 근대문학의 역사에 대한 진화심리학evolutionary psychology적인 사고가 꿈틀대고 있음을 확인할 수 있다. "한국의 근대문학은 서양의 그것을 그대로 모방하지 않는다. 아무리 모방하려고 애써도 모방되지 않는다. 그것은 원본으로부터 이탈하는 돌연변이의 원소들을 많이, 다양하게, 다층적으로 품고 있으며, 그 원소들에 의해서 한국근대문학의 양태는 고유한 자율적 체제를 이루며 생장하게 된다"(p. 81).

따라서 한국의 근대문학의 역사는 집합적 단수의 모습으로 나타날 수 없다. 한국 근대문학의 고유성과 자율성은 근대문학의 복수성에 잠재되어 있기 때문이다. "근대문학은 근대문학들이다"(p. 85)라는 명제의 성찰적인 의미가 두드러지게 나타나는 것도 바로 이 지점에서이다. 문학사의 내부에 '문학의 시간줄기들'이, 들뢰즈가 말한 바 있는 리좀처럼, 잠재적으로 공존하며 끊임없이 운동하고 있는 문학사가 그것. 그렇다면 마지막 명제인 근대와 근대문학의 구별 역시 자연스럽게 이해될 수밖에 없지 않겠는가. 한국문학의 다양한 시간줄기들 중에는 근대의 시대정신을 지밀하게 추구한 영역들도 있을 것이다. 하지만 그와 동시에 근대의 논리로는 도저히 포착할 수 없는 '나머지의 영역'도 존재하고 있을 것이다. "근대문학은 근대의 철저성을 추구하는 문학이면서 동시에 근대를 내부로부터 반성하는 문학"(p. 84)인 이유가 바로 여기에 있다. 어쩌면 '문학이라는 것의 욕망'은 삶과 문학의 새로운 가능성에 대한 욕망이 아니었을까.

6

정과리에게 삶과 사유는 구별되지 않으며 몸과 글쓰기가 구별되지 않는다. 그는 삶이 사유의 원천이 되고 사유가 삶을 변화시키길 원한다. 또한 그는 몸(생명)을 내어주고 대신 기호 또는 글쓰기(죽음)를 받아온다. 몸과 글쓰기의 교환 과정에서 그는 글쓰기에 의해서 끊임없이 변형되고 생성되는 '그 어떤 몸'을 욕망한다. 그것을 두고 정과리는 '문학'이라고 불러왔던 것이리라. 비평집 『문학이라는 것의 욕망』에서 그는 "피로가 엄습하였다"(p. 399)고 말한다. 하지만 그의 비평적 육체는 어느 때보다도 다양하고 첨예한 욕망들로 가득하다. 또한 그는 "문학이 지겨워지기 시작했다"(p. 399)고도 말한다. 하지만 그는 조용하지만 격렬하게 문학의 즐거운 생성을 꿈꾸고 있다. 왜 그의 사진에서 뜬금없이 어린아이의 모습을 엿보았는지, 이제야 아주 조금은 알 수 있을 것 같다.

[2005]

이미지에 대한 몰입,
사춘기의 오이디푸스적 위기를 돌파하다

──박현욱의 『새는』[1]

1

누구에게나 자신이 좋아하는 노래들로 공테이프를 가득 채워본 경험이 있을 것이다. 그 시절 우리는 FM 라디오에서 좋은 노래가 나오길 기다렸다가 녹음 버튼을 누르거나, 여러 장의 LP판에서 마음에 드는 곡들을 선별한 후에 테이프의 분량에 맞추어서 녹음을 했다. 마치 스튜디오의 엔지니어라도 된 듯이 음질에 최대한 신경을 쓰며 녹음 상태를 체크했고, 곡과 곡 사이에 적절한 간격이 이루어지지 않으면 다시 녹음을 했다. 어렵사리 녹음을 마치면, 테이프의 속표지에 가장 자신 있는 글씨체로 가수와 곡명을 정성스럽게 적어 넣었다. 순수 개인용 컴필레이션 테이프라고 할 수 있을 텐데, 완성된 테이프에 귀기울일 때의 그 기분이란 보석상자를 열어보는 것 못지않았다. 그렇

---

1) 박현욱, 『새는』, 문학동네, 2003.

게 만들어진 테이프를 지겹도록 듣다가 어느 순간부터 다른 테이프를 만들어서 듣게 되고, 어느 구석에 처박아두거나 친구에게 빌려주거나 하면서 테이프의 소재를 잊어버리게 된다. 하지만 가끔 이사를 가거나 집을 정리할 때면 먼지 뭉치를 케이스에 매달고 나오는 테이프들을 발견한다. 이런, 까마득하게 잊고 있었는데…… 먼지를 대충 걷어내고, 케이스의 속표지를 보며 노래를 확인한다. 기껏해야 음악을 복사하는 일이지만 마치 하늘의 별을 내 품속에 담아내는 듯한 느낌을 가졌던 그 시절로 잠시 되돌아간다. 개인용으로 편집한 테이프 속에 지나간 시절의 꿈과 열정이 고스란히 담겨 있었던 것이리라.

박현욱의 장편소설 『새는』의 구성은, 잊어버리고 있던 개인용 편집 테이프를 다시 찾아서 듣는 과정과 정확하게 겹쳐진다. 정확한 시기는 알 수 없지만, 고등학교 때 녹음한 테이프인 것 같다. 되감기rewind 버튼을 눌러 맨 처음으로 되돌아가서, 1973년부터 1978년 사이에 발표된 송창식의 노래 열 곡과 산울림의 노래 한 곡이 보너스 트랙으로 녹음되어 있는 테이프를 들은 후, 정지stop 버튼을 누르고 전원을 끄는 것power off으로 마감된다. 왜 이런 테이프를 만들었던 것일까. 단순히 송창식의 열렬한 팬이었다는 사실을 알려주는 물건만은 아닐 것이다. 아마도 송창식의 노래를 그러한 식으로 배열하고 산울림의 노래를 끝부분에 삽입하지 않고는 도저히 배겨낼 수 없는 삶의 차원들이 있었기 때문일 것이다. 절절했던 심정과 뼈저린 경험이 노래들을 그런 방식으로 배치하라고 요동치고 있었던 것은 아닐까. 노래 한 곡 한 곡마다 선택한 이유가 있을 것이며, 이 노래 다음에 저 노래를 배치할 수밖에 없는 그 어떤 사연이 있었을 것이다. 그렇다면 노래를 고르고 순서를 배열하는 과정 그 자체가 그 당시의 내면을 기록하는 내밀하면서도 원초적인 글쓰기였던 것은 아닐까. 소설 쓰기가 지나간 시절의 테이프 듣기의 형태를 취하고 있는 이유도 거기에 있을 것이다. 낡은 테이프에서 들려온 것이 어디 송창식의 노래뿐이었을까. 지나가버려서 이제는 돌이킬 수 없는 시절이 낮은 음성으로 말을 걸어오지 않았겠는가. 어쩌면 추억이란 지난 시절의 유행가를 녹음해놓은 테이프처럼 구조화되어 있는 것인지도 모른다. 적어도 어떤 세대에게는 그럴 수 있다는 말이다.

2

작가 박현욱이 소장하고 있는 개인용 편집 테이프에는 어떠한 사연이 숨어 있었던 것일까. 『새는』은 1980년대 중반 지방 중소 도시의 고등학교를 배경으로 한다. 주인공은 은호. 아버지는 가출한 상태이고 어머니가 가계를 책임지고 있는 가난한 집안의 아이이다. 반찬은 김치만 싸오며 말표 운동화를 신는다. 집안은 가난하고, 공부는 꼴찌를 다투며, 지독한 음치인 데다가, 내성적인 성격의 소유자이다. "나는 교실에서 아무 존재감도 없는 아이였다. 조용하면서 공부도 못하는 아이들은 있어도 티가 안 나고 없어도 티가 나지 않는다. 있어도 그만이고 없어도 그만인 아이가 바로 나였다"(p. 73).

『새는』의 인물구성이나 사건전개는 단순한 편이다. 주인공인 은호를 포함해서 세 명의 남학생과 두 명의 여학생이 등장한다. 남학생들의 경우 집안 형편과 학교 성적을 기준으로 계층적인 스펙트럼이 형성된다. 집도 부자고 공부도 잘하는 반장 민석, 집은 잘살지만 공부는 지지리 못하는 호철, 집도 가난한 데다가 공부마저 못하는 은호가 그들이다. 반면에 여학생들의 이미지는 유사하다. 여학생 학급의 반장인 은수와 기타 학원에서 만난 동급생 현주는 공부도 잘하고 얼굴도 예쁘고 집안도 좋으며 교양에 대한 관심도 남다르다. 『새는』의 핵심적인 서사는 은수·은호·현주 사이에 잠재적으로 형성된 연애의 삼각구도 위에서 전개된다. 은수·은호·현주의 자리는 각각 태양·지구·달에 비유할 수 있다. 은호의 시선이 태양처럼 빛나는 은수를 향하고 있다면, 현주는 은호의 주변을 맴도는 달과 같은 조력자이다. 현주는 훌륭한 기타 합주자였고 탁월한 문학선생이자 과외선생이었다. 또한 은수와 은호의 관계가 당시의 고교생 영화를 지향한다면, 은호와 현주의 관계는 바보온달과 평강공주의 이야기를 연상하게 한다.

결정적인 사건은 은호의 사랑이다. 체육시간에 우연히 바라본 은수의 모습에 은호가 넋을 잃을 정도로 매혹당해버린 것. 체육시간이면 남모르게 줄곧 은수의 모습을 바라보았으며, 눈으로 사진을 찍어서 일주일 내내 그녀의 이미지만 머릿속에 떠올렸다. "사귀지 않아도 멀리서 얼굴 한 번 보는 것"(p. 70)이 은호가 가진 열망의 전부였다. "묘한 열망이었다. 나는 그녀를 멀리서 바라보는 것만으로도 충분히 만족하고 있다. 그러나 다른 한편 뭐라도 잘해서 그녀의 눈에 띄는 존재가 되기를 바라고 있기도 하다"(p. 56). 은수를 바라볼 수 있는 자리에 있거나 은수가 볼 수 있는 존재가 되는 것이 은호의 욕망이었다. 어떻게 해야 할까. 1980년대를 다룬 영화 「품행제로」에도 등장하는 소품인데, 당시에는 클래식 기타의 상징성이 상상 외로 대단했다. 은호의 선택 역시 클래식 기타였다. 기타를 배우기 위해 신문배달을 했고, 깨어 있는 모든 시간을 기타 연습에 할애했고, 멋진 기타

214

연주로 학교 축제의 대미를 장식하며 1학년을 마쳤다. 그 다음의 선택은 은수가 활동하는 문예반이었다. 2학년 내내 카뮈의 『이방인』이나 카프카의 『성』과 같은 문학작품을 읽었다. 문예반 활동을 통해서 자신의 존재를 은수에게 알릴 수 있었던 자신감 때문이었을까. 맨 처음 고백이 제시된다. "정은수, 나는 네가 참 좋다"(p. 164). 그 시절의 모범답변이 은수를 통해 주어진다. "우리 이제 고3이야. 그런 건 대입시험 끝난 후에 생각해도 늦지는 않을 거야"(p. 165). 처음에는 기타였고 그 다음이 책(문학)이었다면, 이제는 공부인 셈이다. 고3 동안 필사적으로 공부한 은호는 서울의 유명 사립대에 합격한다. 그리고 은수를 만나지만 되돌려받은 말은 "미안해"였다. 은호를 향한 현주의 도움이 사랑이었음을 뒤늦게 알게 되지만, 우정 이상의 감정을 가지기는 어려운 상황이었다. 셀 수 없는 소주병과 더불어 사랑과 우정이 엇갈리며, 그렇게 그렇게 한 시절이 마감되었던 것. 세월이 흘러 이제 대학을 졸업하고 사회인이 되었지만, 노래하는 의미도 모르며 노래했던 그 시절이 가슴에 별처럼 남아 있을 수밖에.

자신이 화자이자 관찰자이며 주인공이자 조연이던 시절의 이야기, 삶이 이야기의 형태로 만들어지기 시작하던 시절의 이야기. 신파적이라고 느끼면서도 가슴 시린 대목이 있게 마련이다. 하지만 문득 그런 생각도 들었다. 데뷔작 『동정 없는 세상』(문학동네, 2001)에 주인공 준호의 삼촌으로 등장하는 명호씨의 고등학교 시절 이야기는 아닐까 하는 생각. 어쩌면 『새는』은, 작품의 배경인 2001년을 기준으로 몇 년 전에 서른을 넘겼으며 명문대 법대 출신의 백수 출신인 명호씨 또는 그 세대의 이야기일지도 모른다.

3

널리 알려진 것처럼 작가의 데뷔작 『동정 없는 세상』(이하 『동정』)
은 2000년 겨울에 수능을 치렀던 신세대의 일상과 고민을 감각적으
로 그려낸 성장소설이었다. 두번째 장편소설인 『새는』은 1984년부터
1986년까지 고등학교에 다녔던 세대의 경험과 추억을 되살려내고 있
는 작품이다. 한눈에 『새는』과 『동정』이 짝패를 이루는 관계에 있음
을 알 수 있다. 『동정』이 인터넷을 통해서 포르노그래피가 일상화된
21세기 디지털 시대의 성장소설이라면, 개인용 편집 테이프를 되감
아서 듣는 경험을 작품의 구성방식으로 채택하고 있는 『새는』은 그
자체로 아날로그 시대의 성장소설이다. 보다 구체적으로 말하자면
『새는』은 1960년대 중후반에 태어나 1980년대 중후반에 대학을 다녔
던, 386 중후반 세대들의 허구적 자서전인 셈이다. 문단을 통해 그다
지 많은 작가를 배출하지도 못했고, 그래서 자기 세대의 경험에 대한
문학적 기억도 풍부하게 축적하지 못한 세대를 위한 기록인 것이다.

박현욱의 『새는』에 표현된 386 중후반 세대의 고등학교 시절이란
어떤 것이었을까. 거칠게나마 한국전쟁 이후의 문학적 세대론을 점검
해볼 필요가 있을 것이다. 영화 「대장 불리바」를 보면서 전후의 칙칙
한 일상 너머에서 꿈과도 같은 환상을 보았던 할리우드 키드(안정효)
들이 있었고, "오늘은 왠지~"로 시작하는 음악다방 디제이의 멘트를
들으며 1970년대 청년문화를 내면화했던 이인성 세대가 있었고, 이
소룡의 무도정신을 숭상하며 세운상가가 제공하는 해적판 문화에 감
수성의 뿌리를 내렸던 유하의 세대가 있었다. 아마도 그 다음이 박현

욱이 속한 386 중후반 세대의 자리가 아닐까. 영화 「닥터 지바고」를 극장에서 보며 문화적 충일감을 느끼고 디제이가 나오는 신당동 떡볶이집에서 수다를 떨곤 했던 학력고사 세대. 전교조 1세대이며 운동권 문화의 끝자락에서 대학 생활을 보냈던 김연수와 백민석의 세대가 그 뒤를 이을 것이며, 조금 더 시차를 둔다면 포르노그래피에서 유토피아의 편린을 발견하는 『동정』의 세대(1980년 이후 태생)와도 만나게 될 것이다.

　386 중후반 세대의 중고등학교 시절에서 중요한 사건은 1983년에 있었던 두발 및 복장 자유화가 아니었을까. 『새는』에 나타나 있듯이, 교복의 시대가 끝나자 기호와 이미지의 시대, 또는 브랜드의 시대가 펼쳐졌다. 세상이 기호와 이미지로 구성되어 있음을 알려준 선생은, 나이키의 로고와 죠다쉬 청바지의 말머리 로고였다. 386 중후반 세대는, 가장 섬세한 감수성을 가지고 있던 시기에 상품이 아니라 상품의 기호와 이미지를 통해서 자본주의를 이해하는 원초적인 경험을 가졌던 세대이다. 이들에게 세상은 기호와 이미지였다. 가난함과 부유함의 차이는 자택인가 전세인가 또는 텔레비전과 냉장고를 소유하고 있는가에 의해서 가려지지 않는다. 빈부는 나이키 운동화와 말표 운동화 사이에서 결정된다. 이제 신발이나 청바지와 같은 유개념은 존재하지 않는다. 신발이라는 사용가치적인 개념이 아니라 나이키·푸마·아디다스·프로스펙스·나이스 등과 같은 기호-이미지의 차원이 실체화되는 것이다. 청바지 일반이 아니라 죠다쉬·리바이스·캘빈 클라인으로 푸른색의 바지가 존재하기 시작한 시기였다. 기호와 이미지의 시대에 새로운 수사학이 등장한다. 나이키가 부유함과 진본성을 상징한다면, 나이스는 가난함과 허위성을 상징했다. 보다 면밀한 검

토가 필요하겠지만, 386 중후반 세대를 두고 청소년기에 자본주의를 기호와 이미지로서 체험한 첫 세대라고 해도 크게 틀리지는 않을 것 같다.

『새는』에는 1980년대 중반의 고등학생이 경험할 수 있는 세대 풍속이 그려져 있어서 그 자체로 주목의 대상이 된다. "고등학생들의 역사는 주로 분식점과 음악다방 그리고 교회에서 이루어졌고, 남은 부분을 학교 축제가 담당했다"(p. 74)라는 문장 속에 작가의 세대감각이 고스란히 드러난다. 소피 마르소와 피비 케이츠 사진을 코팅한 책받침을 한 장씩은 가지고 다녔던 시절, 어느 오락실에서든지 갤러그와 인베이더의 초절정 고수들의 현란한 손놀림을 구경할 수 있었던 시절, 조반니노 과레스키의 『신부님, 우리들의 신부님』을 읽으며 엽기적인 신부님의 행적에 웃음을 터뜨렸던 시절, 등판한 4게임에서 모두 완투승을 거둔 최동원의 괴력에 힘입어 롯데가 한국시리즈의 패권을 움켜쥐었던 시절…… 386 중후반 세대의 시선으로 보더라도 조금은 낯설고 촌스러운 시간들이 아닐까. 하지만 이제는 개인적인 경험과 기억 속에서 조심스럽게 먼지를 털어내고 다시금 되살려내야 할 고고학적인 대상인지도 모른다.

4

앞에서도 지적한 바 있지만, 박현욱은 각기 다른 두 세대의 성장소설을 썼다. 정확하게 표현하자면, 두 소설은 모두 한 개인이 사회에 진입하는 과정과 관련된 이니시에이션(initiation, 入社) 모티프들을 적용한 소설들이다. 데뷔작 『동정』은 1980년대 초반생들을 다루었고, 두번째 장편 『새는』은 1960년대 중후반생들에 초점을 맞추었다. 연대기적으로 대략 15년 정도의 차이가 나는데, 작가가 포착한 두 시기의 세대적인 감수성 사이에 가로놓인 차이를 훔쳐보는 것도 하나의 즐거움이다. 『새는』의 욕망이 좋아하는 여학생을 멀리서나마 '한 번 보는 것'이라면, 『동정』에서는 여자친구와 어떻게든 '한 번 하는 것'으로 모든 욕망이 집중된다. 거시적인 측면에서 보자면 낭만주의에서 포르노그래피로 감수성의 중심이 옮겨간 것이라 하겠다. 구체적인 양상에서는 카프카의 『성』과 카뮈의 『이방인』으로 대변되는 교양주의의 차원(『새는』)과 「마님 사정 볼 것 없다」 「비 오는 날의 도색화」로 대변되는 패러디 문화의 차원(『동정』)이 맞서고 있는 형국이다. 상식적인 설명이 되겠지만 낭만주의와 포르노그래피, 교양주의와 패러디 문화라는 구별은 문화적인 우열(優劣)이 아니라 각 세대가 가지고 있는 감수성의 핵심을 드러내고 있을 따름이다. 그렇다면 '한 번 보는 것'과 '한 번 하는 것' 사이에는 감수성의 구조의 근원적인 변화와 관련된 역사적인 단절이 놓여 있었던 것은 아닐까. 하지만 차이만 존재하는 것은 아니다. 기호와 이미지에 대한 욕망에 있어서는, 그리고 기호와 이미지에 대한 매혹을 부분적인 현실 속에서 구현하고자 한다는 점에서는, 『동정』의 세대나 『새는』의 세대가 별다른 차이를 보이지 않는다.

이야기의 큰 틀에만 주목한다면, 박현욱의 두 소설은 오이디푸스 콤플렉스가 지연되었다가 사춘기(정확하게는 고등학교 시절)에 이르러서야 본격화되는 양상을 보인다. 주인공들은 계층화되어 있는 현실 속에서 자신의 위치가 주변부에 마련될 수밖에 없음을 이미 자각하고

있다. 또한 사회적인 억압을 상징하는 아버지도, 무의식적인 애정의
대상인 어머니도 등장하지 않는다. 아버지는 부재하거나(『동정』) 희
미할 따름이며(『새는』), 형편의 차이는 있겠지만 어머니가 생계를 꾸
려나가고 있다. 어머니의 모습은 애정의 대상이라기보다는 단순한 동
거인이거나 경제적 후원인의 모습으로 나타난다. 『동정』에서는 어머
니를 '숙경씨'라고 부르며, 『새는』에서 어머니는 은호의 욕망과 무관
한 지점에 놓여 있다. 현재까지 발표된 박현욱 소설의 주인공들은 거
세 위협에 시달리지도 않는다. 그들에게는 맞서 싸울 아버지조차 없
다. 따라서 오이디푸스 이전의 잃어버린 낙원으로 돌아갈 수도 없고,
오이디푸스의 투쟁을 수락함으로써 현실과 맞서 싸울 수도 없다. 하
지만 최소한의 이정표라도 있어야 하지 않겠는가. 그 이정표가 무엇
일까. 그 어떤 기호 또는 이미지가 아닐까. 사회로의 진입을 앞둔 사
춘기에 닥쳐온 오이디푸스적인 위기를 기호와 이미지에 대한 맹목적
인 매혹으로 돌파한다는 것은, 박현욱 소설의 원형적인 플롯이기도
하다.

　『동정』과 『새는』은 각각 사춘기와 이니시에이션과 오이디푸스적
위기가 중층적으로 겹쳐진 상황을 기호와 이미지에 대한 매혹으로 돌
파하는 이야기이다. 다만 개별적인 차이면서 세대론적인 차이가 개입
하면서 그 양상이 조금 달라질 뿐이다. 그렇다면 여러 가지로 복잡하
고 혼란한 상황에서 주어진 이정표들은 어떠한 것이었을까. 『동정』의
경우, 이정표(아버지의 이미지)는 포르노그래피 속의 성난 페니스가
아니었을까. 그래서 끊임없이 '한 번 하자'며 보챘던 것이다. '한 번
하자'는 '나는 페니스인가 아닌가'라는 물음이었던 셈이다. 여자친구
서영의 질 속에서 길을 못 찾아 헤매고 있는 귀여운 페니스 되기, 또

는 그녀의 질 속에서 세상으로 나가는 길을 찾는 페니스 되기가 그것. 반면에 『새는』의 경우에는 팔루스가 무의식적 참조의 대상이다. 은수를 멀리서나마 한 번 보고자 하는 은호의 욕망은, 그녀가 먼 곳에서 바라볼 수 있는 그 무엇(팔루스)이 되고자 하는 욕망과 동시에 생겨난다. 바라봄과 보여짐의 동시산출이라 할 터. 1학년 때의 클래식 기타, 2학년 때의 문학, 3학년 때의 학과공부는 모두 그 당시 은호가 선망했던 팔루스의 드러난 기표들이다.

그렇다면 『새는』의 은수와 『동정』의 서영은 어떠한 존재들인가. 라캉의 용어를 비유적인 방식으로 적용할 수 있다면, '대상 a(object petit a)'에 어느 정도 근접해 있지 않을까. 은수와 서영은 욕망을 불러일으키는 블랙홀이다. 상상적인 것과 상징적인 것이 만들어놓은 원근법적 풍경에 실재하는 소실점이며, 기표를 작동시켜 주체를 반복충동으로 몰아넣는 결여이다. 박현욱 소설의 여자 주인공들은 남자 주인공들을 쾌락원칙에 따라 움직이게끔 하는 기호-이미지이며, 주체를 끊임없이 욕망의 회로 속에서 순환시키는 동인이다. 흥미로운 것은 쾌락원칙에 대한 맹목적인 추구가 가져오는 실제적인 결과이다. 욕망의 비극적인 파탄? 잘못 짚었다. 박현욱의 작품들에 의하면 남자 주인공들은 상상적인 죽음의 단계(사춘기 특유의 몰입)를 거치면서 쾌락원칙의 끝자락에 이르면 자연스럽게 사회의 상징적 질서 속에 자리를 잡는 것으로 나타난다. "별빛에 이끌려가던 중에는 혹시 행복하지 않았을까"(p. 267). 쾌락원칙에 충실하며 자신이 욕망하는 이미지에 몰입함으로써, 자신을 포함한 비루한 현실을 죽음의 지점으로까지 몰아가본 사람만이 털어놓을 수 있는 고백일 수도 있겠다는 생각. 조금은 싱겁고 맹숭맹숭한가. 이 지점에서 야구와 관련된 구절 하나를 작품으로부터 인용해서, 작가와 독자에게 나누어줄 밖에. "섬세해서 지루할 때도 있지만 지루한 재미라는 것도 있지 않겠어?"(p. 186)

〔2003〕

숨쉬기의 무의식에 관하여

─천운영의 「명랑」[1]

1

천운영의 두번째 소설집『명랑』은 그다지 명랑하지 않다. 어찌 보면 당연한 일이기도 한데, 표제작 「명랑」에 등장하는 '명랑'이란 민간에서 유통되는 약의 일종이기 때문이다. 몸이 아플 때마다 늙은 할머니는 수시로 하얀 가루인 명랑을 먹는다. 노인네에게 통증이란 죽음이 임박했다는 일종의 신호가 아니겠는가. 죽음이 다가오고 있다는 사실을 잊어버리기 위해서 주문을 외듯이 명랑을 입에 털어넣는다. 명랑을 먹으면 목숨이 보충이라도 된다고 생각하는지도 모른다. 그렇다면 명랑을 먹는 명랑하지 못한 삶의 의미는 무엇일까. 약을 늘 복용해야 할 정도로 삶이 아프다는 것, 하지만 고통스러운 삶일지라도 명랑이 제공하는 의학적 효능과 심리적 위안에 기대어 목숨을 이어가

1) 천운영,『명랑』, 문학과지성사, 2004.

고 싶다는 것. 명랑이라는 약 이름의 한쪽에는 죽음의 공포에 시달리는 고통스러운 모습이 있고, 다른 쪽에는 삶에 대한 본능적인 희구가 가로놓여 있다. 천운영의 소설에 의하면, 삶은 이미 언제나 죽음에 의해 억눌려 있다. 죽음의 그림자를 밀어내지 않고서는 도무지 삶이 보이지 않는다. 하지만 억지로라도 밀어낼 죽음의 그림자마저 없다면, 스스로 살아 있다는 사실을 달리 확인할 방법도 없다. 명랑을 습관적으로 복용하던 할머니의 유골(遺骨) 가루를 조금씩 맛보며 살아가는 손녀의 모습은, 천운영 소설의 근원적인 이미지이다. 삶은 죽음에 의해서 보충되고, 죽음은 삶에 의해서 연기(延期)된다.

2

삶이라는 글자 위에 겹쳐져 쓰어진 죽음이라는 글자. 이것은 천운영 소설에 등장하는 모든 인물들의 근원적인 표정이다. 죽음이라는 글자 아래로 삶이라는 글자가 보이지 않겠는가. 삶이라는 글자를 읽기 위해서는 죽음이라는 글자를 거쳐 가야 하고, 죽음 아래로 보이는 삶은 무의식적 욕망의 대상이 된다. 죽음이라는 억압이 삶이라는 욕망을 구성한다.

그렇다면 언제부터 삶 위에 죽음이 겹쳐졌던 것일까. 소설집 『명랑』에 수록된 여러 작품들의 등장인물들을 살펴보면, 출생부터 유년에 이르기까지 죽음 또는 버려짐의 경험이 낙인처럼 찍혀져 있음을 발견하게 된다. 혼전(婚前) 임신으로 생긴 아이를 지우려고 병원에 갔다가 어쩌다 보니 낳게 된 아이였거나(「세번째 유방」), 출산 과정에

서 엄마가 죽어서 엄마의 얼굴을 본 적이 없거나(「아버지의 엉덩이」),
아버지가 덜렁 임신만 시켜놓고 다방 여자와 도망을 가는(「늑대가 왔
다」) 경우들이다. 또는 어렸을 때 상여를 쫓아 나갔다가 미아가 되어
부모도 고향도 모르고 살았거나(「그림자 상자」), 어머니가 시골의 절
근처에다가 아이를 내버려두고 도망을 갔거나(「멍게 뒷맛」), 엄마 뱃
속의 동생이 미워서 고양이를 데려다놓았더니 동생이 정말로 죽어버
렸거나(「모퉁이」), 집안 사정 때문에 어릴 때부터 부모와 떨어져 시
골 학교의 교사(校舍)에서 길러지기도 한다(「세번째 유방」). 출생과
더불어 또는 성장 과정에서 생겨난 정신적 상처trauma가 죽음이라는
기호를 삶에 각인했음을 알 수 있다. 정신적 상처 때문일까. 대부분
의 등장인물들은 자폐적인 성격을 형성하며 외부 세계를 부정적인 것
으로 경험한다.

하지만 정신적 상처가 죽음을 각인시켜놓은 것만큼이나, 등장인물
들이 갖는 삶에 대한 꿈Traum 역시 대단히 강렬하다. 인물들이 자폐
적일수록, 세계와의 경험이 부정적일수록, 삶(생명의 진정한 발현)에
대한 욕망은 더더욱 강렬해진다. 소설집 『명랑』에서 삶에 대한 욕망이
구체화되는 양상은 크게 세 가지이다: 페티시fetish, 판타지fantasy,
희생 제의.

첫번째 양상은 '상처 없는 몸'에 대한 희구이다. 정신적 상처에 대
한 심리적 보상의 차원에서 상처 없는 몸이 욕망의 대상으로 구성되
며, 상처 없는 몸을 상징하는 사물이나 신체 기관은 페티시(사물 숭
배 또는 신체의 일부분에 대한 에로틱한 집착)의 대상이 된다. 단편
「명랑」은 발에 대한 집착을 보여주며,「세번째 유방」에서는 젖꼭지에
대한 집착이 제시된다.

(가) 여자는 남자의 손을 하나도 빼지 않고 다 기억할 수 있었다. 잘 숙성된 수제비 반죽처럼 희고 몰캉몰캉한 손. 〔……〕 긁힌 상처 하나 없는 남자의 손을 만질 때마다 여자는 음식을 먹을 때처럼 배가 불러왔다. 여자는 남자의 손에서 세상을 보았다. 그리고 여자는 남자의 손에서 출렁이는 바다와 깊은 굴을 본 것도 같았다. (p. 115)

(나) 그녀〔할머니―인용자〕의 발은 전족(纏足)을 한 것처럼 작고 위태롭다. 14문 버선을 벗기면 아기처럼 보드랍고 작은 발이 숨겨져 있다. 굳은살 없는 뒤꿈치는 땅 한 번 디뎌보지 않은 살처럼 동그랗고 야들야들하다. 〔……〕 그녀가 버선을 벗고 발을 씻을 때면 그녀의 발에서는 달짝지근하면서도 비린 풋내가 풍기는 듯하다. 나는 향긋한 풀 냄새를 맡으며 버선을 벗긴다. (p. 14)

사물이나 신체 기관에 대한 집착은 병적인 증상이다. 하지만 증상은 즐거움을 가져다주기 때문에 유지된다. 죽음과 관련된 트라우마를 가지고 세계의 부정성을 경험하면서 사는 사람들의 입장에서라면, 자신이 살아 있다는 자기 확신을 가져다주는 부분적인 표지들에게 모든 리비도를 즐겁게 집중할 수밖에 없다. '긁힌 상처 하나 없는' 남자의 손과 '땅 한 번 디뎌보지 않은' 것 같은 할머니의 발은 모두 상처 없는 몸에 대한 욕망을 대변한다. 집착의 대상으로서 손과 발은 세상과 통하는 문 또는 초인종이라는 의미를 갖는다: "내게 있어 세상과 통하는 유일한 문은 할머니였고, 할머니의 젖꼭지는 그 문을 들어가기 위한 초인종이었어. 할머니의 젖꼭지를 누르면 문이 열리고 수천 개의 세상이 펼쳐졌지"(p. 134). 그렇다면 손과 발 또는 젖꼭지를 통해서 다가가고자 했던 세상은 무엇일까. 그것은 바다이고 풀 냄새이다. 뒤에서 다시 살피게 되겠지만, 바다는 생명의 원천이자 여성성의 원형적 상징이고, 풀 냄새는 순환하는 식물성의 논리를 대변한다.

두번째 양상은 판타지이다. 대표적인 작품이 「늑대가 왔다」이다. 숯을 굽는 가마가 있는 마을에서 어머니와 살고 있는 어느 소녀의 이야기이다. 소녀는 늑대에 집착한다. 왜 늑대일까. 늑대는 모녀를 버리고 떠난 아버지의 은유이며, 소녀가 살고 있는 세계의 부정성을 완화시킬 수 있는 상징이며, 동시에 자신이 원하는 자신의 모습을 비추어주는 환상의 거울이다. 소녀는 말한다. "하얀 늑대가 너희들을 잡아먹을 거야. 그리고 나를 북극으로 데려다줄 거야. 나는 원래 에스키모였어. 늑대들이 나를 보호해주지"(p. 50). "잘못해서 여기 있는 거야, 나는 지금. 하얀 늑대가, 하얀 늑대가 나를 거기로 데려다줄 거야"(p. 50). "그래 나는 늑대야"(p. 51).

소녀는 태어나기도 전에 아버지로부터 버림받았고, 아버지가 돌아오자 어머니에게서도 외면당한다. 늑대 이야기는 소녀의 정신적 상처와 존재론적인 결여를 보충하기 위해서 스스로 마련한 욕망의 판타지이다. 그것은 자신의 비루한 출생 이야기를 신화적 차원으로 옮겨놓고자 하는 가족 로망스이기도 하다. 소녀는 늑대 퍼즐을 맞춘 후 입김을 불어넣어, 자신의 환상 속에서 살아 움직이는 늑대를 본다. 그리고 차에 치여 숨을 거둔다. 죽음의 경계 너머로 이어지는 소녀의 환상 속에서, 그녀는 순록을 사냥하는 에스키모를 따라다닌다.

순록은 이제 어디로 가요? 늑대 여인이 데려가지. 늑대 여인이 뼈를 맞추고 숨을 불어넣으면 순록은 다시 제 무리에서 태어난단다. 우리도 죽으면 늑대 여인이 데려가요? 그럼 데려가고말고. (p. 69)

늑대와 관련된 환상적인 이야기에 나타나 있는 소녀의 욕망은 무엇일까. 영원히 순환하는 생명의 운동성이 아닐까. 늑대 여인은 순환하는 생명의 저변에 놓여져 있는 여성성을 상징한다.

세번째의 양상은 죽음을 불러들이는 희생 제의이다. 단편 「그림자 상자」를 보자. 칼을 맞고 싶어 하는 여자, 칼이 몸에 들어오는 느낌을 맛보고 싶어 하는 여자가 있다. 칼 맞을 자리도 배꼽 부분으로 이미 정해놓았다. 따라서 당연히 칼을 찔러줄 사람이 필요하지 않을까. 잃어버린 가족을 찾아주는 텔레비전 아침 방송에서 어린 시절에 상여를 쫓아 길을 나섰다가 집을 잃어버린 남자의 모습을 보게 된다. 그리고 그에게 칼을 찔러달라고 전화를 한다. 그 남자는 아직까지 사람을 해친 적이 없음을 나름의 긍지로 삼는 도둑이다. 여자는 남자에게 협상을 제의한다. 자신을 칼로 찌르고 보상금을 담은 가방을 훔친 다음에 휴대폰의 통화 버튼을 눌러 119구급대를 불러주면 되지 않겠냐는 것. 하지만 그들은 만나지 못한다. 약속 시간에 여자는 진짜 강도를 만난다. 그리고 배에 칼을 맞은 것이 아니라 망치로 머리를 맞는다.

왜 이런 해괴한 짓을 하는가. 천운영 소설에 무의식처럼 놓여 있는 정신적 상처를 빼놓고는 이해하기 어려운 대목이다. 희생 제의가 폭력을 희생양에게 집중함으로써 폭력의 무차별적인 확산을 막듯이, 자신의 삶 전체를 지배하고 있는 정신적 상처를 자신의 몸 일부분에 집중시키고자 하는 의도이다. 달리 말하면 희생양에 대한 폭력으로 보다 거대한 폭력을 속이듯이, 신체에 의도적으로 상처를 만듦으로써 정신적 상처로부터 스스로를 속이고자 하는 의도인 것이다. 배꼽에 상처를 만들겠다는 것을 보면 그녀의 정신적 상처가 출생과 관련된 정신적 상처라는 사실을 역으로 추론해볼 수 있다.

칼은 형벌처럼 아무 때고 나타나 내 몸을 파고든다. 칼은 면죄부다. 내 몸에 칼이 꽂히는 상상을 하는 순간 내 몸에 대한 혐오와 증오는 사라진다. 모든 죄는 칼이 만들어내는 피로 씻긴다. 〔……〕 나는 죽고 싶은 것이 아니다. 다만 칼이 내 몸속으로 들어와 정화되는 그 순간을 맛보고 싶은 것이다. (p. 230)

에로틱하지 않은 에로티시즘, 또는 쾌락 없는 에로티시즘. 죽음에 대한 근접성(조르주 바타유)을 경험하고자 하는 그녀. 아마도 작고 상징적인 죽음을 자신의 몸에 스스로 만듦으로써, 새로운 몸(정신적 상처에 지배당하는 몸이 아니라 하나의 상처만을 가진 몸)을 가질 수 있다고 생각했을 것이다. 하지만 세상은 그녀의 치명적인 전략조차도 승인하지 않는다. 그녀는 세계의 부정성에 다시 잡아먹히고 만다.

3

『감각의 박물학』에서 다이앤 애커먼은 다음과 같은 말을 한다. "인생에서 단 두 번(시작할 때와 끝날 때)을 제외하고 호흡은 늘 쌍으로 이루어진다. 태어날 때 처음으로 숨을 들이쉬고, 죽을 때 마지막으로 숨을 내쉰다. 그 사이, 거품 같은 생을 사는 동안, 우리가 호흡할 때마다 공기는 후각기관을 통해 들락거린다. 인간은 매일 약 2만 3,040회 호흡하고, 12입방미터의 공기를 마셨다가 내뱉는다."[2] 인간은 끊임없이 호흡하고 냄새를 맡는다. 천운영 소설의 등장인물들 역시 끊임없이 호흡을 하고 냄새를 맡는다.

작품집『명랑』에는 '냄새'라는 단어가 124번이나 사용된다. 등장인물들은 냄새를 통해서 세계를 인식한다. 달리 말하면 그들은 멀찍이 떨어져서 세계를 바라보거나 세계에 관한 소식을 듣지 않는다. 그들은 호흡을 통해서 세계를 경험한다. 들이마시는 숨을 따라서 세계가 그들의 몸으로 들어온다. 그리고 외부 세계가 전달하는 여러 냄새들을 통해서 자신의 객관적 상황과 무의식적 욕망을 자각한다. '인간은 숨을 쉬는 동물이다'라는 명제는 천운영 소설의 등장인물들에게 배어 있는 근원적인 무의식이다.

그렇다면 천운영 소설의 인물들은 숨쉬기는 어떠한 양상일까. 작품집『명랑』에 등장하는 인물들은 그야말로 '숨죽이고' 사는 사람들이다. 숨을 죽인다는 것은 정상적인 호흡을 하지 않거나 하지 못하는 상황을 말한다. 호흡을 하되 숨쉬기가 크지 않을 뿐만 아니라 자유롭지 못함을 의미한다. 따라서 숨죽이고 산다는 것은 외부적으로는 억압적인 상황을, 내부적으로는 생명의 억압을 전제한다. 그들은 끊임없이 숨을 쉬고 냄새를 맡는다. 하지만 그들의 숨쉬기와 냄새 맡기는 숨을 죽인 상태에서 이루어져야 한다. 따라서 스스로에게 물을 수밖에 없다; 나는 정말로 숨을 쉬고 있는가.

숨은 생명의 분절(分節)이다. 생명의 발현은 숨쉬기를 통해서 이

---

2) 다이앤 애커먼, 『감각의 박물학』, 백영미 옮김, 작가정신, 2004, p. 19.

루어진다. 나는 정말로 숨을 쉬고 있는가라는 물음의 배후에는, 삶이
란 생명의 진정한 발현이어야 한다는 요구가 가로놓여 있다. 앞에서
호흡이라는 말을 썼지만 천운영 소설의 인물들은 호흡의 상호성을 구
현하지 못하는 비극적인 존재들이다. 그들은 숨을 들이쉬며 세계의
냄새를 맡을 뿐이다. 가끔은 밥 익는 냄새나 치자꽃 냄새처럼 향기로
운 것도 있지만, 대부분은 썩는 냄새나 퀴퀴한 냄새처럼 죽음을 연상
시킨다. 작품집 전체에 걸쳐서 124번이나 사용된 '냄새'라는 말에서
알 수 있듯이, 그들의 호흡은 수동성을 강요당하는 양상을 보인다.
달리 말하면 숨죽이고 사는 상황에서, 내쉬기보다는 들이쉬는 쪽이었
던 셈이다. 호흡이란 내쉬기와 들이쉬기의 상호성인데, 그들은 제대
로 숨을 내쉬어본 적이 없다.

   그렇다면 언제쯤 숨을 내쉴 수 있을까. 어떻게 하면 입김을 세계에
풀어놓을 수 있을까. 페티시가 필요한 이유도, 판타지를 만들어야 했
던 이유도, 희생 제의를 치러야 했던 이유도 바로 여기에 있다. 죽음
을 불러들이는 제의적인 몸짓은 숨을 제대로 한 번 내쉬기 위함이었
던 것이다. 인간은 태어날 때 처음으로 숨을 들이쉬고, 죽을 때 마지
막으로 숨을 내쉬기 때문이다. 「늑대가 왔다」의 소녀는 자신의 입김
을 퍼즐의 늑대에게 부여하고는 교통사고로 목숨을 잃는다.

   소녀는 퍼즐판에 조각을 맞추기 시작한다. 〔……〕 잃었던 마지막
   조각을 판에 끼워넣는다. 늑대가 제 모습을 갖춘다. 소녀는 코끝에서
   부터 꼬리까지 손끝으로 세심하게 쓰다듬는다. 늑대야, 이제 나 좀 데
   려가렴. 소녀의 훈훈한 입김이 퍼즐에 가 닿는다. 소녀의 눈에 늑대가
   어린다. 그림 속 늑대가 서서히 몸을 부풀린다. 두 발을 쭉 뻗어 기지

개를 펴고 몸을 흔들어 턴다. 흰 털이 부스스 일어난다. 늑대가 소녀의 코에 코끝을 비비고는 가마를 뛰쳐나간다. (p. 67)

자신이 좋아하는 대상에게 숨을 불어넣어주고 싶다는 욕망은 「아버지의 엉덩이」에서도 찾아볼 수 있다. 할머니가 돌아간 이후로 아버지는 다가오는 죽음의 공포를 홈쇼핑에서 물건 사재기로 맞선다. 아버지의 터무니없는 행동을 바라보며 주인공 남자는 어머니가 시집올 때 해온 이불을 들고 집에서 나온다. 솜을 틀기 위함이다. 왜 이불의 솜을 틀려고 하는 것일까. 이불은 남자 주인공의 생명을 만들었던 부모의 몸짓이 존재한 적이 있었던 사물이다. 그 오래된 이불의 솜을 트는 일이란, 눌린 솜의 섬유질 사이로 공기-바람-숨을 불어넣는 일에 해당할 것이다. 초등학교 여자 동창생에게 솜을 틀어달라고 부탁한 후, 그가 혼절하는 것은 지극히 당연하다. 혼절이란 작은 죽음이고, 죽음의 순간에야 숨을 내쉴 수 있기 때문이다.

죽음의 지점에서 숨 내쉬기는, 「멍게 뒷맛」에서 추락을 통해 바람을 만드는 것으로 변용되어 나타난다. 「멍게 뒷맛」에는 남편에게 폭행을 당하면 이웃집에 살고 있는 여자 주인공을 찾아와서 멍게를 먹는 여자가 등장한다. 여느 때처럼 남편과 싸운 그녀는 여자 주인공을 찾지만 문은 열리지 않는다. 그리고 아파트 베란다에서 떨어졌다. 바람을 만들어낸 것이다. 추락의 이미지는 「입김」에도 등장한다. 남자 주인공은 공사가 중단된 건물에서 살고 있는데, 우연히 발견한 낫 때문에 쫓겨나게 된다. 낫을 들고 건물로 되돌아와 엘리베이터 문을 열고 아래로 뛰어내린다.

그가 추락하는 동안 술렁임처럼 옅은 바람이 일었다. 그는 영원히 건물 속에 머물고 싶었다. 그의 몸에 벌레들이 알을 까고 살이 썩고 뼈가 가루가 될 때까지, 그리하여 건물 구석구석 스며들 때까지 건물에 남아 있고 싶었다. 〔……〕 그의 입가에 미소가 떠올랐다. 눈앞에 섬광처럼 낮이 지나갔다. 그의 몸이 건물 한 부분에 닿자 건물 안에는 입김처럼 미세한 바람이 불었다. (p. 220)

추락은 죽음을 가져오는 동시에, 입김을 불어넣듯 바람을 일으킨다. 내쉬기와 들이쉬기의 상호성이 구현된 호흡을 하고 싶다는 욕망은, 그래서 치명적이다. 자신이 제대로 된 호흡을 하는 생명체라는 사실을 확인하는 일은 죽음을 담보로 하고서야 가능한 일이기 때문이다. 생명을 확인하기 위해서 죽음을 거쳐야 한다는 아이러니는, 어쩌면 천운영 소설의 미학적 핵심일지도 모른다. 소설의 인물들은 죽음의 지점에 이르러서야 숨을 내쉰다. 그리고 처음이자 마지막으로 제대로 된 호흡을 완성한다.

그렇다면 죽음을 무릅쓰면서까지 그들이 숨을 내쉬고자 했던 이유는 무엇일까. 무엇이 죽음 너머로까지 그들을 불러들였던 것일까. 남자의 상처 없는 손에서 바다를 보았던 이유, 할머니의 발에서 풀 냄새를 맡았던 이유, 별다른 이유도 없이 이불의 솜을 틀어야 했던 이유, 남편의 폭행 다음에는 멍게를 먹어야 했던 이유, 배꼽 부위에 칼을 맞아야 했던 이유는 동일한 것이다. 생명의 근원에 다가가기 위한 처절한 몸짓이기 때문이다.

(가) 멍게를 삼키는 당신의 얼굴에 작은 파랑이 일었다. 멍게 돌기를

오독오독 씹을 때는 바위에 부딪치는 거친 파도 소리가 들려왔다. 당신의 얼굴을 보는 것만으로도 내 입 안에는 바다가 들어찼다. (p. 81)

　(나) 낫이 풀더미 위를 스치듯 지나갔다. 불현듯 일렁이는 바람. 그결에 묻어오는 풀잎만큼의 존재감. 갑자기 낫에 베여나갔을 풀잎들의 기운이 느껴졌다. 잘린 풀들과 함께, 낫이 되기까지의 나무와 철의 내력까지도 느껴지는 듯했다. 그가 태어나지 않았던 시절, 쇠와 돌과 나무만이 존재했던 시절로 돌아갈 수는 없을까. 그는 더욱더 세차게 낫을 휘둘렀다. (p. 203)

　인용문 (가)를 보자. 여자가 멍게를 먹고 있다. 그녀는 멍게를 먹으면 살고 싶어진다고 말한다. 왜 하필이면 멍게인가. 그녀가 제시하는 이유는 단순하면서도 의미심장하다. 멍게의 돌기가 여성의 젖꼭지를 닮았기 때문이라는 것. 멍게는 생명의 여성적 원천, 또는 자궁의 바다를 상징한다. 인용문 (나)에서 낫으로 풀을 베는 남자는, 그가 태어나기 이전의 쇠와 돌과 나무만이 존재했던 시절로 돌아가고 싶다는 욕망을 품는다. 아마도 풀잎의 존재감, 또는 생명의 소박한(있는 그대로의) 존재감을 느꼈기 때문일 것이다. 바다와 풀(냄새)은 생명의 근원을 상징하는 비유들이다. 바다는 생명의 여성적 근원의 상징이고, 풀은 영원히 순환하는 원초적인 생명의 존재를 대변한다. 생명의 원천은 천운영 소설의 출발점인 동시에 끝내 도달하지 못할 목표가 아닐까.

4

동어반복을 통해서만 표현될 수 있는 진정성의 차원이 있다. 천운영 소설에도 그와 같은 진정성의 차원이 존재한다. 삶은 삶이다 또는 생명은 생명이다라는 동어반복을 통해서 표현되는 진정성이 그것이다. 하지만 소설의 등장인물들은 삶이 삶일 수 없고 생명이 생명일 수 없는 부정적 상황을 살아간다. 그래서 그들은 숨어서 숨죽이고 살아간다. 그들은 한 가지 사실만 알고 있는 듯하다. 생명은 생명이어야 하는데, 생명은 생명이 아니라는 것. 어쩔 수 없이 생명의 근원으로 나아가야 한다는 것. 따라서 생명이 생명이라는 사실을 알려주는 파편적인 은유에 목숨을 걸고 집착할 수밖에 없다.

생명의 발현은 호흡의 상호성을 통해서 분절적으로 진행된다. 하지만 소설의 인물들이 처한 현실은 호흡의 상호성 자체를 억압한다. 정신적 상처와 세계의 부정성은 그들에게 숨을 들이쉬며 죽음의 냄새를 맡도록 강요한다. 그들은 숨을 제대로 내쉬어본 적이 없다. 호흡의 상호성이 파괴된 상황이라면, 생명의 발현은 위축되거나 억압되어 있을 수밖에 없지 않겠는가. 그래서 그들은 숨을 쉬고자 한다. 자신이 숨을 쉬며 생명을 영위하는 존재라는 사실을 확인하고자 한다. 비록 그 과정에서 죽음에 이르게 될지라도 말이다. 그리고 호흡의 끝에서 생명의 원천에서 전해지는 냄새를 맡는다. 삶과 죽음의 경계에서 피어오르는 환상처럼. 그 지점에서 천운영의 소설들이 묻는다.

당신은 제대로 숨을 쉬고 있나요……

〔2004〕

경제적 불황의 문화적 징후들[1]

1. 그 어떤 애매함을 동반하는 불황

경제에 대해서는 문외한이지만, 2004년 들어 경제 전문가들이 내놓은 경제 진단이나 전망처럼 불명료한 경우도 없었던 것 같다. 2004년에 한국개발연구원KDI이 내놓은 경제 진단에는 불확실성이 가득하다. 쉽게 말해서, 잘 모르겠다는 것이다. 전반적으로 가계부채가 조금씩 줄어들고 있고, 실질 금리는 마이너스이지만 저축률은 상당히 높은 편이며, 수출은 사상 최대의 흑자를 기록할 전망이다. 하지만

---

1) 제목과는 달리 불황의 문화적 징후를 읽어내는 데 있어 부족함이 많은 글이다. 대상을 확정하기도 어렵고 개인적인 감각을 일반화할 수도 없는 노릇이어서, 2000~2004년 사이의 종합일간지와 시사주간지 기사를 대상으로 불황의 문화적 징후들을 검색하고 분류하고 주제화하는 방법을 택했다. 문화의 현장을 기록한 여러 기자들의 기사가 아니었다면 씌어질 수 없는 글이다. 감사를 드린다. 불황과 문화의 인과적인 관계는 조금도 염두에 두지 않았으며, 불화의 시대와 병치되어 있는 문화적 흐름들을 제시하고자 했을 따름이다.

소비와 투자는 줄어들고 있다.[2] 왜 그럴까. 전문가들은 1960년대 이래로 추진되어온 산업화 위주의 경제정책이 한계에 부딪혔기 때문이라거나, 기업이나 개인과 같은 개별 경제발전주체가 불안감에 젖어 있기 때문이라거나, 말로만 개혁을 외치는 무능한 정치권과 일관성 없는 정부에 대한 불신 때문이라고 말을 한다. 더 큰 문제는 불황의 원인을 명확하게 적시할 수도 없고, 안팎으로 가로놓인 불확실성의 요인들 때문에 경기에 대한 전망을 하기도 어렵다는 점이다.

한국개발연구원은 10월 중에 발표할 예정이던 올해 3/4분기 경제전망보고서를 내지 않기로 했다. 1997년 외환위기 이후 7년 만에 처음 있는 일이다. 수도 이전에 대한 헌법재판소 위헌결정과 그에 따른 파장을 예측하기가 쉽지 않고, 그 밖에도 국제 유가의 고공행진, 원화가치 절상, 미국 대통령 선거와 북핵 위기 해결의 향방 등과 같은 불확실성의 요인들이 가로놓여 있어서 경제전망이 쉽지 않다는 것이다.[3] 사정을 이해할 수 없는 것은 아니지만, 한국경제가 불확실성이 지배하는 불황에 처해 있기 때문에 단기간의 경제 진단이나 예측이 어려울 정도로 불투명하다는 사실만큼 분명한 것 같다.

이헌재 경제부총리는 7월 14일 서울 신라호텔에서 열린 한국여성경영자총협회 여성과 경영포럼 강연에서 "지금은 뭔가 애매해서 위기라는 말이 나오는 것"이라면서 "한국경제를 환자에 비유한다면 병 가운데 가장 고치기 어려운 우울증과 무기력증에 빠진 환자와 비슷하다"고 말했다.[4] 경기가 불황이어서 심리적으로 우울하다는 이야기가

2) 「KDI, "한국경제 마음이 병들었다"」, 『서울신문』, 2004. 7. 16.
3) 「경기전망도 못하는 암울한 경제현실」(사설), 『매일경제』, 2004. 10. 30.
4) 「한국경제 우울증 걸려―李부총리 진단」, 『경향신문』, 2004. 7. 15.

아니다. 그와는 반대로 원인이 애매한 그 어떤 우울이 불황의 중요한 원인 가운데 하나일 수 있음을 지적하고 있는 것이다. 심리적 위축과 경제적 불황이 상호결속되어 있는 구조를 상정하고 있는 것으로 보인다. 부르디외 식의 어법을 뒤틀어서 적용하자면, 우울이 불황을 구조화하는 심리적인 구조가 되고, 불황이 우울의 구조화된 구조가 되어 있는 상태가 아닐까. 우리는 그 어떤 애매함을 동반하고 있는 불황을 우울하게 살아간다. 아마도 우리의 문화적 심리지도는 어떻게든 시대의 우울을 비껴나려는, 그래서 더더욱 우울한 기호와 증상과 표정들로 가득하지 않을까.

2. 숨겨진 우울증 또는 스마일 마스크 증후군

성적 좌절감, 유년기에 경험한 수유(授乳)의 곤란, 도덕적 죄책감, 억압된 분노의 표현, 자아 이상의 미달에서 오는 좌절감, 소중한 대상의 상실 등등. 지그문트 프로이트, 칼 아브라함, 멜라니 클라인, 줄리아 크리스테바 등 저명한 정신분석가들이 내놓은 우울증의 원인들이다. 자아의 근원적인 결핍감이나 사랑하는 대상의 상실과 관련된다면, 우울증은 어느 곳에서나 찾아온다. 줄리아 크리스테바가 암시했듯이, 검은 태양이 떠 있는 세상이 바로 우울이 지배하는 세계의 이미지이다.[5]

우울증은 우리 시대의 억압이 어떠한 방식으로 구성되는지를 짐작

---

5) 줄리아 크리스테바, 『검은 태양 — 우울증과 멜랑콜리』, 김인환 옮김, 동문선, 2004, pp. 13~24.

해볼 수 있는 상징적인 징후이다. 조금 더 섬세한 조사와 추론이 뒷받침되어야 하겠지만, 현재의 우울은 전통적인 억압가설만으로는 설명되지 않는 것 같다. 억압이 사라진 것은 아니지만 억압을 구성하는 관계의 망과 사회적 환경은 분명히 변했다. 따라서 억압된 것들이 회귀하는 방식과 증상 또한 바뀌었다. 맹정현이 지적한 바 있듯이, 21세기는 결여가 아닌 과잉의 시대이고, 억압이 아니라 욕망이 주체를 구성하는 원리로 자리 잡은 시대이며, 히스테리가 아니라 우울증이 지배적인 사회적 증상들인 시대이다. 우리 시대의 우울은 금지나 억압에서 연유하는 것이 아니라 '가능한 육체'와 '불가능한 육체'사이에 있다.[6)]

대규모 정리해고를 앞두고 있는 대기업의 영업직 중견간부 김모 씨(45, 서울 화곡동). 경기가 불황을 타면서 목표달성에 거듭 실패한 그는 언제부턴지 소화가 안 되고 불면증에 시달리는가 하면 이유 없이 몸무게가 빠져 병원을 전전하기 시작했다. 암이 걱정돼 소화기 내시경 검사는 물론 종합건강진단까지 받아보았지만 진단결과는 특별한 이상이 없다는 것. 결국 그는 의사의 권유로 조심스럽게 정신과 문을 두드렸다.[7)]

의사의 진단은 스마일 마스크 증후군. 얼굴은 웃고 있지만 마음은

---

6) 맹정현, 「21세기의 사회적 증상, 혹은 육체가 되는 것의 괴로움」, 문지칼럼, 2004. 1. 26. http://www.moonji.com/garden/column_view.php?no=64&rel_no=1&page=1&idxfield=&qry_str=문지칼럼
7) 「남성 스마일 마스크 증후군 "sos"」, 『국민일보』, 2001. 4. 4.

절망감으로 우는 사람들을 지칭하는 말이다. '숨겨진 우울증'이라는 뜻의 스마일 마스크 증후군은 다양한 신체적 증상이 특징이다. 소화불량, 체중감소, 성욕감퇴, 두통, 불면, 복통, 자신감 감소 등등이 나타난다. 신체적 고통보다 더욱 견디기 힘든 것은 정신적 위축감이다. 재미있는 일도 없고, 만성적인 무기력증에 시달리며, 까닭 없이 후회·절망감·자책감이 밀려든다. 미래를 예측할 수 없는 직장생활, 주변 사람들로부터 이해받고 있지 못하다는 소외감, 자아 이상에 미달한다는 자책감 등이 원인이다. 하지만 감정표현을 절제해야 한다는 사회적 요구는 기계적으로 웃는 얼굴을 연출하게 만든다. 웃는 얼굴이 억압과 우울의 증상인 셈이다.

모든 상황이 우울의 원인이면서, 어떠한 조건도 우울의 구체적인 원인으로 확정될 수 없다. 욕망은 외부에 있고, '불가능한 육체'가 자아 이상을 대체한다. 불확정적인 우울을 숨기고 있는 웃는 얼굴은, 불확실성의 불황을 살아가는 현대인의 초상이다. 어쩌면 우리는 불확정적인 우울과 불확실성의 불황이 상호조응하고 있는 시대를 살아가고 있는지도 모른다.

3. 쿨: 냉소적 이성의 우울한 포즈들[8]

한국사회의 어두운 무의식을 반영하고 있는 것일까. 쿨cool이라는 그다지 새롭지 않은 용어가 뜨거운 관심의 대상이 되고 있다. 쿨이라

---

8) 졸고, 「부유하는 자유 '쿨'」, 『주간한국』, 2003. 11. 20.

는 말이 문화적으로 사용된 것은 꽤나 오래된 일이지만, 소수의 젊은 세대들을 특징지을 수 있는 문화적인 지표 정도로 여겨졌을 따름이다. 하지만 청년실업과 고용불안이 구조화되는 사회경제적 상황과 맞물리면서 쿨은 문화적인 감수성을 표현하는 기술적인 용어의 차원을 벗어나 한국사회의 내밀한 변화를 설명할 수 있는 마술적인 용어로 떠오르고 있다.

쿨은 매우 다층적인 의미를 가진 말이다. 우리의 일상 속에서 쿨은 좋다, 멋지다, 세련되다, 유행에 맞는다 등의 의미로 사용된다. 쿨의 일차적인 의미는 도시적인 문화적 감수성을 표현하고 있는 세련됨이라고 보면 크게 틀리지 않을 것이다. 또한 쿨은 세련된 패션에 상응하는 감정처리 방식과 사회적인 태도를 가리키는 말이기도 하다. 쿨은 무언가에 집착하지 않는 깔끔한 감정처리 방식이며, 적절히 친절하지만 감정적으로 얽매이지 않는 사회적인 태도를 의미한다. 그런 의미에서 쿨은 가족이나 직장과 같은 사회적 완충지대가 안정성을 유지했던 시대와 작별하는 감정이기도 하다. 가족이나 연인처럼 친밀성에 근거한 인간관계들마저 극심한 불안정성에 노출되었고, 취업과 고용의 불확실성이 지배적인 구조로 자리 잡고 있는 상황에서, 쿨은 한국 사회의 불안한 무의식을 반영하고 있다.

쿨은 특정한 사회현상이나 유행이 아니라 어떤 상황에 반응하는 개인적인 태도들의 비(非)체계적인 체계이다. 따라서 쿨의 일반적인 원리나 일관된 표상을 찾는 것은 처음부터 불가능하다. 사회적으로 실체가 확인되는 집합적인 표상이 아니라 각각의 개인들에 의해서 구체적인 시간과 공간에 따라 제시되는 삶의 스타일이기 때문에, 쿨의 의미는 무척이나 다층적이며 혼란스러울 정도로 분산적이다. 물론 쿨은 촌스러운 것과 세련된 것을 구별하면서 세련된 것을 규정하는 감각적인 태도이다. 그렇기는 해도 과연 어떤 것이 세련된 것인가 하는 문제에 대해서는 시간이나 공간 그리고 관계에 따라서 다르게 나타난다. 비슷한 상황에서는 비슷한 반응을 보여야 한다는 생각이야말로 가장 쿨하지 않은 태도인 셈이다.

쿨하다는 것은 어디에도 얽매이지 않는다는 것이다. 스스로 구속당하지 않을 뿐만 아니라 다른 사람을 구속하지도 않는다. 한국의 온정주의적인 관계형성 방식을 생각한다면 쿨한 태도가 이질적이거나 이기적으로 느껴지는 것은 당연하다. 사회적(계약적) 관계에 화학적 변화를 일으켜 상호결속의 인간적인 관계로 전환하는 것이 종전의 코드였다면, 쿨은 사회적 관계 속에서 상호적인 탈(脫)구속성을 구현하고자 한다. 구속의 흔적들을 삭제하는 과정을 통해서 자아를 구성하고 관계를 형성해나가고자 하는 사회적 태도이자 삶의 스타일인 것이다.

그런 의미에서, 쿨은 포스트잇을 닮았다. 포스트잇은 어디에나 붙일 수 있고 필요한 곳으로 옮길 수도 있지만 그 어느 곳에도 고정되지 않는다. 특히 포스트잇을 붙였다 떼어낸 자리에는 쿨(!)하게도 아무런 흔적도 남지 않는다. 포스트잇의 이러한 특징들은 주어진 상황에는 적절하게 대처하지만 어디에도 마음을 주지 않고 부유하는 개인들의 이미지와 매우 유사하다. 포스트잇처럼 쿨은 유동하는 자유를 욕망한다. 그것은 에리히 프롬이 『자유로부터의 도피』에서 말한 바 있는, '~으로부터의 자유'도 아니고 '~에로의 자유'도 아니다. 쿨의 자유로움은, 세계를 변화시키는 자유가 아니라 세계와 무관하고자 하는 자유이다. 쿨에 배어 있는 자유에 대해서 많은 사람들이 이질감을 느끼는 이유도 여기에 있다. 쿨의 자유는 욕망의 운동성과 내밀하게 결합되어 유동하는 자유이다. 쿨은 세계에 대해서는 결코 올인하지 않는다. 다만 자신의 욕망에 대해서만 낮은 수준에서 올인할 따름이다. 불확실성의 세계 속에서는 주체의 욕망이 정체성의 근거이기 때문이다. 따라서 현재의 가능한 즐거움에 치중함으로써 낮은 기대치를 가지고 불확실한 현재와 미래를 살아간다.

우리는 여전히 세계와의 화해를 꿈꾸고 있으며, 세계 속에서 존재의 자리를 발견하고자 하는 희망을 버리지 못한다. 하지만 쿨은 세계와 존재가 겉도는 양상을 스타일화하고자 하는 태도, 달리 말하면 세계와 자아의 관계를 최소화하고자 하는 태도이다. 세계가 나를 받아줄 가능성도 크지 않고 세계로부터 배신당하거나 버림받을 확률이 큰 상황이라면, 세계 속에 나를 표현하는 일도 싫고 내 속에 세계를 들여놓기도 싫다는 것이다. 묘한 이중의 부정 속에서 자아가 균형을 잡는다. 쿨이 세계로부터 예상되는 모든 억압에 선행(先行)하는(또는 선제적인) 자아방어 기제라는 것은 이러한 점에서 충분히 이해할 만하다. 쿨은 가치부재의 상황을 살아나가는 현대인들의 집단적인 냉소이자 자기배려가 아닐까.

4. 언어에 반영된 불황의 무의식

2003년 말 국립국어연구원에서 「2003년 신어(新語)」라는 제목의 흥미로운 보고서를 발간했다. 2003년 한 해 동안 언론과 방송에서 사용된 656개 신어의 의미와 출전을 밝혀놓았다. 사회의 현실과 대중의 무의식을 짚어볼 수 있는 작은 프리즘인 셈이다. 가장 눈에 띄는 것은 고용의 불안정과 실업의 위험성과 관련된 말들이다.

보고서에 의하면 2003년 1월에는 '사오정'(45세 정년), 3월에는 '오륙도'(56세까지 일하면 도둑), 5월에는 '육이오'(62세까지 일하면 五賊), 10월에는 '삼팔선'(38세에 퇴직), 그리고 12월에는 '이태백'(이십대의 태반이 백수)이라는 말들이 불안과 냉소의 뉘앙스를 풍기며 널리 사용되었다. 그동안 경제 불황에 따른 심리적 억압에 시달려왔으며, 20대부터 60대까지 고용의 불안정성 앞에 무차별적으로 노출되어 있었다는 사실을 반영하고 있다.[9]

그 밖에도 고용의 불안정성과 만성적인 실업의 위기와 관련된 용어들이 있다. 전통적인 범주에서 보자면 백수에 드는 경우들이다. 대학을 졸업하고 취업을 못해 어미 주머니 속의 새끼 캥거루처럼 부모에 의지해 사는 젊은이를 지칭하는 '캥거루족', 휴학과 복학을 반복하며 졸업을 유예하면서 사회진출을 미루는 '모라토리엄족', 사회에 진출했다가 학교로 다시 돌아오는 '유턴족', 취직이 힘들자 아르바이트로만 경제활동을 충당하는 '프리터free arbeiter족' 등이 있다. 또한 바깥세상으로부터 도피해서 자신만의 공간(고치)에 칩거하는 '코쿤 cocoon족', 사회적인 소외감을 혼자 놀기를 통해서 해소하는 '나홀로족', 모든 것이 귀찮다는 '귀차니스트' 등 역시 취업의 문턱에서 떠밀려난 사람들의 심리상태를 대변하고 있다.

21세기 한국사회에서 백수는 단순히 무능력한 사람은 아니다. 그들은 특별히 무능하거나 나태하지 않다. 또한 사회적으로 요구되는

---

9) 졸고, 「신어에 비쳐진 사회상」, 『주간한국』, 2004. 1. 22.

능력이 결여되어 있거나 성격적으로 문제가 있는 것도 아니다. 다만 고용의 불안정성과 만성적인 실업위기 속에서 자신의 의지와는 상관없이 무직 상태에 놓이게 된 사람들이다. 어려서부터 산업화시대의 약속 아래에서 교육받고 성장했지만 정작 사회에 진출할 때에는 산업화시대의 약속이 깨어져버린 시대를 살아가는 사람들, 그들이 다름 아닌 백수이다. 백수는 하나의 사회현상이다.

그러다 보니 여러 문화적 텍스트에서 백수의 위상이 종전과는 다른 방식으로 설정된다. 영화 「위대한 유산」과 「똥개」는 백수의 일상을 소재로 다루었고, 드라마 「백수탈출」은 삼대가 백수인 집안을 배경으로 삼았다.[10] 또한 만화 『룸펜스타』의 경우 별 모양처럼 생긴 룸펜이 주인공인데, 백수의 일상을 네 칸짜리 만화에 담아내었다. 동생이 회사를 나간 후 혼자 방에서 뒹굴거리는 모습, 하루 종일 인터넷에만 매달려 있는 모습, 주변에 포진해 있는 다양한 취업 준비생들의 모습 등을 만화가의 자전적인 경험에 근거해서 제시한다.[11]

2004년 3월 31일부터 4월 13일까지 '아시아의 직업 전선'을 주제로 제7회 아시아만화전이 열렸다. 아시아 8개국의 시사만화가들이 출품한 작품들 중에는 배경이 있어야 취직도 가능한 현실, 명예퇴직을 당한 뒤 가족으로부터도 배척받는 가장의 비애, 돈벌이를 위해 외국으로 떠나는 원정 구직, 선배 노숙자가 후배 노숙자에게 노숙의 요령을 가르치는 모습, 고급 자격증을 취득하고도 자영업에 나설 수밖

---

10) 「2003대중문화 키워드 7선—현실 비틀고 생각 뒤집고 "주변"의 반란」, 『한국일보』, 2003. 12. 18.
11) 고리타, 『룸펜스타』, 시공사, 2004. 고리타는 웹툰 작가 이제혁의 필명이다. 이 작품은 웹툰을 단행본으로 출간한 것이다. 여기에 대해서는 김낙호, 「만화 풍속사—백수라는 생활」, 『경향신문』, 2004. 6. 26 참조.

에 없는 현실, 어려움 없이 자란 자녀들을 대신하여 면접을 보는 중국의 부모 등등 다양한 사연들이 소개되었다.[12] 사회풍자의 장면들이지만 통쾌하기보다는 씁쓸한 느낌이 앞선다. 실업문제는 단순히 개별 국민경제의 문제가 아니라 전지구적 차원의 자본주의와 관련된 문제라는 점을 새삼 느끼게 된다.

한국은 1960년대 이래로 산업사회의 가치와 규범에 따라 전통적인 삶의 방식들을 재편성해왔다. 이제는 "산업사회가 역으로 하나의 '전통'이 된다면 어떻게 될까?"(울리히 벡)라는 물음을 던져볼 필요가 있을 정도로, 경험이나 구조의 측면에서 성장과 변화를 거듭해왔다. 하지만 1997년 IMF 구제금융을 계기로 산업사회의 제도들은 역사적 토대를 잃어버리고 모순의 모습으로 스스로를 드러내며 가치혼란과 세대갈등을 야기하고 있다.

한국사회에서 산업사회의 약속들은 지나간 시절의 꿈이다.[13] 지속적인 성장에 대한 기대감은 고용 없는 성장이라는 불안으로 대체되고, 평생직장의 소박한 꿈은 평생실업의 가능성 앞에서 악몽으로 바뀌었다. 스위트홈의 조건이었던 일부일처제는 생물학적인 차원에서부터 의심받는 상황이고, 민족·계급·가족 등과 같은 집단적 정체성의 권위와 역할 역시 현저하게 약화되었다. 또한 결혼이나 출산처럼 너무나도 자명해 보이던 인생의 통과의례적 절차도 개인적인 선택의

---

12) 「亞 시사만화가 8人의 '이태백' 공감」, 『문화일보』, 2004. 3. 20; 「이 땅의 이태백·사오정들이여 사회에 "똥침"을 날려라」, 『한국일보』, 2004. 3. 23; 「'직업전선'에서 생긴 일—31일부터 서울서 아시아만화전」, 『경향신문』, 2004. 3. 29.

13) "한 세대 전만 해도 우리나라 젊은이들의 평균적인 꿈은 좋은 대학 나와 대기업에 입사, 평생직장을 마련하고 좋은 배필을 만나 가정을 꾸리는 것이었다." 이광훈, 「'이태백' 현상」, 『경향신문』, 2004. 6. 19.

문제가 되었다.[14] 불과 몇 년 전만 하더라도 자명했던 모든 것들이 증발해버린 것 같은 상황을 살고 있다고 해도 과언이 아니다. 따라서 오늘날 제기되는 백수의 문제는 단순히 개인적인 성향이나 자질의 문제로 환원되지 않는다. 백수는 근대화의 새로운 단계(세계화를 포함하는)에서 중층적으로 구조화된 모순의 또 다른 이름이다.

5. 「파리의 연인」이 있던 자리

만화의 역사에서 1930년대의 미국 만화는 각별한 의미를 갖는다. 이 시기는 일반적으로 '만화의 최초의 황금기'로 불리는데, 만화가 대중문화 산업으로서 기반을 마련한 시기이기도 하다. 「타잔」「뽀빠이」「블론디」「딕 트레이시」「플래시 고든」「정글 짐」 등과 같은 작품들이 이 시기에 대거 출현했으며, 유머·모험·판타지·SF·웨스턴 등에 이르는 다양한 양식들이 자리를 잡았다. 또한 만화가 신문 연재가 아니라 단행본으로 묶여 가판에 등장한 시기이기도 하다. 흥미로운 것은 1929년부터 시작되는 최초의 만화 황금기 10년이 바로 경제 대공황기와 맞물려 있다는 사실이다. 그렇다면 경제 대공황과 만화의 융성 사이에는 어떤 상관성이 있을까. 이 시기의 만화는 잃어버린 대륙으로의 여행, 바다와 하늘에서의 모험, 믿기 어려울 만큼 다채롭고 자극적인 스토리, 그리고 모험 속에서 만나게 되는 달콤한 사랑 등 다양한 스펙트럼을 펼쳐 보였다. 달리 말하면 대공황 시대의 만화는

---

14) 졸고, 「敵이 사라진 時代」, 『한국일보』, 2004. 10. 16.

암울한 시대의 환상적인 탈출구였고, 일상의 지평과 상상의 세계를 이어주는 통로였다. 만화는 경제 대공황기의 왜소하고 궁핍했던 대중들을 일상의 억압으로부터 해방시키고 환상과 상상의 세계로 안내했다.[15] 억압 해소와 심리적 위안을 제공하는 문화적 텍스트로서 그 기능을 톡톡히 해내었던 것이다.

그렇다면 불황의 그림자가 짙게 드리웠던 2004년의 한국 사회에서 억압 해소와 심리적 위안의 기능을 제공했던 문화적 텍스트는 무엇이었을까. 드라마 「파리의 연인」을 빼놓을 수 없다. 「파리의 연인」은 종영 때까지 50퍼센트가 넘는 놀라운 시청률을 유지하며 사회적인 신드롬을 불러일으켰다. 솔직하게 이야기하자면, 감칠맛 나는 대사와 특징적인 캐릭터들이 적절하게 안배된 드라마, 달리 말해서 '웰 메이드' 드라마 그 이상도 그 이하도 아니었다는 생각을 가지고 있다. 일반적인 상황이었다면 30~35퍼센트 정도의 시청률을 기록하는 흥행작 정도가 아니었을까. 드라마가 이처럼 선풍적인 인기를 끌었던 이유는 어디에 있었을까. 여러 이유를 찾을 수 있겠지만, 무엇보다도 방영 시점이 중요했다. 드라마의 방영 시점이 대통령 탄핵과 김선일 씨 피살 사건으로 인해서 대다수의 사람들이 정신적인 충격에 휩싸여 있었던 시기였다. 일종의 집단적인 펀치 드렁크 증세라고 할까. 계속되는 충격적인 사건 때문에 현실에 대한 환멸이 압도적으로 지배하는 시기였고, 실재의 사막을 견딜 수 있게 해줄 오아시스 같은 판타지가 너무나도 절실하게 요청되었던 상황이었다. 엄청난 쇼크들이 있었고, 강렬한 판타지가 필요했고, 「파리의 연인」이 있었던 것이다.

---

15) 성완경, 「30년대 미국 만화의 고전들」, 『NEWS+』 133호, 1998. 5. 14.

오해가 없길 바란다. 「파리의 연인」이 턱없이 운만 좋은 드라마였다는 말을 하고 있는 것은 결코 아니다. 실제로 「파리의 연인」은 순수 판타지 또는 날것으로서의 판타지를 우리들에게 보여주었다. 현실성과의 유사성을 스스로 검열하는 판타지가 아니라, 아예 처음부터 끝까지 '이것은 판타지다'라고 뚝심 있게 주장했다. 그런 의미에서 「파리의 연인」의 성공은 결코 그냥 얻어진 것은 아니다. 예측불가능한 현실, 가치의 척도가 증발되어버린 현실, 실재의 사막과도 같은 현실 앞에서, 사람들에게는 마술 알약과도 같은 판타지가 필요했고, 「파리의 연인」은 암울한 시대의 환상적인 탈출구를 대중들에게 제공했다.

「파리의 연인」이 엄청난 성공을 거둔 배경에는 또 다른 측면이 가로놓여 있다. 여성들의 전유물인 줄 알았던 로맨스 장르에 젊은(아마도 30대 중후반까지의) 남성 시청자들도 열광했다는 것. 그렇다면 남자들은 왜 그렇게 이 드라마에 열광했을까. 이유는 의외로 단순하면서도 중요하다. 「파리의 연인」의 전반적인 설정이 1980년대 순정만화의 공식에 대단히 충실했기 때문이다. 세대론적인 측면에서 보자면 20대 후반부터 30대 중후반까지는 국내에서 순정 로맨스를 본격적으로 향유한 첫 세대다. 1970년대 후반 TV에서 방영된 일본 만화 「캔디 캔디」가 지금의 30대(당시에는 10대 소녀 독자층)을 열광하게 만들었다면, 『베르사이유의 장미』『올훼스의 창』『아르미안의 네 딸들』『별빛속에』등 방대한 서사구조를 지닌 순정만화들은 이후 소년 독자층도 함께 끌어들였다. 「파리의 여인」에서 수혁(이동건)의 등에 업혀, '외로워도 슬퍼도'를 노래하는 씩씩한 태영(김정은)의 모습은, 어려서 『캔디 캔디』를 읽었던 독자층의 '데자부(déjà-vu, 기시감) 향수'를 불러일으킨다.[16] 20대 중반~30대 중반인 시청자들에게 「파리의 연인」은 세련된 복고modern retro였던 셈이다. 아마도 이때의 기시감이란 현실의 예측불가능성을 충분히 보상해줄 만한 것이 아니었을까. 현재의 감수성을 통해서 친숙했던 것들을 재발견하고 음미할 수 있는 즐거움이 「파리의 연인」으로부터 주어졌던 것이리라.[17]

6. 좋았던 시절에 대한 그리움: 패션과 헤어스타일

경제가 좋지 않으면 옷차림은 색상이나 디자인이 간소해지고 전반적으로 복고풍의 면모를 띠게 된다는 것이 일반적인 정설이다. 남자들은 셔츠와 넥타이만 바꾸면 새로운 느낌을 줄 수 있는 정장을 선호하게 된다. 또한 얇아진 지갑을 보완이라도 하려는 듯이 양복의 칼라와 넥타이의 폭이 넓어진다. 경제 공황기인 1930년대에는 바지통이 유난히 넓었다고 한다. 호황일 때는 경쾌한 느낌을 강조하는 폭 좁은

---

16) 「감성시대―그대, 순정 로맨스를 꿈꾸는가」, 『동아일보』, 2004. 8. 6. 고백하자면 필자 역시 초등학교 때 위에서 거론된 순정만화를 열독한 경험이 있다. 지역에 따른 차이는 있을 수 있겠지만, 어느 정도는 세대론적인 공통경험이었을 것으로 보인다. 본문에서 언급하지는 못했는데, 「파리의 연인」을 좋아했던 사람들 중에는 리처드 기어와 줄리아 로버츠 주연의 영화 「프리티 우먼」을 저변 텍스트로 지적하는 경우가 많았다.

17) 「파리의 연인」과 관련된 또 다른 흥미로운 분석은 불황심리와 관련된 것이다. "재벌2세와 결혼하고 싶은 심리는 보통사람들이 로또에 당첨되기를 꿈꾸는 것과 비슷한 것일 뿐"(「그대, 아직도 신데렐라를 꿈꾸는가」, 『세계일보』, 2004. 10. 6.)이라는 28세의 어느 직장인의 말처럼, 로맨스는 로또의 판타지와 흡사한 것이었다. 또한 신데렐라 이야기와 불황이라는 사회경제 요인의 관계에 대해서는 "장기불황으로 여성들이 경제적 어려움에 시달리면서 신분 상승에 대한 욕구가 커진 점을 감안해야 한다"(한국여성민우회 미디어운동본부 강혜란 사무국장의 말, 「'신데렐라 드라마'는 여성의 영원한 환상?」, 『한겨레신문』, 2004. 8. 5.)는 지적도 있다.

바지가 유행하지만, 불황에는 바지의 폭이 넓어진다.[18] 드라마 「파리의 연인」에서 한기주(박신양)는 통 넓은 바지와 유러피언 넥타이 차림이었다. 불황의 시대에 그의 패션은 풍요와 여유의 상징이었고, 여기에 많은 사람들은 열광했다.[19] 불황의 패션에는 여유와 풍요를 갈망하는 무의식이 반영된다고 보면 크게 틀리지 않을 것이다.

반면에 여성들은 활용도가 낮은 정장 대신에 다양한 연출이 가능한 단품 스커트나 재킷을 많이 찾는다. 미니스커트가 불황기의 대표적인 패션인 이유는 '간단한 단품으로 화려한 시선을 모을 수 있기 때문'이다.[20] 전반적으로 색채는 무채색 계열, 소재는 따뜻하고 편안한 느낌이 나는 니트나 트위드를 찾는다. 뜨겁지도 차갑지도 않은 느낌, 따듯하면서도 정돈된 느낌을 주는 것이 불황의 패션코드이다. 그래서였을까. 2004년 초가을 무렵에 가장 많이 볼 수 있었던 옷차림은 검정색 카디건 세트, 버버리 주름치마, 그리고 검정색 반스타킹으로 이루어진 패션이다. 앳됨을 강조하는 스쿨걸룩으로 볼 수도 있고, 허벅지를 강조하기 위한 옷차림인 듯도 하고, 버버리 주름치마를 통해서 좋았던 시절에 대한 그리움을 읽을 수도 있는 패션이었다.

그렇다면 불황의 헤어스타일은 어떤 것일까. 역시 복고풍이다. 잘 정리된 기사가 있어서 소개를 한다.

올 가을 헤어스타일링의 화두를 꼽으라면 '향수(鄕愁)'가 되지 않을

18) 「올 여름 남성패션 유행은… 와이드」, 『조선일보』, 2004. 8. 2.
19) 「욕망과 절망 사이 — 우리가 "파리의 연인" 패션에 열광하는 까닭은?」, 『세계일보』, 2004. 8. 2.
20) 전미향, 「불황 속 '문화코드'를 찾아서…」, 『동아일보』, 2003. 10. 31.

까? 경기가 나쁠수록 좋았던 '옛 시절Old Good Days'에 대한 그리
움은 짙어지나 보다. 태평양과 쟈끄데샹쥬가 최근 발표한 올 가을 헤
어 트렌드는 하나같이 '좋았던 시절로의 회귀'를 주장한다. 풍성한 웨
이브는 더 강력해지고 색상도 한층 과감해졌다.

　태평양은 이번 가을 대표적인 헤어 트렌드로 '도시 속 현대인들의
행복에 대한 열망'을 표현한 웨이브 스타일을 내놓았다. 〔……〕 쟈끄
데상쥬는 1950년대 매혹적인 할리우드 여신들을 떠올리게 하는 고혹
적인 헤어스타일을 '바비돌 블론드'라는 주제로 제시했다.[21]

일반적으로 복고는 과거의 정치체제나 전통으로 되돌아간다는 의
미인데, 파괴된 것을 본래의 상태로 고친다는 치유와 복원의 함의도
내포하고 있다. 서구에서는 세기말의 불안의식과 관련을 지으며 복고
적인 움직임이 나타났고, 우리나라의 경우 1997년 IMF 구제금융을
계기로 복고풍이 가시화되기 시작하였다. '더 어려웠던 과거'를 떠올
리며 '어려운 현재'를 이겨내자는 것이 1990년대 후반기 복고의 일반
적인 콘셉트였다.[22] 이 지점에서 흥미로운 것은 과거의 이미지와 관
련된 변화이다. '더 어려웠던 과거'가 아니라 '좋았던 옛 시절'로의 치
환은, 현재의 불황과 관련해서 느끼고 있는 심리적 중압감을 상징적
으로 대변한다. 예상을 못한 것은 아니지만, 불황의 패션과 헤어스타
일의 코드는 복고풍이다. 풍요로움을 표상하는 문화적 코드들을 재
(再)전유함으로써 경제적인 불황에서 오는 심리적 위축감을 최소화
하고자 하는 것이리라. 경제적인 불황에 맞서서, 대중문화는 풍요로

---

21) 「올 가을 헤어 트렌드는 '다시 옛날로'」, 『한국일보』, 2004. 10. 1.
22). 졸저, 『잡다(雜多)』, 이마고, 2003, p. 34.

움의 코드를 자신의 역사 속에서 발굴한다.

7. 영웅들의 초라한 귀환

2004년에 두드러진 문화적 흐름 가운데 하나는, 다름 아닌 영웅의 귀환이다. 역사적 인물인 이순신, 장보고, 안중근을 비롯하여, 재일 동포 출신의 파이터들인 최배달과 역도산, 그리고 경제계의 거성인 정주영과 이병철에 이르기까지 다양한 성격의 영웅들이 스크린과 브라운관을 통해서 모습을 나타내었다. 어려운 시대상황을 온몸으로 견뎌야 하는 사람들에게 용기와 희망을 주기 위해서라도 영웅이라는 문화적인 코드가 필요했으리라.

그러면 간략하게나마 영웅 이야기와 관련된 작품들을 개관해보자. MBC 월화드라마 「영웅시대」는 현대와 삼성의 창업주들을 모델로 삼아서 근대화 과정의 영웅이라는 새로운 테마를 제시해서 눈길을 끌었다. KBS는 8월부터 100부작 대하사극 「불멸의 이순신」에서 충무공의 삶을 다양한 방식으로 재해석하려는 시도를 하고 있으며, 11월부터는 장보고의 파란만장한 삶을 다룬 50부작 「해신(海神)」을 통해서 역사적 영웅의 시련과 성공을 재창조할 예정이다. 또한 영화 「바람의 파이터」는 극진공수의 창시자인 최배달의 투혼을 화면에 담고, 「도마 안중근」은 이토 히로부미 저격(1909)을 전후한 11일 동안의 행적을 추적한다. 또한 전설적인 프로레슬러인 역도산의 삶과 사랑을 다룬 「역도산」이 12월에 개봉될 예정이다.[23]

난세는 영웅을 만들고 영웅은 난세를 평정한다는 말이 있다. 영웅은 시대의 혼란을 극복하는 과정에서 만들어지며, 어려운 시대에는 영웅이 요청될 수밖에 없다는 의미로 보면 크게 틀리지 않을 것이다. 또한 이 말을 뒤집어보면 영웅이 거론되는 시대는 불확실성이 지배하는 위기의 상황이라는 의미를 발견하게 된다. 달리 표현하자면 영웅은 위기의 상황을 지시하는 상징적인 기호(記號)인 동시에, 위기와 혼란을 극복하고 싶다는 집단적 욕망의 기호인 셈이다.[24]

　이미 방영 또는 개봉된 작품들을 대상으로 이야기를 하자면, 현재까지 영웅의 문화적 귀환은 그다지 성공적이지 못한 것으로 보인다. 드라마의 경우 제작 규모에 비하면 그다지 높은 시청률이 나온다고는 할 수 없고, 영화의 경우 「바람의 파이터」와 「도마 안중근」 역시 흥행에는 성공하지 못했다. 아직 방영 또는 개봉되지 않은 드라마와 영화가 있기는 하지만, 이미 공개된 작품들은 별다른 감응력을 얻어내지 못했다고 보면 크게 틀리지 않을 것이다. 영웅 이야기는 시대의 우울과 무기력을 역설적으로 반영하는 문화적 아이콘이었을 뿐이지, 대중의 내면에 스며들어 삶의 의욕을 불러일으키는 데는 실패한 것으로 보인다.

　영웅 이야기는 시련의 과정을 통하여 사회적인 삶의 그 어떤 영도(零度) 또는 영도 이하의 지점들을 보여준다. 이 대목이 영웅 이야기가 우리에게 주는 감동이다. 이순신은 백의종군을 했고, 장보고는 더 잃을 것조차 없을 정도의 미천한 신분이었다. 안중근은 동양평화의 붕괴 속에서 노예의 삶을 강요당하던 조선의 백성이었으며, 최배달과 역도산은 재일동포의 비애를 곱씹으며 세계와 자신을 상대로 싸움을

---

23)「불세출의 영웅, 그들이 돌아온다」,『주간한국』, 2004. 8. 26.
24) 졸고,「이순신이 지닌 권위의 원천」,『한국일보』, 2004. 7. 24.

펼쳤다. 세계적인 기업을 이룩한 정주영과 이병철에게도 재기불능으로 여겨질 만한 실패와 좌절이 있었다. 맨땅에 헤딩을 하듯이 맨주먹으로 일구어낸 신화가 최근에 소개되는 영웅 이야기들에 내재된 중요한 설정인 셈이다.

중요한 사실은 과거의 영웅 이야기가 현재의 스스로 힘내기로 이어져야 하는데 그렇지 못하다는 것이다. 이유는 간단하다. 영웅 이야기는 종결된 과거의 이야기일 뿐이고, 우리가 살아가는 현재 또는 미래와 희미한 관련성을 갖기 때문이다. 달리 말하면 맨주먹의 성공 신화는 추억의 대상에 지나지 않는다. 오히려 맨주먹의 성공 신화가 가능했던 시대는 다시 돌아오지 않을 것이라는 현실감각을 강화한다. 이를 두고 '할 수 있다' 정신cando spirit의 종언이라고 불러도 좋을 것이다. 어쩌면 불경기는 영웅적인 인물과의 심리적 거리를 확대하여 감정이입을 어렵게 만드는 것일지도 모른다. 나 또는 우리와는 무관한 이야기, 또는 우리 시대의 영웅 이야기, 영웅도 불황의 우울 앞에서는 어쩔 수 없었던 것일까.

8. 불황의 비타민: 어린아이·동요·동화

1930년대 미국이 경제공황에 빠져 있을 때 사람들은 맑은 날에는 야구장에, 비오는 날에는 극장에 갔다. 야구장에는 베이브 루스Babe Ruth가 있었고, 극장에는 셜리 템플Shirley Temple이 있었다. 널리 알려진 대로 베이브 루스는 괴력의 홈런포로 메이저리그를 미국의 국민스포츠로 자리 잡게 만든 장본인이다. 사람들은 그의 장쾌한 홈런에도 열광했지만, 그의 악동(惡童) 이미지에도 열광했다. 그는 엄청난 몸집에 천진난만한 미소를 가진 어린아이babe였고, 사람들은 그러한 그의 모습을 사랑했다. 셜리 템플은 대공황 중반기에 해당하는 1934~38년 동안 할리우드의 최고 스타였다. 1928년생이니까 여섯 살 때 은막을 주름잡은 셈이다. 금발의 템플은 꿈과 낙원을 상징하는 대표적인 아역 배우였다. 그녀는 공황의 짙은 그늘을 잊게 만드는 사랑의 메신저였다. 1930년대의 그 어떤 은막의 스타들도 셜리 템플만큼 관객들을 매혹시키지 못했다.[25] 경제공황 시대를 살았던 두 명의 어린아이가 매우 흥미롭다.

아이는 '복잡하지 않고 순진무구한 역사'(찰스 에커트)이다. 아이는 근원적 나르시시즘이 가능한 육체이다. 아이는 자신이 원하는 이상적인 모습이 지금 나의 모습에 해당하는 근원적 나르시시즘을 상징적으로 재현한다.[26] 심리적으로 소외와 분열에 시달릴 수밖에 없는 경제 불황기에 어린아이의 이미지가 사랑받는 이유를 이 부근에서 생각해볼 수 있지 않을까. 광고론에서 말하듯이 3B(baby, beast, beauty)는 언제나 환영받는 대중문화의 아이콘이다. 따라서 경제적 불황과 아이의 이미지를 인과적으로 연결시켜 생각할 필요는 없다. 또한 한국의 불황을 미국의 대공황과 유비의 관계 속에 놓고 생각할 필요도 없을 것이다. 다만 경제적으로 어려운 시절과 함께 놓여 있는 '아이스러운 장면'에 대해서는 관심을 가져볼 필요가 있지 않을까 한

---

25) 찰스 에커트, 「셜리 템플과 록펠러 재단」, 『스타덤: 욕망의 산업 1』, 크리스틴 글레드힐 엮음, 조혜정·박현미 옮김, 시각과 언어, 1999, pp. 103~22 참조. 셜리 템플과 미국의 공황에 대해서 알려준 영화비평가 이상용에게 고마움을 전한다.

26) 지그문트 프로이트, 「나르시시즘에 관한 서론」, 『무의식에 관하여』, 윤희기 옮김, 열린책들, 1997 참조.

다. 한국의 경우 셜리 템플처럼 엄청난 화제를 불러일으킨 아역 배우
는 눈에 띄지 않는다. 하지만 눈에 띄는 두 가지의 '아이스러운 장면'
이 있어 옮겨놓는다.

　　개울가에 올챙이 한 마리 꼬물꼬물 헤엄치다
　　뒷다리가 쏘~옥 앞다리가 쏘~옥 팔딱팔딱 개구리 됐네

　아이와 관련된 첫번째 장면은 국민가요 수준의 동요이다. 아마도
이 노래를 모르는 사람은 없을 것이다. 순진한 노랫말에 맞춰 팔다리
를 앙증맞게 움직이는 모습이 저절로 연상된다. 1993년에 만들어진
동요인데 「브레인 서바이버」에서 소개된 이후로 가히 폭발적인 인기
를 모았다. 영화 「엽기적인 그녀」의 전지현이 이 노래에 맞추어 춤을
추며 화장품 광고를 찍기도 했다. "오랜 불황을 거치면서 공감대를
형성하고픈 대중이, 동요라는 쉽고 재미있는 욕구발산 창구를 발견한
것"(김성원)이라고 엽기송 유행의 배경을 짚은 대목이 흥미롭다.[27]
　또 다른 장면은 동화이다. 어른들도 동화를 읽는다. 보도에 의하
면, '동화 읽는 어른 모임'이 110개나 된다고 한다. 물론 자녀교육을
위해서 동화를 읽는 경우도 많을 것이다. 베스트셀러 상위권에는 언
제나 동화가 자리하고 있으며, 동화의 고전이라 할 수 있는 『어린 왕
자』나 『나의 라임오렌지 나무』가 여느 해보다 더 많이 팔린다고 한
다. 문화적 흐름을 잘 짚은 기사가 있어서 일부를 옮겨놓는다.

27)「엽기 or 허무 '기성 사고를 깨기' 인터넷문화 자리매김」,『서울신문』, 2004. 6. 25.

동화를 읽는 세상, 불황의 한 문화코드라고 합니다.

정치나 경제는 물론이고 사회 전반에 걸친 고단함이 이 겨울을 더욱 춥게 합니다. 사람들은 동화 속에서 마음을 데울 톱밥난로를 찾습니다. 철들기 전, 그 맑은 세계로의 회귀를 꿈꿉니다. 밤새 동화 속 주인공이 되어 비상하던 순수의 시절로 삼투해 잠시 곤한 살림을 위무받고 싶은지도 모릅니다.

그때 동화를 읽으며 '내가 어른이 되면' 하고 다짐했던 꿈이 무엇이었을까요. 설령 동화는 동화일지라도, 동화에서나마 꿈을 되살릴 수 있다면…… 내일이 조금 따뜻해지겠지요.[28]

동화는 이야기의 단순성과 여백의 의미망 속에 순수와 사랑과 희망을 펼쳐놓는다. 그런 의미에서 어른들에게 동화란 불황의 시대를 버티게 하는 삶의 비타민과 같은 것인지도 모른다. 동화를 읽는 어른들의 눈망울에서 순수, 사랑, 희망이 부재하는 현실을 잠시 훔쳐보았다는 느낌이다.

9. 문화적 복고, 그 빛과 그림자

최근 1~2년 동안에 뚜렷하게 나타나는 현상이지만 40대 이상 중장년층의 문화향유 양상이 달라지고 있다. 영화 「실미도」와 「태극기 휘날리며」가 1,000만 관객의 신화를 달성하는 과정에서도 중장년층

---

28) 「동화 읽는 세상, 당신을 유년의 순수 속으로 초대합니다」, 『경향신문』, 2003. 12. 5.

의 힘이 발휘되었고, 아바ABBA의 노래로 이루어진 뮤지컬 「맘마미아」는 40대 이상의 관객들에 힘입어 100억 이상의 흥행을 기록했다. 또한 「어쩌다 마주친 그대」「나도야 간다」등 1970~80년대의 인기 대중가요를 적절하게 배치하고 들국화의 「행진」으로 마감하는 뮤지컬 「행진! 와이키키 브라더스」역시 불황이 무색할 정도의 성공을 거두었다.[29] 중장년층들을 위한 문화적 공연은 늘 있어왔다. 하지만 특히 2004년 들어 40대 이상을 겨냥한 공연들이 집중적으로 기획되었다는 것은 특기할 만한 사실이다.

한국의 중장년층을 40대 이상이라는 연령만을 기준으로 동질적인 세대로 묶어내기에는 곤란한 점이 많다. 하지만 이들은 한국전쟁 이후에 운명처럼 드리워졌던 경제적 빈곤을 몸으로 경험한 세대이고, 정치적인 억압을 견뎌내며 경제발전과 민주사회 건설을 위해서 노력했던 세대들이라는 점에서 공통점을 갖는다. 또한 1997년 IMF 구제금융 이후 급격하게 달라진 사회경제적 현실 속에서 정체성의 위기를 지속적으로 경험하고 있는 세대이기도 하다. 문화적으로 직장·가사·육아 등과 같은 생활의 문제 때문에 불가피하게 문화경험과 거리가 멀어지거나 제한적인 문화경험을 반복하는 양상을 보인다.

그동안 중장년층은 자녀에 해당하는 젊은 세대의 문화경험을 뒷받침하는 경제적인 후원자로 여겨졌을 뿐, 문화적으로 동기화되지 않는 계층 또는 문화적 구매력이 약한 연령집단으로 생각되었다. 따라서

---

29) 「되살아나는 '40대 문화'」, 『문화일보』, 2004. 7. 12. 뮤지컬 「행진! 와이키키 브라더스」예매 관객들의 연령대는 다음과 같다: "20대와 30대가 각각 10.4퍼센트와 25.1퍼센트인 데 반해 40대는 무려 53.7퍼센트로 절반을 넘어선다(나머지는 10대 1.2퍼센트, 50대 9.6퍼센트). 남녀 비율 역시 남성 42.3퍼센트, 여성 57.7퍼센트로 여성이 초강세를 보이는 여타 뮤지컬과 달리 거의 대등한 성비를 보이고 있다."

「친구」의 800만 관객에서 「실미도」의 1,000만 관객으로 넘어가는 데 있어서 중장년층 관객의 역할이 대단히 컸다는 사실, 그리고 작년부터 젊은 세대를 주요 관객으로 설정했던 여러 영화들이 참담한 실패를 맛보았다는 사실은, 두고두고 음미할 만한 가치가 있는 장면이다. 뒤집어서 생각해보면 10대와 20대를 대상으로 하는 문화시장의 외연이 확장될 대로 확장되어 시장의 성장 잠재력이 고갈상태에 이르렀음을 보여주는 징후적인 사건으로 볼 수 있기 때문이다.

시장의 잠재력이 체감단계에 접어들면 내부적인 경쟁은 치열해질 수밖에 없다. 이러한 상황에서 타개책은 외국 시장을 개척하거나 국내의 미개척 분야로 확장을 시도하는 것으로 집약된다. 한류(韓流)를 외국 시장 개척의 대표적인 예라고 한다면, 중장년층을 문화적으로 호명(呼名)하는 방식은 국내 시장을 내부적으로 확장하는 주요한 방법이다. 그렇다면 기존의 젊은 세대의 참여에다 중장년층의 호응을 결합할 수 있는 문화적 코드는 무엇일까. 여러 가지 코드가 있겠지만 가장 두드러지는 것은 복고 또는 향수(鄕愁)이다. 문화산업 내부의 불황 타개책이 향수 또는 복고라고 보아도 크게 틀리지 않을 것이다. 10대의 용돈문화와 구별되는, 40대 이상의 문화적 구매력을 발견한 셈이다.[30]

하지만 40대의 복고적 문화에도 그늘은 있다. 중장년층의 취향을 겨냥한다고 해서 성공이 보장되는 것은 아니다. 하나의 예를 살펴보자. 2004년 2월 말부터 3월 26일까지 서울의 인사예술극장에서 신촌블루스의 장기 공연이 있었다. 예매를 기준으로 했을 때 공연 티켓

---

30) 졸고, 「4050세대의 문화향유」, 『주간한국』, 2004. 3. 11.

가격은 2만 원이었다. 신촌블루스의 연륜이나 지명도를 생각할 때, 일반적으로 콘서트 예매가 5만 원대(또는 그 이상)에서 이루어졌음을 감안할 때, 놀라울 정도로 저렴한 가격이다. 가격을 낮춘 것은 자신들이 추구하는 록이나 블루스 음악에 30~40대 중장년층이 편하게 다가올 수 있도록 문턱을 낮추겠다는 생각 때문이었다.[31] 선한 의도는 좋은 결과로 이어지지 않았다. 10명도 안 되는 관객을 놓고 공연이 이루어졌다는 너무나도 쓸쓸하고 믿고 싶지 않은 이야기가 전해질 따름이다.[32] 한국 대중음악의 역사성을 확인할 수도 있었을 자리, 중장년층의 문화적 수준과 다양성을 보일 수 있는 자리는 그렇게 외면당했다. 아마도 대부분의 중장년층들이 젊어서도 잘 듣지 않던 낯선 음악보다는 과거에 친숙했던 대중문화를 선택한 결과일 것이다. 1980년대에 언더그라운드였던 신촌블루스는, 2000년대에도 여전히 언더그라운드일 수밖에 없었다. 어쩌면 불황 속에서 보이는 문화적 향수들은 그 시절의 대중문화에 대한 부담 없는 복습이라는 조건을 충족시켜야 하는 것인지도 모른다. 이 장면은 30~40대의 복고적인 문화적 향수가 지니고 있는 보수적인 측면과 대중문화적 속성들을 보여준다.

---

31) 「신촌블루스 거품 뺀 파격 공연」, 『스포츠투데이』, 2004. 3. 8. "신촌블루스 측은 '요즘은 정말 30~40대가 즐길 만한 문화가 없다'며 '귀에 익은 음악을 통해 30~40대들의 정신적 휴식을 제공할 수 있도록 하겠다'고 말했다."
32) 「공연산업 부익부 빈익빈 外」, 『주간한국』, 2004. 5. 13. "얼마 전 인사동의 소극장에서 장기 공연을 개최했던 유명 블루스 밴드의 공연은 놀랍게도 회당 10명도 안 되는 관객을 놓고 공연을 치르기도 했다."

10. 문화적 다양성을 생각하며

불황에만 특징적으로 나타나는 문화는 없다. 하지만 불황과 나란히 놓인 문화는 존재한다. 이 글은 불황과 병치된 문화적 흐름들을 짚어 본 데 지나지 않는다. 하지만 분명한 것은 경제적 불황일 때 문화의 자본적 성격, 달리 말하면 대중문화적인 성격이 뚜렷하게 나타난다는 점이다. 문화적인 생산과 전달 그리고 향유의 과정은 자본의 논리와 대중의 취향에 보다 강하게 종속된다. 문제는 이러한 상화에서 문화적 다양성이 심각할 정도로 위축된다는 사실이다.

일반적으로 불황에 소득의 양극화 또는 계층의 양극화가 심화되는 양상을 보인다. 문화도 마찬가지이다. 경제적인 불황은 문화의 영역에서 부익부 빈익빈 현상을 가속화시킨다. 인지도 높은 아티스트가 출연하고 거대자본을 바탕으로 엄청난 홍보 마케팅을 벌이는 몇몇 뮤지컬이나 오페라 공연은 외형적으로나마 공연 시장의 규모를 유지한다. 하지만 홍보 마케팅이 불가능한 소극장 공연은 실제로 예매가 거의 이루어지지 않는다. 대형 공연은 대박행진을, 소극장 공연은 쪽박행진을 거듭하고 있는 셈이다. 문화의 부익부 빈익빈 현상은 문화의 장르들 사이에서도 고스란히 재현된다. 일부 영화와 대형 공연을 제외한 미술, 음악, 출판, 연극 등의 모든 영역이 동반침체의 길을 걷고 있다. 따라서 다양한 문화적 텍스트를 생산하려는 움직임은 처음부터 위축될 수밖에 없는 실정이다. 실험적인 것은 친숙한 것에, 새로운 문화는 세련된 복고에 의해서 떠밀려난다. 이러한 상황에서 일반 서민들은 문화적 향유의 가능성을 생활의 영역에서 배제하거나,

이미 친숙해져 있는 문화만을 복고적으로 소비하려는 경향을 보인다. 문화의 생산·전달·향유에 이르는 모든 과정에서 양극화와 단순화가 심화되고 있다고 해도 과언이 아니다. 상투적인 제안에 지나지 않겠지만, 문화의 다양성에 대한 균형감각이 어느 때보다도 절실한 시점이다. 그래도, 그 어딘가에는 새로운 문화의 다양한 가능성을 준비하는 사람들이 있을 것이다. 이 글은 바로 그러한 사람들을 위한 서언(緒言)에 지나지 않는다.

〔2004〕

「무한도전」을 위하여

― 엔터테인먼트의 문화적 자율성

오락프로그램 「무한도전」이 우리 곁에 찾아온 것은 2005년 4월의 일이다. 내복이나 쫄쫄이를 촌스럽게 차려입고 나와서는, 황소와 줄다리기를 하거나 전철과 달리기를 하거나 목욕탕의 물을 죽어라고 퍼내는 등의 내용이었다. 그래서 처음에는 방송국 개편 때가 되면 의례히 등장하는 오락프로그램들 가운데 하나로만 여겼다.

방송 초기에는 '무모한 도전' 또는 '무리한 도전'이라는 제목도 함께 사용되었는데, 그러다보니 같은 방송국에서 이경규와 김용만이 진행했던 「대단한 도전」의 후속 프로그램으로 보이기도 했다. 어디 그뿐인가. 서바이벌 게임의 코드를 내부에 도입하기는 했지만, 타 방송국에서 유재석이 진행했던 「천하제일 외인구단」과도 분위기가 사뭇 흡사했다. 여러 오락프로그램의 코드를 가져와서 한데 뒤섞어놓은 모습이었다. 하지만 오락프로그램에 독창성 요구할 일이 있겠는가. 기회가 닿는 대로 보고 웃고 했을 따름이다.

「무한도전」이 달라진 것은 시즌 2부터이다. 스튜디오 촬영으로 전환을 하면서 '거꾸로 말해요 아하!'라는 게임을 시작했다. 이미 끝말 잇기를 내세웠던 다른 오락프로그램이 있었기 때문에 그다지 신선할 것은 없었다. 하지만 다른 무언가가 있었다. 시청자 앙케트를 통한 순위놀이가 그것이다. 외계인 분장과 가장 어울리는 멤버의 순위를 매기는 것과 같은 앙케트가 계속되면서, 등장인물들의 다양한 캐릭터가 만들어졌고 현재의 라인업을 구축하기에 이르렀다. 성인비디오 애호가 유재석, 박명수의 호통개그, 식신(食神) 정준하, 건방진 뚱보 정형돈, 단신의 꽃미남 하하, 퀵마우스 노홍철 등등 기본적인 캐릭터들이 자리를 잡았다. 그와 함께 김태호 피디의 재기발랄한 궁서체 자막이 시청자들을 황홀하게 만들기 시작했다. 중독성이 강해지기 시작한 시기이기도 하다.

2007년에 접어들면서 「무한도전」은 '리얼 버라이어티'를 표방하고 있다. 리얼에 대한 정확한 해석은 쉽지 않겠지만 방송의 현장성을 중요시한다는 의미로 받아들이면 크게 틀리지 않을 것이다. 실제로 「무한도전」은 현장에서 발생하는 우연적인 효과들을 발전시켜나간다. 「무한도전」의 인기 레퍼토리인 물공 헤딩하기와 하나마나송은 모두 방송 현장에서 일어난 우연한 장난에서 비롯한 것이다. 물공 헤딩하기는 축구스타 앙리를 웃게 만들었고, 하나마나송은 「무한도전」의 게릴라 콘서트로 발전했다. 방송현장의 역동성과 우발성을 살려서 발전시켜간 것은 「무한도전」의 진화에 있어서 중요한 원천이다.

「무한도전」에 내재된 또다른 코드가 있다면 그것은 오락프로그램에 노동의 가치와 의미를 부여하고 있다는 점이다. 방송 초기부터 '어느 누구도 고정(출연)은 없다'가 모토였고, 주말 오락프로그램을 방송인들의 경쟁이 불가피한 노동시장으로 여기곤 했다. 특히 2007년 6월 2일에 방영된 농촌 모내기 방송은 '방송은 노동'이라는 메시지를 분명하게 제시한 경우이다. 준비한 코너들을 폭우 때문에 선보이지도 못하게 되자, 현장에서 동네 이장의 추천으로 논두렁 달리기를 했다. 쓰러지고, 자빠지고, 미끄러지고. 「무한도전」의 용어를 빌리면, 몸개그가 작렬했고 큰 웃음을 주었다. 과도하면서도 바보 같아 보이는 몸동작의 슬랩스틱 코미디가 제대로 먹힌 경우라고 할 것이다.

하지만 많은 사람들이 방송을 보면서 슬랩스틱 코미디 특유의 찝찝함, 바보 같은 몸짓에 웃은 내가 더 바보 같다는 허망함을 느끼지 않았던 이유는 무엇일까. 그 저변에는 '우리는 받는 만큼 또는 그 이상으로 몸을 던져서 일하고 있습니다'라는 메시지가 가로놓여 있었기 때문은 아닐까. 폭우 속에서 10시간을 찍어 1시간의 프로그램을 만드는 과정을 제시함으로써, 회당 출연료가 수백만 원에 이르는 연예인들이 온몸으로 노동하고 있음을 보여주었고 노동윤리에 대한 시청자들의 무의식적 공감을 이끌어낼 수 있었던 것이리라. 방송은 웃음을 주기 위한 노동이라는 태도는, 「무한도전」에 배어 있는 윤리적 무의식이기도 하다.

「무한도전」은 다양한 방송 형식들을 차용하고 패러디함으로써 버라이어티 프로그램의 성격을 발전시켜나간다. 기존의 오락프로그램이 고정된 포맷에 게스트나 세부사항을 바꿔가는 수준이라는 것을 고려할 때, 「무한도전」은 패러다임을 완전히 달리한다고 해도 과언이아니다. 백분토론, 스타 청문회, 게릴라 콘서트, 몰래카메라, 패션쇼, 서커스 등등 텔레비전에서 해왔던 것들 또는 해보지 않았던 것들을 모두 자신의 아이템으로 활용하고 있다. 그런 의미에서 무한도전은 방송프로그램의 역사에 대한 콜라주라고 할 수 있다. 하지만 중요한 것은 기존의 방송 형식들을 그냥 끌어모으는 수준이 아니라, 즐겁게 변형하는 과정에서 스스로를 새롭게 하고 끊임없이 만들어왔다는 점이다.

그렇다면 현재 「무한도전」은 어느 정도까지 진화한 것일까. 한국 방송사상 처음으로 오락프로그램 가운데 자체 예고를 보지 않으면 다음번에 무엇을 할지 도저히 예측할 수 없는 포맷을 형성하는 데 이르렀다는 것. 패러디에서 시작한 프로그램이 이제는 문화적 자율성을 획득하는 단계에 도달한 것이다. 이제는 상식에서 벗어난 비도덕적인 방송을 하지 않는 한, 「무한도전」이 그 어떤 주제를 다룬다고 하더라도 놀랄 사람은 없다. 「무한도전」 제작팀이 욕망하는 것이 무한도전 그 자체인 것이다. 이를 두고 한국문화사의 일대 사건이라고 불러도 좋지 않을까. 「무한도전」을 다룬 이유는 별다른 곳에 있지 않다. 다양한 문화적 기원들을 융합하는 과정을 통해서 문화적 주체성과 자율성을 구성하며 스스로 진화하는 과정이 참으로 눈부셨기 때문이다. 무인도 특집이라는 다음 방송이 벌써부터 기다려진다.

〔2007〕

수록 평론 출전

1. 삶과 죽음을 가로지르며, 소설과 영화를 넘나드는 축제의 발생학
   ——이청준의『축제』읽기 이청준,『축제』해설, 열림원, 2003.
2. 생의 도약과 영원회귀의 잠재적 공존
   ——김애란의『달려라, 아비』읽기 김애란,『달려라, 아비』해설, 창비, 2005.
3. 글쓰기·목소리·여백
   ——신경숙의『바이올렛』『문학과사회』2001년 겨울호.
4. 지금은 여기에 없는 것들을 찾아서——김영하·박민규·김연수·정이현의 소
   설에 관하여『동서문학』2003년 겨울호.
5. 이야기를 꿈꾸는 소설에 관한 이야기——이기호의『최순덕 성령충만기』와
   『갈팡질팡하다가 내 이럴 줄 알았지』읽기『문학과사회』2007년 여름호.
6. 폭력의 언표들과 죽음의 위상학
   ——이제하의『독충』과 김훈의『칼의 노래』『문학·판』2001년 겨울호(창간호).
7. 고향을 잃어버린 고향에 관하여——이청준의『가면의 꿈』읽기
   이청준,『가면의 꿈』해설, 이청준 전집 7, 문학과지성사, 2011.
8. 「총독의 소리」와 「주석의 소리」에 관한 몇 개의 주석
   최인훈,『총독의 소리』해설, 최인훈 전집 9, 문학과지성사, 2009.
9. 몸-바꿈의 환상성과 탈/경계의 운동성
   ——이인성론『작가세계』2002년 겨울호.
10. 문학의 안팎에서 생성되는, 문학의 새로운 몸——정과리 비평집『문학이라
    는 것의 욕망』에 대하여『문학사상』2005년 9월호.
11. 이미지에 대한 몰입, 사춘기의 오이디푸스적 위기를 돌파하다
    ——박현욱의『새는』박현욱,『새는』해설, 문학동네, 2003.
12. 숨쉬기의 무의식에 관하여
    ——천운영의『명랑』천운영,『명랑』해설, 문학과지성사, 2004.
13. 경제적 불황의 문화적 징후들『문학·판』2004년 겨울호.
14. 「무한도전」을 위하여
    ——엔터테인먼트의 문화적 자율성『조선일보』2007년 6월 21일.